COLLECTION FONDÉE EN 1984
PAR ALAIN HORIC
ET GASTON MIRON

Je tiens à remercier Emmanuel Nivon. Sa passion pour le XVIIIe siècle a guidé mes pas tout au long de ce roman. Merci également à André Gousse grâce à qui j'ai pu ébaucher un cadre historique authentique pour raconter mon histoire.

Je voudrais aussi exprimer toute ma reconnaissance à mes premiers lecteurs, Marie-Josée Quinn, Gina Farnell et Pierre Weber, mon conjoint, pour leur patience et leurs critiques constructives, ainsi qu'à mon frère, Simon, pour son soutien et ses encouragements.

On peut communiquer avec l'auteure par courriel à l'adresse suivante : *mylene.gilbertdumas@sympatico.ca*

TYPO bénéficie du soutien de la Société de développement des entreprises culturelles du Québec (SODEC) pour son programme d'édition.

Gouvernement du Québec – Programme de crédit d'impôt pour l'édition de livres – Gestion SODEC.

Nous reconnaissons l'aide financière du gouvernement du Canada par l'entremise du Fonds du livre du Canada pour nos activités d'édition.

Nous remercions le Conseil des Arts du Canada de l'aide accordée à notre programme de publication.

LES DAMES DE BEAUCHÊNE

DE LA MÊME AUTEURE

Les dames de Beauchêne, t. I, Montréal, VLB éditeur, coll. « Roman », 2002.

Mystique, Montréal, La courte échelle, coll. « Mon roman », 2003.

Les dames de Beauchêne, t. II, Montréal, VLB éditeur, coll. « Roman », 2004.

Les dames de Beauchêne, t. III, Montréal, VLB éditeur, coll. « Roman », 2005.

Rhapsodie bohémienne, Saint-Lambert, Soulières éditeur, coll. « Graffiti », 2005.

1704. Captive des Indiens, Montréal, VLB éditeur, coll. « Roman », 2006 ; Typo, coll. « Grands romans », 2009.

Lili Klondike, t. I, Montréal, VLB éditeur, coll. « Roman », 2008.

Lili Klondike, t. II, Montréal, VLB éditeur, coll. « Roman », 2009.

Lili Klondike, t. III, Montréal, VLB éditeur, coll. « Roman », 2009.

MYLÈNE GILBERT-DUMAS

Les dames de Beauchêne

Tome I

roman

TYPO

Une compagnie de Quebecor Media

Éditions TYPO
Groupe Ville-Marie Littérature
Une compagnie de Quebecor Media
1010, rue de La Gauchetière Est
Montréal, Québec H2L 2N5
Tél.: 514 523-1182
Téléc.: 514 282-7530
Courriel: vml@sogides.com

Illustration de la couverture: Élisabeth Vigée-Lebrun (1755-1842), *Portrait de l'artiste avec sa fille.* © Superstock
Maquette de la couverture: Martin Roux

Catalogage avant publication de Bibliothèque et Archives nationales du Québec et Bibliothèque et Archives Canada

Gilbert-Dumas, Mylène, 1967-
Les dames de Beauchêne : roman
(Grands romans)
Éd. originale: Montréal : VLB, 2002.
Publ. à l'origine dans la collection: Collection Roman.
Sommaire: L'ouvrage complet comprendra 3 v.
ISBN 978-2-89295-334-3 (v. 1)
I. Titre. II. Collection: Grands romans.
PS8563.I474D35 2011 C843'.6 C2011-940348-X
PS9563.I474D35 2011

DISTRIBUTEURS EXCLUSIFS:

• Pour le Québec, le Canada et les États-Unis:
LES MESSAGERIES ADP*
2315, rue de la Province
Longueuil, Québec J4G 1G4
Tél.: 450 640-1237
Téléc.: 450 674-6237
*Filiale du Groupe Sogides inc.; filiale du Groupe Livre Quebecor Media inc.

• Pour l'Europe:
Librairie du Québec / DNM
30, rue Gay-Lussac, 75005 Paris
Tél.: 01 43 54 49 02
Téléc.: 01 43 54 39 15
Courriel: direction@librairieduquebec.fr
Site Internet: www.librairieduquebec.fr

Pour en savoir davantage sur nos publications,
visitez notre site: **www.edtypo.com**
Autres sites à visiter: www.edvlb.com • www.edhexagone.com
www.edhomme.com • www.edjour.com • www.edutilis.com

Dépôt légal: 1er trimestre 2011
Bibliothèque et Archives nationales du Québec, 2011
Bibliothèque et Archives Canada

ISBN 978-2-89295-334-3

Pour ma fille, Ariane.
Souviens-toi que l'Histoire nous permet de comprendre ce que nous sommes aujourd'hui.

Et pour Wilfrid Laflamme,
parce que tu as été mon mentor. Tu savais ce roman possible, alors qu'il n'était encore qu'un rêve. Tu es décédé avant de pouvoir en lire les premières lignes. J'aurais aimé te l'offrir de ton vivant.

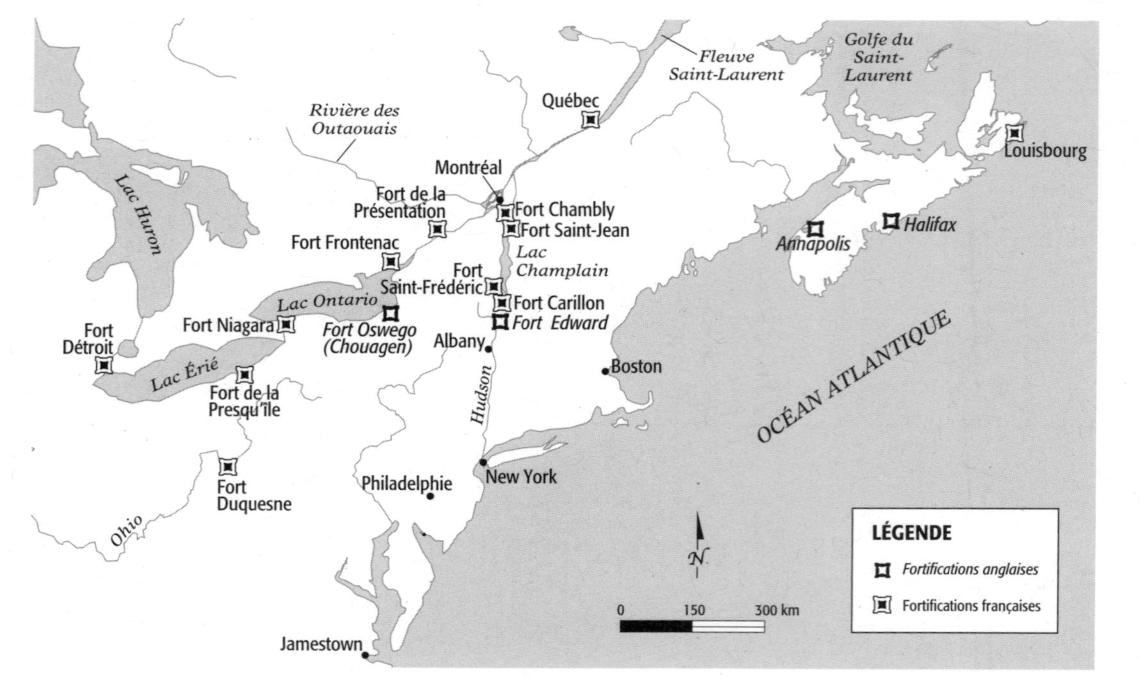

Golfe du Saint-Laurent
Fleuve Saint-Laurent
Québec
Rivière des Outaouais
Louisbourg
Montréal
Fort de la Présentation
Fort Chambly
Fort Saint-Jean
Lac Huron
Halifax
Annapolis
Fort Frontenac
Lac Champlain
Fort Saint-Frédéric
Fort Carillon
Lac Ontario
Fort Edward
Fort Niagara
Fort Oswego (Chouagen)
Fort Détroit
Albany
Lac Érié
Boston
Fort de la Presqu'île
Hudson
OCÉAN ATLANTIQUE
New York
Fort Duquesne
Philadelphie
Ohio
N
LÉGENDE
Fortifications anglaises
Fortifications françaises
0
150
300 km
Jamestown

Chapitre premier

– Est-ce que c'est lui, en bas, près du chantier naval ? demande Odélie, la voix chargée d'émotion.

Marie ne prend même pas la peine de regarder à ses pieds où s'étendent la basse ville de Québec ainsi que le fleuve. Elle fait simplement non de la tête. Elle a déjà scruté tous les navires. Ce n'est pas celui-là ni aucun de ceux qui mouillent dans le port. Mais à quoi bon le répéter ? Odélie posera la même question dans moins d'une heure.

Vus des hauteurs du Cap-aux-Diamants, où Marie et sa fillette de sept ans se prélassent, tous les bateaux se ressemblent. La plupart d'entre eux ont jeté l'ancre, et sont immobiles, les voiles relevées. Seul leur pavillon blanc ondule sous la brise d'août.

–Et celui-là, à la pointe de l'île d'Orléans ? C'est peut-être lui.

Sans perdre patience, la jeune femme refait le même signe de tête négatif. Non, Charles de Beauchêne ne se trouve pas à bord de ce navire non plus. Elle tente vainement de se replonger dans la lecture. Si, à vingt-cinq ans, Marie a depuis longtemps appris à attendre, ce n'est pas le cas de sa fille. Celle-ci ne cesse de bouger et de l'interroger.

–Il reviendra par où, le Capitaine?

Marie pose son livre, résignée; Odélie a gagné. Elle attire l'enfant plus près d'elle, remettant en place au passage une boucle brune qui fuyait de sous le bonnet. Elle reprend ensuite ce qu'elle lui répète depuis près d'un mois, soit depuis le départ de son époux.

–Le Capitaine reviendra par là, explique-t-elle en désignant de la main le fleuve en amont de Québec. Mais ça prendra beaucoup de temps. Il est loin, le Capitaine.

–Loin comment?

–Très loin, avec les troupes du marquis de Montcalm.

Puis Marie s'étire et ramasse le livre qui traîne à ses pieds. Elle l'ouvre à la première page et en commence la lecture à haute voix.

–« Le Chevalier de Beauchêne, auteur de ces Mémoires, après avoir passé près de cinquante ans au service du Roi, tant sur terre que sur mer, vint en France avec une fortune considérable. »

Ces paroles ne sont pas sitôt prononcées qu'elles piquent la curiosité de l'enfant.

–Ce livre parle du Capitaine?

Marie fait non de la tête.

–Ce n'est pas le Capitaine. C'est un pirate qui a vécu il y a très longtemps. Il avait le même nom que ton père. C'est une chose fréquente, surtout dans les colonies.

Cette réponse laisse Odélie insatisfaite, mais elle n'écoute pas le reste de l'explication. « Chevalier de Beauchêne », c'est tellement mieux que « Capitaine », comme tout le monde appelle son père. Elle est soudain convaincue que sa mère se trompe. Ce livre parle certainement de son père. D'ailleurs, « tant sur terre que sur mer », cela reflète exactement la vie du Capitaine. Il est toujours parti.

Marie se rend compte que sa fille n'écoute pas. Elle referme le livre, repousse doucement l'enfant pour l'aider à se mettre debout.

–On rentre à la maison. C'est assez pour aujourd'hui.

Cette phrase fait toujours l'effet d'une punition à Odélie. Cependant, elle ne proteste pas. Elle prend la main de sa mère et toutes les deux se dirigent vers la rue Saint-Louis.

*

Un nuage gris et dense a envahi la berge du lac Ontario, à l'embouchure de la rivière Chouagen. Sur la rive est, la pluie martèle les soldats de l'armée française occupés à opérer leur batterie. Cette averse prolonge l'aurore sur cette région déjà assombrie par la proximité de la forêt. La fumée qui reste au sol nuit à la visibilité, tant du côté des assiégés que du côté des assiégeants, et seul le grondement provenant des forts permet à ces derniers de deviner la position de l'ennemi. Avec la bataille qui fait rage depuis minuit, toute la région baigne dans une odeur de soufre et de sang.

À genoux dans la boue, Blaise Caron tente tant bien que mal de stabiliser le canon devant lui. Chaque fois qu'un boulet en est lancé, la lourde pièce d'artillerie s'enfonce un peu plus dans le sol spongieux et le tir perd de sa précision, au grand soulagement des Anglais, bien à l'abri à moins de trois cents verges.

Le soldat enrage. Il y a à peine quelques heures, les Français pouvaient se vanter d'un avantage de premier ordre en s'emparant du fort Ontario. Dans leur hâte de s'attaquer aux forts Chouagen et George, juste de l'autre côté de la rivière, ils ont négligé d'installer l'artillerie sur des plates-formes. Leur plan était simple. Ils allaient bombarder les Anglais directement du fort qu'ils venaient de leur prendre. Grâce à cette tactique, Montcalm était convaincu que la victoire serait aussi facile à cueillir qu'un fruit bien mûr.

Tout cela aurait pu fonctionner s'il n'y avait pas eu cette pluie diluvienne qui s'abat sur la région depuis huit heures du matin.

–Montcalm aurait dû s'en douter, bougonne Blaise en soufflant sur ses doigts meurtris. Le ciel était couvert dès le lever du soleil.

Le jeune soldat frissonne. Le froid transperce ses vêtements complètement trempés. Il sent à peine la douleur causée par les écorchures sur ses mains. Chaque fois qu'il replace les madriers pour remettre le canon de niveau, il y laisse un morceau de peau, quelque part entre la pierre, le bois et le métal. La pluie se déverse continuellement par les pointes de son chapeau. Sa culotte lui colle au corps et lui irrite les cuisses et la taille lorsqu'il s'étire dans la boue.

Soudain, Blaise perçoit un grondement différent des autres. Le tonnerre vient s'ajouter aux bruits réguliers des tirs que l'on échange de part et d'autre de la rivière. Le rythme des explosions augmente. Les éclairs fusent de toutes parts, venant tant du ciel que des hommes. Le soldat reporte son attention sur ce qu'il devrait faire. Il pousse de toutes ses forces sur le canon pour le soulever et replacer le madrier. Il n'y arrive pas. Ses pieds et ses genoux s'enfoncent dans la boue, ses mains glissent sur le bois devenu visqueux avec la pluie. Puis, comme par magie, le canon se soulève légèrement, tout seul, et juste assez haut pour que le soldat puisse y glisser la pièce de bois servant à le stabiliser. Lorsqu'il lève enfin les yeux, Blaise reconnaît l'officier qui s'est agenouillé dans la boue, de l'autre côté du canon, pour l'assister dans sa tâche. Charles de Beauchêne lui sourit, brièvement, avant de se relever et de se diriger vers la tranchée, pendant que les soldats rechargent le canon.

« Pourquoi ce capitaine s'est-il mis à l'ouvrage ? » songe le soldat, heureux d'avoir reçu de l'aide, mais inquiet des raisons pour lesquelles un officier viendrait se salir de la sorte. « Montcalm doit commencer à craindre le pire pour envoyer aux batteries un de ses officiers. »

Le canon devant lui est prêt à tirer. Blaise se bouche les oreilles avec la paume de ses mains et ferme les yeux. Un vent glacial s'engouffre soudain sous son manteau, en même temps qu'un craquement énorme s'élève derrière lui. Un des murs du fort vient d'éclater, juste au-dessus du fossé. La déflagration projette des morceaux de bois sur le sol, dans les airs, dans la rivière. Des hommes s'écroulent, touchés par des éclats de bois et la mitraille. Lorsque Blaise, ébranlé, ouvre les yeux, un homme gît à ses pieds. Charles de Beauchêne, le visage tordu par la douleur, a les mains pressées contre sa poitrine autour du pieu qui s'y est enfoncé, projeté par l'explosion.

Blaise se précipite à ses côtés et constate rapidement la gravité de la blessure. Le sang qui s'écoule de la plaie est presque noir et il se répand en grande quantité sur l'herbe mouillée. L'officier a peine à remuer les lèvres. Ses yeux tentent d'exprimer quelque chose que le soldat ne saisit pas. Ce dernier soulève le blessé et tend l'oreille malgré les tirs qui se poursuivent tout autour. Les mots qu'il entend l'émeuvent. Il n'a pas besoin de chercher le pouls pour savoir que Charles de Beauchêne vient de mourir dans ses bras.

*

C'est l'heure de la leçon de lecture. Marie et sa fille sont installées dans la grande chambre à l'avant de la maison. En ce début de septembre, une pluie violente tambourine sur les carreaux, formant comme un rideau qui laisse à peine pénétrer dans la pièce la lueur grise du jour. Assise dans le large fauteuil de son époux, Marie fixe la fenêtre et soupire. Elle souhaite que ce mauvais temps ne retarde pas trop le retour des troupes. Depuis quelques minutes déjà, elle ne prête plus attention à la petite voix de sa fille qui lit, debout à ses côtés.

Le visage de la jeune femme est tendu. Son regard se perd au loin, au-delà de la pluie, sur le fleuve. Elle revoit les yeux clairs de son mari, elle entend sa voix grave et chaude. Un sourire passe furtivement sur les lèvres de Marie de Beauchêne, puis disparaît. Une pensée l'obsède et lui tord l'estomac. Elle n'a pas reçu de lettres de son mari depuis des semaines. Malgré la nouvelle de la victoire du marquis de Montcalm, qui s'est rapidement rendue jusqu'à Québec, elle sent que quelque chose ne va pas.

Mme de Beauchêne glisse sa main contre sa jupe et entend le froissement discret du papier : dans sa poche se trouve la dernière lettre de Charles. Sans se préoccuper de sa fille qui lit toujours, elle plonge la main dans sa poche et en retire une feuille de papier de qualité. Elle l'ouvre et la relit pour la centième fois.

Le tourment l'envahit de nouveau. Son cœur semble s'étrangler. Elle se lève et indique à sa fille que la leçon est terminée. Il fait presque froid dans la pièce. Marie se résout à faire du feu afin d'essayer d'éliminer l'humidité qui la fait frissonner à tout moment. Lorsque les bûches commencent à crépiter, elle retourne dans le fauteuil de son époux et s'assoupit.

Marie rêve à cet homme qui est le centre de son univers. Il a certainement quitté les pays d'en haut. Elle l'imagine sur une barge, aux aguets, au milieu de cette nature sauvage. Elle n'a jamais vu les Grands Lacs, mais la description que son mari lui en a donnée la fait frémir. Pour s'y rendre, il faut remonter le fleuve pendant des jours. Il faut affronter les hordes de moustiques, la pluie, l'humidité de la forêt, le froid de la nuit. Il faut se méfier de l'Anglais qui veut devenir maître de l'Ouest. Il faut transporter nourriture et armes, abris et vêtements. Il faut souvent porter, jour après jour, toutes ces marchandises, car, par endroits, le fleuve n'est pas navigable. Il faut coucher sur la dure aux abords d'un fort de planches en espérant que le guet ne s'endormira pas. Quand il reviendra, Charles aura besoin de calme, de repos et de toute l'attention de sa femme.

Dehors, le vent a redoublé de violence. Son sifflement parvient aux oreilles de Marie et imprègne son sommeil. Dans quelques mois, l'hiver sera là. En ville, on ne parle que de famine. Au printemps dernier, l'intendant Bigot a été obligé de faire distribuer deux mille minots de grain pour les semences. Cela n'a pas suffi. Le pain est toujours rare et le peu que l'on trouve au marché est de mauvaise qualité. On a dû ouvrir les portes du magasin du Roy pour nourrir des habitants affamés. Tout va tellement mal dans la capitale! Qu'adviendrait-il si les Anglais décidaient de prendre Québec?

Marie somnole, mais elle s'interroge sur le sort qui lui serait réservé si ses origines anglaises étaient un jour connues de tout Québec. Cela l'inquiète, de temps en temps. Quand Charles est là, il sait apaiser ces craintes non fondées. Dans ces moments, elle se félicite d'avoir épousé un officier de la marine française. Il saura toujours la protéger.

Marie finit par s'endormir profondément. Le bruit de la pluie sur les vitres confère à la pièce une atmosphère chaleureuse, accentuée par la lueur du feu maintenant agonisant.

Au début de la soirée, sa servante vient doucement la réveiller. Elle lui annonce la visite du capitaine du Longpré. Pendant quelques secondes, Marie demeure troublée. Du Longpré à Québec? Il avait pourtant quitté la ville avec les troupes de Montcalm, en même temps que Charles. Elle secoue la tête pour chasser de sombres pensées et se lève.

Une minute plus tard, deux hommes pénètrent dans la grande pièce. Les yeux de Marie se posent aussitôt sur Du Longpré. La lueur du feu éclaire lugubrement son visage. Avant même que l'officier ouvre la bouche, Marie de Beauchêne sait que le destin vient de frapper. Elle se laisse tomber dans le fauteuil de son mari. Son regard est vide. Elle attend qu'on lui annonce que son univers vient de s'écrouler.

Devant le silence de Marie, du Longpré ne peut pas parler; ce qu'il a à dire lui noue la gorge. Il s'approche enfin de la dame, se tire une chaise et prend les mains délicates dans les siennes.

–Marie, je suis porteur d'une bien triste nouvelle.

Il continue à chercher les mots qui pourraient manifester sympathie, réconfort et respect, mais en vain.

–Charles est mort au fort Ontario, sur la berge de la rivière Chouagen. C'était un geste héroïque…

En l'absence de réaction de la femme, il se tait un instant, le temps de réunir assez de courage pour poursuivre et s'acquitter de son devoir. Il tourne la tête vers le soldat qui l'accompagne.

–Allez-y, murmure-t-il simplement, en se levant et en abandonnant les mains qu'il tenait pourtant fermement.

Enfin, Marie de Beauchêne semble reprendre ses esprits. Elle pose les yeux sur le jeune homme qui attend aux côtés de Du Longpré. À peine vingt ans, le teint sombre, le visage candide, le soldat se dandine. Son regard exprime la plus grande sympathie. Il hésite quelques secondes et inspire profondément.

–Je m'appelle Blaise Caron, dit-il nerveusement. Je servais sous les ordres de votre mari, madame.

Le jeune homme fait une pause. Il n'a jamais dû s'acquitter d'une tâche aussi difficile de toute sa vie. Il plonge son regard dans celui de la dame, toujours immobile dans son fauteuil, et reprend doucement:

–Votre mari est mort dans mes bras, madame.

Il se tait, visiblement embarrassé par la présence de Du Longpré. Il attend un moment, puis, comme l'officier ne semble pas vouloir quitter la pièce, Blaise poursuit, d'une voix tremblante:

–Ses dernières paroles ont été pour vous, madame. Il m'a dit qu'il n'avait jamais compris pourquoi vous l'aviez suivi jusqu'ici, jusqu'au bout du monde. Il m'a dit que vous aviez fait de lui le plus heureux des hommes en l'épousant.

Blaise s'arrête là. Les yeux de la dame fixent désormais le lointain. Le soldat se souvient du regard de Charles de Beauchêne, de son désespoir d'abandonner ainsi celle qu'il chérissait. Ému, il détourne la tête.

Du Longpré se rapproche de Marie et reprend alors la parole.

–Si tu as besoin de quoi que ce soit, Marie, tu peux venir me voir. Ma femme sera toujours disposée à t'aider si je suis absent. Marie, je...

Il ne termine pas sa phrase. Marie de Beauchêne n'est plus là. Sur les rives du lac Ontario, elle aperçoit le fort en flammes. Elle voit son mari allongé sur le sol, soutenu par le frêle soldat. Elle entend presque sa voix, profonde, cette voix qui la rassurait. À présent que cette voix s'est éteinte, Marie se sent complètement démunie, fragile, vulnérable face aux étrangers qui l'entourent.

Cet état de faiblesse dure un moment. Puis, Marie se souvient qu'elle a une enfant à éduquer, une maison dont elle doit s'occuper. Son cœur se durcit. Elle n'a pas le temps de pleurer. Peut-être plus tard. Pour le moment, l'hiver approche et il y a beaucoup à faire maintenant qu'elle doit tout assumer seule.

C'est alors qu'elle remarque que les hommes sont partis. Il fait nuit noire dehors. Dans un coin de la pièce, une lampe est allumée. Avant de refouler son chagrin, Marie de Beauchêne se laisse aller à ses dernières émotions. Elle ne pleure pas, mais elle se rappelle un certain jour d'automne, à La Rochelle, dans la boutique de son père.

Marie se revoit sur la côte française, dans sa ville natale. Fille unique, née alors que ses parents étaient en âge d'être grands-parents, Marie avait toujours été le trésor familial. Sa mère, passionnée, lui avait transmis le goût de l'art et de la lecture dans les langues qui constituaient ses origines. Mme de Foy était une noble anglaise qui avait épousé un riche commerçant français alors que la paix avait semblé durable entre les deux grandes nations. Ce qui avait pu apparaître comme un espoir s'était vite transformé en cauchemar lorsque la guerre avait repris de plus belle. Surtout pour cette femme qui tardait à donner naissance à l'enfant tant désiré ! Le couple s'était installé dans la ville portuaire, où M. de Foy espérait mener une vie heureuse. Il y était déjà connu et possédait de nombreuses relations commerciales. Son commerce prospérait, mais la vie sociale du couple était ardue. Mme de Foy parlait difficilement le français. En temps de guerre, elle représentait par conséquent la personne à éviter. Elle vivait donc recluse, loin des voisins. Elle lut tout ce qui lui tomba sous la main et quand, après quinze années de mariage, naquit la petite Marie, elle n'eut d'attentions que pour elle.

L'enfant grandit dans un mélange de cultures très riche. Elle parlait les deux langues aisément et apprenait tout des affaires de son père. Ce dernier avait dû faire son deuil d'un fils et préparait donc sa fille à gérer son commerce lorsqu'il ne serait plus. Il espérait lui trouver un époux capable de tenir les comptes et ayant des relations à l'étranger qui lui permettraient d'améliorer la situation familiale. Non pas que celle-ci fût précaire, loin de là. M. de Foy avait un sens aigu des affaires, et ses nombreux voyages lui avaient permis d'établir des liens commerciaux stables tant aux Antilles qu'en Nouvelle-France. Les gens venaient de Paris pour acheter ses fourrures et son bois d'œuvre du Canada, de plus loin encore pour son sucre blanc de très grande qualité et son café qui, eux, provenaient de ses propres plantations en Martinique. Certes, il n'était pas dans la gêne, mais une union familiale qui pouvait apporter encore plus de prestige à la situation commerciale de la famille ne lui aurait pas déplu.

De Foy s'évertuait à transmettre ses valeurs à sa fille, qui, il devait l'avouer, se révélait aussi douée que lui, sinon plus. Mais cela, il ne l'admettait jamais, même lorsque Marie effectua, à l'âge de treize ans, une transaction particulièrement fructueuse. Non, M. de Foy se contentait de dire qu'elle avait bien appris ce qu'il lui avait enseigné.

Par une douce matinée de l'automne 1747, un officier de la marine française se présenta à la boutique. M. et Mme de Foy étaient allés rendre visite à un proche parent, nouvellement établi à La Rochelle. Ce fut donc une belle jeune fille de quinze ans, les cheveux noués sous un bonnet de coton blanc et les joues rosies par l'air de la mer, qui l'accueillit.

Marie se tenait debout derrière le comptoir. Elle était éblouie par le séduisant officier. Une émotion qu'elle ne connaissait pas la submergeait et elle rougit. Elle lui offrit d'attendre son père dans la boutique. Charmé par le sourire avenant de la jeune fille, Charles de Beauchêne accepta. Il lui parla un moment du temps qu'il faisait, puis de la mer. Marie écoutait distraitement, le vent était chaud et s'engouffrait par la porte chaque fois que des clients entraient ou sortaient. Les rayons orangés du soleil pénétraient par la fenêtre et baignaient la pièce d'une lumière presque irréelle.

Toute la boutique semblait habitée par la présence de l'officier. Il avait quarante ans. Cependant, la vivacité de ses gestes et de ses expressions contribuait à le faire paraître plus jeune qu'il ne l'était. L'uniforme était aussi pour beaucoup dans ce qu'il dégageait. Il portait un justaucorps de fin lainage blanc et une veste bleue qui faisait ressortir l'éclat azuré de ses yeux. La dentelle qui ornait ses poignets était délicatement travaillée. L'homme se tenait là, sans aucune faiblesse apparente, avec une élégance sans arrogance qui aurait séduit n'importe quelle femme. Fière de ses quinze ans, Marie était sous le charme.

Charles de Beauchêne éprouva d'emblée un vif intérêt pour la demoiselle de Foy. La fille de son ami était réservée et douce, tout le contraire de sa propre personne; il se considérait lui-même comme un homme passionné au tempérament plutôt fougueux. Pourtant, en cet après-midi d'automne, tout son être semblait engourdi, voire adouci, par les attraits de la paisible Marie.

Il était revenu cinq fois durant l'hiver qui avait suivi. À chaque visite, il apportait un petit cadeau exotique à Mlle de Foy. Lorsque, enfin, il demanda la main de la jeune fille, M. de Foy hésita. Ce n'était pas là le parti qu'il avait tant espéré pour sa fille chérie. Ce militaire risquait de quitter le pays à tout moment. Il emmènerait sa Marie avec lui et tout son univers en serait bouleversé. D'un autre côté, un mariage entre sa fille et un homme de cette qualité rehausserait le prestige familial. C'était là une chose à considérer.

On convint donc des détails du mariage, qui eut lieu au printemps 1750. Comme l'avait craint M. de Foy, le couple Beauchêne partit pour le Canada dans les mois qui suivirent. Le capitaine avait été affecté à nouveau dans les colonies.

*

À la tombée de la nuit, Blaise remonte la rue Saint-Louis. Il marche d'un pas lent, mais décidé. Il y a peu de bruit dans la ville. C'est un des moments les plus tranquilles de la journée, un de ceux qu'il préfère. Le soldat avance au rythme de la pipe qu'il fume, aspirant l'odeur sucrée du tabac, songeant à ce qui le tracasse depuis plus d'un mois.

Pendant tout l'hiver, il a pris des nouvelles de la veuve de Charles de Beauchêne. Il se sent lié à elle. Il a éprouvé plus de douleur en lui annonçant la mort de son mari qu'il n'en avait ressenti en aucune autre circonstance.

Tout à ses pensées, il a longé les édifices jusqu'à la demeure de la dame. Il s'arrête en reconnaissant la façade. Il ne comprend pas le besoin qu'il a de la revoir, de s'assurer qu'elle va bien. Elle n'est pas sortie de l'hiver. Il l'a entraperçue, au marché, à la fin d'avril, mais personne ne l'a revue depuis. Des gens ont parlé à Blaise d'un étrange va-et-vient dans sa maison.

Curieux et inquiet, il hésite à peine avant de frapper à la porte. La servante qui lui ouvre le fait attendre dans un vestibule sombre. Blaise se souvient de l'endroit. À mesure que ses yeux s'habituent à l'obscurité, le jeune soldat s'étonne de constater le désordre qui règne en ces lieux. Des caisses, des malles, du tissu, des livres, des vêtements, tout est épars sur les quelques meubles et sur le sol. La première fois qu'il y a mis les pieds, l'endroit semblait pourtant bien tenu. Pendant qu'il s'interroge sur les raisons de ce chambardement, une petite voix le ramène au but de sa visite.

–Suivez-moi, monsieur Caron. Mme de Beauchêne va vous recevoir dans une minute, dit la servante avant de faire demi-tour.

Blaise la suit et reconnaît le trajet dans le corridor mal éclairé. Une fois qu'ils sont arrivés à la grande chambre, la servante disparaît sans dire un mot, le laissant seul devant la porte ouverte. Marie de Beauchêne, assise à un bureau, s'affaire à rédiger une lettre. De temps en temps, elle pose les yeux à côté de l'encrier où, bien dépliée, une autre lettre semble retenir son attention.

Le soldat attend une minute et, comme rien ne se passe, il tousse poliment pour manifester sa présence. Mme de Beauchêne lève la tête. Reconnaissant le jeune homme, elle ne peut réprimer une grimace de douleur. Elle se ressaisit aussitôt et va à sa rencontre.

–Monsieur Caron. Comment allez-vous ?

Marie de Beauchêne est on ne peut plus affable et son sourire est franc. Cela met Blaise plus à l'aise. Il lui annonce qu'il se prépare à partir en campagne et s'informe de son état.

–Comment vous portez-vous, madame ? Vous m'avez l'air bien occupée.

Marie lève les bras en signe de défaite.

–Pardonnez ce désordre, monsieur Caron. Nous partons dans quelques semaines, ma fille et moi.

Blaise demeure un instant ébahi. Partir ? Mais où donc une veuve peut-elle aller avec une enfant de huit ans ? Blaise pose sur elle un regard incrédule. Marie de Beauchêne est vêtue de noir, mais la détermination qu'il perçoit dans sa voix est loin de l'abattement auquel il s'attendait. Devinant sa perplexité, la dame s'empresse d'ajouter :

–Je dois me rendre en Martinique, auprès de mon père indisposé.

Dans cette dernière phrase, Blaise aurait pu entendre le ton de la résignation, mais le mot Martinique l'a troublé. Il sent sa poitrine se serrer. Il est soudain envahi par une vive émotion. Il se souvient d'une jeune fille de quinze ans. Isabelle. Il se souvient de ses yeux noirs et profonds fixés sur lui. Il se souvient de la fièvre, du délire, de la douceur d'une main qui lui épongeait le front. Isabelle. Ce nom est aussi velouté qu'un pétale de rose. Aussi velouté qu'une caresse de ses doigts, qu'un baiser de ses lèvres. Tout cela, il l'a tellement désiré. Une voix interrompt sa rêverie. Une voix douce et chaude, semblable à celle d'Isabelle.

–Monsieur Caron, murmure Mme de Beauchêne, est-ce que vous vous sentez bien ? Vous êtes tout pâle.

Blaise revient à lui, manifestement gêné. Il sourit à la dame et se confond en excuses.

–Pardonnez-moi, madame. Il y a si longtemps que je n'ai pas entendu parler de la Martinique. J'y ai été en exil pendant près d'un an. Le climat est éprouvant et les maladies y sont courantes.

Marie est émue par cette marque d'intérêt qu'elle se croit adressée. Elle acquiesce en lui rendant son sourire.

–Je sais. C'est pour cette raison que je laisse ma fille au couvent de Louisbourg, aux bons soins de ma belle-sœur qui y est religieuse.

En prononçant ces paroles, Marie sent un regret poindre dans sa voix. Blaise ne le remarque pas. En d'autres circonstances, il aurait peut-être approuvé de la tête. Mais là, à ce moment précis, il n'arrive plus à retenir ses pensées qui s'éloignent de Québec. Il réfléchit plus vite qu'il ne l'a fait de sa vie. Cette dame se rend en Martinique. C'est l'occasion ou jamais. Sans penser aux conséquences de son geste, Blaise s'approche du bureau et sa bouche traduit ce que son esprit ne conçoit encore que vaguement.

–Madame, vous chargeriez-vous de remettre, pour moi, une lettre à un distingué seigneur ?

Marie incline la tête, incertaine de ce que le jeune homme attend d'elle. Comme elle l'interroge du regard, le soldat, embarrassé, montre du doigt le papier et la plume qui semblent l'attendre, à portée de la main. Son cœur bat trop vite. Il ne sait pas par où commencer. Gêné, il n'ose regarder la dame dans les yeux.

–Je ne sais pas écrire, madame, souffle-t-il.

Marie de Beauchêne prend brusquement conscience de ce que le soldat lui demande. Elle ressent son trouble. Comment refuser ? Elle inspire longuement et lui adresse un regard plein de sympathie.

–Ce sera pour moi un honneur, monsieur, de porter le message du messager.

Blaise Caron demeure un instant interdit. L'idée d'une lettre pour Isabelle lui a fait oublier dans quelles circonstances il a fait la connaissance de Marie de Beauchêne. Déjà, la jeune femme s'est assise à son bureau. Elle a sorti un beau papier et a saisi sa plume dans la main droite. Elle attend la dictée.

*

Par un matin froid et brumeux comme on en voit rarement en juin, Marie et Odélie de Beauchêne s'apprêtent à quitter Québec. Debout dans la rue, juste devant leur maison de la rue Saint-Louis, elles attendent qu'on charge leurs malles. De temps en temps, le vent qui s'engouffre sous leurs capes les fait frissonner. Odélie contient avec peine l'excitation qui l'habite. Elle a hâte de voir sa nouvelle ville.

« Louisbourg, la ville du roi. Quel nom merveilleux ! »

Il lui tarde de s'y aventurer, dès l'aube, chaque jour, pour en explorer les forêts et les voûtes secrètes. Toute à ces préoccupations, Odélie ne prête pas attention au chagrin qui accable sa mère.

Pendant qu'on empile les derniers paquets dans la calèche, Marie sent un regret l'envahir. Elle quitte cette immense demeure où elle a vécu tant de moments heureux. À l'étage, derrière les lourds rideaux opaques, il y a sa chambre. Aucune image ne lui vient de cette pièce sans faire renaître l'odeur de Charles. Un vêtement qui traîne sur la chaise, un livre posé sur le coffre. Tout est empreint de ce passé qui s'est dérobé sous ses pieds. Avant que la faiblesse lui fasse renoncer au voyage qu'elle entreprend, Marie se retourne brusquement et saisit la main de sa fille. Toutes deux montent alors dans la voiture, se serrant l'une contre l'autre, à la recherche de chaleur autant que de réconfort. Elles ne parlent pas, l'une abîmée dans ses souvenirs, l'autre échafaudant de passionnants projets.

Au coin de la rue, la voiture tourne à gauche, offrant une vue spectaculaire sur le port et sur la pointe de Lévis. En voyant les navires tout en bas, Odélie pense à son père. Malheureusement, seule l'image du chevalier de Beauchêne s'impose à elle. Elle n'y peut rien. Après un an de deuil, les souvenirs qu'elle a gardés du Capitaine sont flous. Et puis, il est si facile de l'imaginer en héros de roman ! Odélie décide qu'il faudra qu'elle en parle encore avec sa mère. Cette idée soulève une sérieuse difficulté. L'enfant tourne la tête et observe la grande femme brune qui lui tient la main. Depuis qu'elle est veuve, sa mère lui parle beaucoup moins qu'avant. Odélie sait donc que ce sera la première chose qu'elle demandera à sa tante en arrivant à la forteresse.

« Tante Antoinette vit à Louisbourg depuis deux ans, songe-t-elle, elle doit certainement connaître tous les détails de la vie de mon père. Il ne faut surtout pas que j'oublie de lui poser la question. »

Mais avant tout, Odélie doit absolument lire elle-même ce livre que sa mère lui a lu l'été dernier, mais qu'elle n'a pas rouvert depuis. Elle l'a aperçu dans la bibliothèque du salon il y a moins d'un mois. Mais la semaine dernière, Odélie a remarqué qu'il avait disparu des rayons.

« Maman a dû le prêter à un de ces visiteurs qui se sont succédé dans la maison depuis le décès du Capitaine, se dit la fillette en observant sa mère du coin de l'œil. À moins que ce livre ne permette aussi à maman de retrouver le Capitaine… d'une certaine manière. »

Odélie demeure perplexe un moment. Puis elle secoue la tête. Non. Sa mère ne se permettrait jamais une telle folie.

La voiture s'apprête à quitter la haute ville par la côte du Palais. Il est tôt le matin et, déjà, de nombreux véhicules entrant et sortant par l'ouverture ménagée dans la palissade encombrent la voie. Marie observe attentivement la vue que l'on a du haut de la pente et qui l'a tant fascinée lors de son arrivée à Québec. Avec les années, elle a fini par ne plus y prêter attention.

De chaque côté de la rue, un long mur de pieux de trois pieds de hauteur s'étend de manière à rejoindre les fortifications plus à l'ouest. Tout en bas, les maisons de pierre, le fleuve et, plus loin, l'île d'Orléans. La côte du Palais, très abrupte, n'est guère favorable aux attelages. Or, ce matin, Marie constate que la circulation y est intense.

« Un nouvel arrivage de France, sans aucun doute, et insuffisant comme toujours », conclut-elle avec dégoût.

En effet, la trop grande dépendance envers la mère patrie dans laquelle on tient les habitants du Canada ne fait qu'aggraver la famine qui sévit déjà dans la colonie. Marie ne fait aucun effort pour chasser l'amertume qu'elle ressent.

« Voilà bien des choses qui ne me manqueront certainement pas : l'hiver et ses quantités de privations et de maladies ! »

Avant de quitter définitivement la haute ville, le véhicule passe devant la demeure délabrée de M. du Longpré. Marie hausse les épaules et se souvient de la rumeur qui circule au sujet des sommes énormes que l'homme aurait perdues au jeu l'hiver dernier. C'est connu de tout Québec, malgré le fait que les jeux de hasard soient formellement interdits. Pourtant, les pertes, garanties en monnaie de cartes, continuent d'affliger quantité de nobles partout dans la colonie. Et du Longpré ne résiste pas à la tentation du jeu.

Marie de Beauchêne éprouve maintenant un profond mépris. Non, ce pays ne correspond pas vraiment à l'image sauvage qu'elle s'en était faite au cours de la traversée. Québec est une ville des plus à la mode et la cour qui y règne est semblable à celle de Paris, avec sa bourgeoisie et sa noblesse. Mais Marie y perçoit également une arrogance qu'elle n'avait jamais sentie ailleurs. Et cet orgueil habite jusqu'aux simples paysans. Tous se sentent libres, même le plus pauvre d'entre eux. Marie a de la difficulté à s'imaginer comment autant de gens ont pu s'affranchir à ce point et montrer encore aujourd'hui tant d'indifférence face à la noblesse.

La voiture arrive au bas de la pente. Immédiatement, une odeur nauséabonde attaque les narines de la dame. C'est la basse ville. La terre y est humide, et les rues sont boueuses et encombrées de déchets de toutes sortes. En plus d'être source d'inquiétude à cause de la proximité du port, la partie la plus basse de Québec n'a rien d'attirant.

« Qui accepterait de vivre dans des conditions semblables quand il a les moyens de les éviter ? » se demande Marie en se couvrant le nez et la bouche avec son mouchoir. Comme elle se pose cette question, les berges de la rivière Saint-Charles attirent son attention. La voiture est presque dans le port. La puanteur qui y règne est insoutenable : c'est celle des hommes d'équipage sentant la sueur et l'alcool ; c'est celle de toutes les petites barques sales et malodorantes.

Marie tend un mouchoir à sa fille pour lui permettre de se couvrir le visage, elle aussi. Mais l'enfant ne semble pas incommodée pas les effluves portuaires. Ses yeux pétillent de curiosité et vont d'une chose à l'autre. Elle ne veut rien manquer de cet endroit jusqu'alors interdit. Lorsque leur calèche s'arrête, la mère et la fille en descendent et s'avancent péniblement à travers la foule et les marchandises éparpillées sur le sol. Elles se dirigent vers une petite barque qui les attend pour les mener à bord de la *Souvenance*, le navire qui se dresse devant elles, à courte distance de la rive.

Sur la berge, il y a beaucoup de mouvement ; de toutes parts fusent des cris, des ordres militaires. Des hommes en uniforme blanc s'agitent. Marie sait que les troupes de la marine reçoivent du renfort de France pour que s'achève cette guerre qui s'éternise. Songeant soudain à la lettre dont elle est chargée, elle cherche des yeux celui pour qui elle l'a écrite. Elle repère rapidement le soldat parmi ceux qui s'affairent sur la plage. Au même moment, le jeune homme lève la tête et regarde dans sa direction. Marie ne le salue pas, mais elle laisse glisser sa main sur son sac.

Blaise ne quitte pas des yeux celle qui s'éloigne avec son rêve de bonheur, son espoir de jours meilleurs. À une dizaine de pieds derrière lui, un officier d'une trentaine d'années fixe avec intérêt la même petite barque. C'est le capitaine de Bougainville. Un soldat lui parle, mais il semble ne pas l'entendre. Il s'interroge. Il n'a jamais vu cette silhouette féminine. Il croyait pourtant connaître tout le monde, surtout les femmes de la bonne société. Il plisse les yeux pour éviter d'être aveuglé par les rayons du soleil levant. Il ne peut distinguer le visage de la dame. Toutefois, son port de tête et son air digne suffisent pour qu'il s'intéresse déjà à elle. Bougainville n'aime pas être surpris, pris en défaut. Il aurait dû la connaître. Il devra s'informer. Lorsqu'il détourne enfin ses yeux de la jeune veuve, celle-ci est déjà à bord du bâtiment marchand. Il remarque alors le soldat, juste devant lui, qui vient de faire un signe de la main vers le navire.

–Qui est-ce ? demande-t-il simplement après s'être approché de Blaise.

–C'est la veuve de Charles de Beauchêne, capitaine, lui répond le jeune homme sans quitter le navire des yeux, toujours troublé par ce qui arrivera, peut-être...

Bougainville dirige de nouveau son regard sur la *Souvenance*. Les deux hommes peuvent encore voir la mère et la fille, qui se tiennent debout sur le pont.

À bord du navire, les cris, les manœuvres de départ fascinent Odélie dont c'est le premier voyage. Dès qu'elle a posé les pieds sur le pont, elle s'est sentie étourdie, prise d'une sorte de vertige. Cette sensation la grise, et la vue de tous les marins qui s'affairent ici et là, sur le pont, dans les barques et là-haut, sur les mâts, l'excite. L'enfant ne peut contenir la joie qu'elle ressent d'être à bord. Elle se rue vers le bastingage. Toutes voiles dehors, le navire vient de quitter le port de Québec. Le chantier naval s'éloigne, le Séminaire, la cathédrale et l'Hôtel-Dieu deviennent tous deux de plus en plus petits. Cette image fait battre son cœur. Puis elle se calme, pour éviter que sa mère ne la sermonne. « Ce n'est pas le moment de se laisser aller à de pareilles démonstrations », se dit l'enfant avec sévérité, imitant le ton autoritaire habituel de sa mère.

Plus loin, devant la proue, la pointe de l'île d'Orléans sépare le Saint-Laurent en deux cours d'eau plus étroits. Ce spectacle fascine Odélie. Il est étrange d'observer d'en bas un paysage qui lui est si familier des hauteurs du Cap-aux-Diamants. Chaque bâtiment semble plus grand, plus gros, même l'île paraît plus étendue. C'est seulement à ce moment qu'Odélie remarque que sa mère a disparu. Elle panique un peu à l'idée d'être seule parmi tous ces marins inconnus. Elle file tout droit et s'engouffre dans les entrailles du navire, à la recherche de Marie. Elle aura tout le voyage pour contempler le fleuve.

*

Un rayon de soleil pénètre, cru et aveuglant, par le petit hublot. En d'autres circonstances, cette lumière serait charmante tant elle est éblouissante. Or, ce matin, on dirait qu'elle accentue l'odeur insupportable de la pièce. Marie de Beauchêne est assise sur l'unique chaise de l'étroite cabine prêtée par le capitaine. À ses pieds, quelques vêtements souillés et quelques livres ouverts gisent sur le sol. Un plateau contenant un bol vide et deux morceaux de pain est posé sur la table le long du mur. Allongée sur la minuscule couchette, Odélie s'est rendormie, après avoir vomi pour la troisième fois ce matin. Le clerc qui les accompagne vient tout juste de les avertir que Louisbourg est en vue.

–Enfin, soupire la jeune femme, épuisée. Ce calvaire va se terminer bientôt.

Le navire devrait pénétrer dans le havre dans quelques heures. Marie tend le bras et caresse doucement les cheveux de son enfant. Elle n'est presque pas sortie de sa cabine de tout le voyage. Il lui tarde maintenant de voir la ville, même de loin. Cependant, elle ne peut se résoudre à éveiller Odélie. Pas maintenant. Elle ne peut non plus quitter son chevet. Qui sait ce qui pourrait arriver pendant son absence ? Elle se félicite de sa décision de laisser sa fille au couvent de Louisbourg. Très lasse, Marie se détend un instant avant de s'assoupir, à bout de forces.

Une heure plus tard, elle s'éveille, à peine reposée. Elle s'étire, puis se penche sur sa fille en murmurant son nom. Péniblement, la fillette ouvre les yeux, mais une nouvelle nausée la secoue et elle vomit. Elle fond alors en larmes, épuisée. Sa mère lui essuie la bouche avec un linge humide. Les yeux de la fillette sont cernés. Son visage est blême comme la mort. Marie a pitié de son enfant.

–Ne t'en fais pas, ce voyage est presque terminé, dit-elle doucement. Nous arrivons à Louisbourg. Allons voir de quoi a l'air cette ville !

Marie se lève, ramasse les deux morceaux de pain qu'elle met dans une de ses poches. Elle s'appuie ensuite sur le bord du lit et prend sa fille dans ses bras. Usant autant de son courage que de sa force physique, elle sort de la cabine en titubant et se dirige vers le pont extérieur pour assister aux manœuvres dans la baie.

Odélie sent les bras de sa mère tout autour de son corps, sous ses jambes et derrière son dos. Ils sont partout et réconfortants. Elle est à peine consciente du mal que se donne Marie. Par moments, son malaise est tel qu'elle croit qu'elle va mourir. Jamais, de sa courte existence, elle n'a ressenti un pareil état de faiblesse. Elle a fini par se convaincre que ce bâtiment n'atteindrait jamais sa destination.

–Où va-t-on ? demande-t-elle, encore confuse.

L'éclat du jour lui sert de réponse. Le vent lui gifle le visage et elle a froid. Elle se colle plus fort contre sa mère, mais respire enfin plus librement. Doucement, son corps s'éveille à l'extérieur. Elle sent une odeur sucrée lui chatouiller les narines. C'est une odeur qu'elle connaît bien, celle des épinettes. La fillette sourit presque. Le navire a finalement atteint sa destination. Odélie inspire de nouveau et remarque que l'odeur du sel se mêle à celle des conifères, conférant à l'air un parfum bien particulier. Après avoir respiré l'atmosphère viciée de sa cabine pendant des jours, elle a plaisir à s'emplir les poumons de ce vent délicieux.

–Allez, Odélie, chuchote sa mère à son oreille. Regarde comme cette ville est belle ! Regarde tous ces navires dans la baie ! Certains arrivent de France, d'autres des Antilles. Ils transportent tout le nécessaire pour la colonie. Quel trésor !

L'enfant n'ose pas ouvrir les yeux. Le bien-être que lui procure sa situation lui paraît bien précaire et elle se laisse porter jusqu'au bastingage. C'est la première fois depuis des mois que sa mère lui prodigue autant d'attentions. Réconfortée, Odélie sourit et tout son être est envahi par une étrange béatitude.

Consciente de l'intérêt que prête soudain sa fille aux propos qu'elle lui tient, Marie s'égaie. Elle inspire profondément, imitant celle qu'elle tient toujours dans ses bras.

–Mange un peu, murmure-t-elle, profitant d'un répit dans les nausées de sa fille pour lui glisser un morceau de pain dans la bouche.

Odélie l'avale. Elle se sent un peu mieux, déjà. Sa mère continue de lui souffler à l'oreille des paroles rassurantes.

–Regarde bien cette forteresse au milieu de la plaine, dit-elle avec enthousiasme. Elle a soutenu un siège d'un mois et demi en 1745. Elle a été bombardée et rien n'y paraît. Peux-tu imaginer, toi qui as l'esprit si vif, combien les gens qui vivent ici sont courageux ?

À ce moment, Odélie se redresse pour voir la ville et glisse une main sur celle de sa mère. Marie resserre son étreinte. Elles demeurent ainsi longtemps, toutes deux appuyées à la rampe, collées l'une contre l'autre.

Il faut plus d'une heure au vaisseau pour terminer ses manœuvres d'approche dans la rade. Il s'immobilise enfin à quelques centaines de pieds de la berge. C'est à bord de chaloupes que les passagers se rendent à terre. Ils embarquent par groupe de six ou de huit, laissant leurs malles à bord. L'équipage s'en chargera.

Tandis que le canot avance vers la terre ferme, Odélie, qui se sent déjà mieux, scrute attentivement le navire qu'elle vient de quitter. Il lui paraît plus petit et plus fragile que lorsqu'elle y est montée à Québec, impression venue de la comparaison avec les autres vaisseaux dans la baie. De plus, deux semaines à bord d'un navire ouvrent les yeux sur la dimension réelle des choses.

–Maman, demande-t-elle à brûle-pourpoint, quel bateau vas-tu prendre pour continuer ton voyage ?

Marie prend conscience de l'imminence de son propre départ. Elle scrute l'anse à la recherche d'un indice.

–J'ignore son nom, finit-elle par répondre, heureuse malgré tout de constater que sa fille s'intéresse de nouveau à ce qui l'entoure. Je prendrai un de ceux de M. Rousselle. Peut-être un de ceux qui sont plus près de la ville, là-bas.

Odélie se retourne d'un coup pour regarder le quai et la porte par laquelle elle va pénétrer dans Louisbourg. Avec toutes ces distractions, la petite fille bouge trop et elle fait tanguer dangereusement l'embarcation. Sa mère est étonnée de la voir aussi énergique.

–Tiens-toi tranquille, Odélie ! ordonne-t-elle malgré tout, avec sévérité. Tu vas nous faire chavirer.

Odélie entend les avertissements de sa mère, mais lui obéir semble au-dessus de ses forces. Après tant d'inactivité, elle est incapable de rester en place, si bien que Marie doit la tenir très fermement contre elle pour éviter à tous un bain forcé.

À peine la chaloupe s'est-elle rangée contre le muret servant à l'accostage que la fillette bondit sur la terre ferme. Debout, bien droite, les mains sur les hanches, elle contemple l'entrée de la ville. L'immense porte d'arche haute de trente pieds au moins et large de neuf se dresse juste devant l'enfant. Elle est encombrée d'une multitude de caisses de toutes sortes. Des hommes s'affairent à décharger les barques qui viennent, elles aussi, d'accoster.

–Mais attends-moi donc! crie Marie en tentant de couvrir de sa voix les bruits du port.

Mais Odélie n'entend plus rien. Elle n'a d'yeux que pour l'effervescence de la ville. Elle ramasse ses jupes et s'avance vers ce lieu féerique. Brusquement, une main saisit la sienne. Avec peine, sa mère a réussi à quitter la petite barque déstabilisée par le saut de la fillette. En ce moment, elle regarde sa fille avec colère et la tient fermement près d'elle pour l'empêcher de commettre d'autres imprudences. Marie sait que Louisbourg est un port comme un autre. Et les hommes qui errent dans les ports sont des hommes comme les autres. Dans un endroit comme celui-ci, tout peut arriver à une fillette de huit ans laissée sans surveillance.

Son regard s'adoucit et elle considère avec indulgence sa fille qui cherche à se dégager. « À bien y penser, se dit la jeune veuve avec humour, tout peut également arriver dans un port avec une enfant comme celle-là ! »

La petite fouine essaie de lui faire lâcher prise. Elle tire aussi fort qu'elle peut pour aller voir de plus près un arrivage de morue étendu sur la grève. Or la mère est aussi tenace que la fille, si bien que chacune est restée sur ses positions quand enfin elles passent la porte Frédéric. Odélie veut tout voir tout de suite. Elle s'excite et s'exclame sans arrêt. Elle tire et tire encore sur le bras de sa mère. Elle cesse soudainement. Une douleur lui crispe les doigts. Sa mère vient de plonger ses ongles dans la paume de la main de sa fille. C'est l'indice qui marque l'approche de la limite. Si la petite insiste davantage, elle risque une taloche en public ou, pire, une fessée lorsqu'elles seront seules; elle ne le sait que trop. Elle décide de contenir ses impulsions. De toute façon, elle commence à se sentir fatiguée à force d'être debout.

Odélie se rapproche de sa mère. Déjà, sa main ne la fait plus souffrir, sa mère s'est calmée. Elle inspire profondément et constate que la ville a une odeur toute particulière: elle sent le poisson à plein nez, mais pas le cheval. C'est tout à fait nouveau pour elle, qui a toujours vécu à Québec. Le pavé est sec et poussiéreux, mais il est exempt de crottin. Ce détail fascine la petite qui remarque autre chose d'anormal. On parle toutes sortes de langues. Elle reconnaît l'anglais parmi elles, mais la plupart des intonations lui sont complètement étrangères. Ces gens font bien peu de cas d'elle-même et de sa mère. Tout cela suffit pour convaincre Odélie qu'elle doit absolument revenir voir cet endroit tellement hors de l'ordinaire.

À partir du port, la mère et la fille empruntent la rue Toulouse, une rue étroite, mais très fréquentée. Marie aperçoit de loin la branche d'épinette qu'elle cherchait, au-dessus de la porte d'une gigantesque maison de pierre. Elle reconnaît immédiatement l'auberge de Mme Martel, où elle a séjourné lors de son arrivée dans le Nouveau Monde. Elle est heureuse de constater que la femme, d'une cinquantaine d'années aujourd'hui, est toujours à Louisbourg. Si cela n'avait pas été le cas, Marie aurait dû trouver un autre endroit où passer les prochaines semaines. Elle préfère de beaucoup l'hospitalité de la vieille Nantaise à celle d'un étranger. Marie se souvient de son tempérament impétueux et de sa liberté d'esprit. Avec elle, la jeune veuve n'aura pas à expliquer ce qui motive son voyage. L'aubergiste comprendra d'emblée. « Peut-être veillera-t-elle aussi sur Odélie pendant mon absence ? » espère-t-elle secrètement.

La présence rassurante de Mme Martel permet à Marie de s'accorder un peu de répit. La bonne dame s'attache rapidement à Odélie et passe du temps avec elle ; Marie en profite pour rester un peu seule dans leur chambre. Assise sur le lit, face à la fenêtre, elle finit par laisser sortir un peu de ces émotions qui lui tenaillent l'estomac. Elle pleure longtemps et finit par s'allonger et somnoler pendant près d'une heure. À la nuit tombée, lorsque la mère et la fille se couchent dans l'unique lit de la chambre, Marie se sent mieux.

Elle rêve à ce voyage vers ces pays où les habitants ont la peau colorée et la voix chaude. Elle peut presque sentir l'odeur de la sueur de ces hommes qui travaillent dans les plantations de son père. Cela la trouble. Elle n'a pas eu d'homme près d'elle depuis si longtemps ! Elle se voit sur la mer, en compagnie de marins, d'officiers et de gentilshommes. La présence de ces derniers l'angoisse terriblement. Puis, elle s'imagine dans un bal, dansant un menuet avec un homme au regard sombre. L'inconnu a la démarche souple et il émane de lui une passion sauvage. Sa main effleure les doigts de Marie et cette dernière frissonne. L'étranger l'attire contre lui à tout moment.

–Suivez-moi, lui murmure-t-il à l'oreille avant de s'évanouir enfin dans un pan de brume.

La quiétude se peint sur le visage de Marie endormie. Elle masque à la fillette qui ne dort pas ces sentiments peu appropriés. Odélie n'a aucune idée des songes troublants de sa mère, mais elle se réjouit de la voir plongée dans un si profond sommeil. Pour sa part, elle est trop excitée pour dormir.

Soudain, un chien se met à hurler. Pendant près de cinq minutes, ses hurlements retentissent dans toute la ville. Puis, ils se transforment en un gémissement de douleur. Quelqu'un vient de lui lancer un objet, probablement un soulier. On entend ensuite un homme jurer. On dirait que cette marque d'attention n'a fait qu'aviver l'ardeur de l'animal : le hurlement se fait entendre de plus belle. Odélie se lève et va à la fenêtre. Elle ne peut apercevoir la bête, mais celle-ci hurle toujours et plusieurs personnes se mettent à crier et à jeter des objets par les fenêtres. Toute cette scène ne doit pas se produire très loin de l'auberge, car le cri de l'animal semble tout proche. Lorsqu'un autre projectile atteint sa cible, ce sont plusieurs chiens qui entonnent alors ce chant nocturne. Odélie sourit.

–Comme cette ville est fascinante !

Les habitants sont probablement tous éveillés maintenant. La fillette entend plus de jurons et de mots grossiers qu'elle n'en a entendu de toute sa vie. Au bout d'une heure, elle se recouche aux côtés de sa mère, que tout ce tumulte ne semble pas déranger. Odélie s'endort en quelques minutes, au son du chœur des animaux. Elle imagine que ce concert lui est destiné, que ce sont là de nouveaux amis qui lui souhaitent la bienvenue.

Quelques jours plus tard, Marie et sa fille se rendent au couvent pour préparer l'entrée en pension d'Odélie, dans les prochaines semaines. L'entente de M. de Foy prévoit qu'un de ses correspondants, un commerçant de Louisbourg, apportera en octobre et en avril une somme rondelette pour couvrir les dépenses reliées à l'éducation et aux soins de l'enfant. En échange, les sœurs de la communauté devront veiller à ce qu'elle ne manque de rien et la soigner lorsqu'elle sera malade, ce qui, selon Marie, ne saura être évité.

Chemin faisant, Marie est un peu craintive : elle se souvient de la tension qui a toujours régné entre elle et sa belle-sœur, Antoinette. Elle souhaite que ce manque de sympathie ne se répercutera pas sur sa fille. Pour cette raison, elle est très déçue de constater qu'Antoinette ne fait pas partie du groupe des religieuses qui la reçoivent. Marie avait beaucoup espéré de cette rencontre, ne serait-ce qu'une réconciliation polie. Elle aurait voulu lui confier personnellement la garde de sa fille. Résignée, elle signale simplement aux religieuses la présence d'un membre de sa famille dans leur communauté. Ces dernières promettent de s'assurer qu'Odélie verra sa tante fréquemment. Que faire d'autre ? Comment sonder le cœur d'une femme ? Marie elle-même ne saurait déterminer avec précision ce qui se passe dans le sien. « Peut-être Antoinette pleure-t-elle encore le décès de son frère ? » conclut-elle simplement.

La mère et la fille quittent le couvent juste avant le dîner. Mme Martel les accueille dans son jardin, derrière l'hôtel. L'aubergiste leur fait d'abord visiter son sanctuaire. Elle leur explique qu'elle a aménagé ce lieu par plaisir. Il est rare, à Louisbourg comme ailleurs, qu'une petite commerçante se préoccupe d'horticulture. Mais Mme Martel est une femme hors de l'ordinaire. Elle cultive les fleurs et les herbes dont elle se sert parfois pour soigner les petits bobos de ses pensionnaires. Et les siens. Elle a rapporté une grande variété de plantes médicinales de France lors de son retour en 1748.

Une fois que la visite est terminée, elle conduit la mère et la fille dans le coin du jardin où leur repas les attend. Elle s'éloigne ensuite un peu et fait mine de se replonger dans ce qui la passionne, le jardinage. Marie et Odélie s'assoient sur l'épaisse couverture pour entamer leur repas et Mme Martel les observe du coin de l'œil. Marie s'est repliée sur elle-même. Odélie demeure discrète et essaie de ne pas troubler les pensées de sa mère.

–J'espère que vous allez profiter de cette belle journée, lance soudainement l'aubergiste pour détendre l'atmosphère. Du temps aussi ensoleillé et aussi chaud, c'est exceptionnel à Louisbourg, même en juillet. Tout le monde sait que ça ne durera pas. D'ici deux jours, demain peut-être, le vent et le brouillard reprendront leurs droits, car ici c'est le bout du monde. Plus loin, c'est la France !

La vieille dame parle toujours, plus pour elle-même que pour les deux autres. Elle aime montrer qu'elle a vécu à Louisbourg presque toute sa vie. Il lui semble que cela fait d'elle une héroïne de roman. Elle se voit parcourant le monde, racontant tout ce qu'elle a vécu. Sa voix est chargée d'une intensité peu commune.

–En France, il fait plus doux en hiver et plus chaud en été ! Louisbourg est ce qu'il y a de plus près de l'enfer ! L'humidité y est telle qu'elle vous fait grelotter en été, même s'il semble faire une chaleur torride ! Et en hiver, elle vous glace les sangs et le dos de sorte que l'inconfort est permanent ! Vous verrez, petite fille, vous verrez comme c'est exaltant de vivre ici !

Marie est loin de trouver la perspective d'une vie en enfer tant soit peu exaltante. Elle se garde toutefois de contredire Mme Martel qui poursuit son monologue.

–Même avant la prise de 1745, j'habitais ici, vous savez. Dans cet hôtel, avec mon défunt mari. J'ai vécu ici tant de moments heureux que je n'aurais jamais pu faire autrement que de revenir quand la ville nous a été restituée, en 1748. De toute façon, moi, la France...

L'aubergiste marque une pause, lève la tête et contemple les murs de pierre qui façonnent les rues étroites, séparant les petites cours et les jardins fleuris. Elle hume l'odeur de poisson qu'elle ne distingue plus des autres émanations venant du port.

–J'aime ce pays sauvage ! reprend-elle. Et je me plais en compagnie de ces gens qui ont choisi d'habiter, comme moi, dans ce lieu éloigné de tout. Du reste, on ne manque de rien ici. Les navires arrivent assez tôt au printemps et cessent de mouiller dans le havre assez tard à l'automne. Ici, on achète tout de France ou de Nouvelle-Angleterre. Tout est très actuel, très à la mode, vous savez. D'ailleurs, j'adore la morue !

Et, comme si cette constatation expliquait son attachement à ce pays, l'aubergiste revient à son jardinage et abandonne ses invitées à leur dîner. Celui-ci s'achève dans un silence trop lourd. Le visage de Marie est crispé. Elle craint soudainement que Louisbourg ne soit pas l'endroit idéal pour qu'elle y laisse sa fille. Après une minute de réflexion, elle inspire profondément, résignée. Il est hors de question de reprendre la mer avec Odélie. Elles n'y survivraient pas, ni l'une ni l'autre. Marie ne courra pas ce risque. Sans compter que le climat des Antilles lui serait certainement plus néfaste encore !

Le lendemain après-midi, mère et fille déambulent dans les rues étroites de Louisbourg sous un soleil de plomb. Elles marchent lentement comme si elles n'étaient pas pressées et se dirigent vers le port. Marie transpire et les cheveux qui dépassent de son bonnet sont mouillés de sueur. Elle n'arrive pas à se détendre. La perspective de négocier sa traversée sur le navire de Daniel Rousselle ne l'enchante guère. Son père lui avait écrit qu'il s'était occupé de tout, mais Daniel Rousselle est demeuré silencieux malgré les nombreuses lettres qu'elle lui a fait parvenir de Québec. Elle doit donc se présenter en personne afin de savoir comment il est possible d'organiser son départ. Heureusement, la fille d'Adelard de Foy a beaucoup appris de son père et s'est bien préparée pour cette petite visite. À cet effet, la loquacité de Mme Martel lui a été très utile.

Selon ses dires, Daniel Rousselle, petit-bourgeois faisant des affaires dans le commerce de la morue et fort probablement dans d'autres domaines, illicites ceux-là, a épousé une Micmac d'un clan voisin de la ville.

–Ça l'a beaucoup aidé dans son deuxième commerce officiel : la traite de la fourrure. M. Rousselle est le genre d'homme à avoir plusieurs cordes à son arc ! lui a confié la vieille femme quelque temps auparavant.

Marie a tout de suite été intriguée par ce mystérieux personnage. Mais en même temps, le fait qu'il semble avoir un esprit mercantile l'inquiète. S'il exige plus que ce qu'elle peut offrir, elle devra se montrer très persuasive, chose qu'elle n'a jamais eu à faire depuis son départ de La Rochelle, il y a plus de neuf ans.

C'est pour cette raison qu'elle sillonne à présent les rues de Louisbourg, faisant semblant de chercher la demeure de cet aventurier commerçant. En fait, elle sait très bien où se trouve la boutique de Daniel Rousselle, Mme Martel lui a clairement expliqué le chemin pour s'y rendre. Mais Marie a besoin de réfléchir plus longuement aux arguments à invoquer pour s'assurer d'avoir une cabine. Il n'est pas question qu'elle voyage sur un pont inférieur avec les hommes d'équipage. Toutes ces idées contribuent à miner sa bonne humeur, et c'est une femme pleine d'arrogance qui arrive près des quais, à la boutique de M. Rousselle.

Celui qui l'accueille dès son entrée n'est guère différent de son propre père, seulement un peu plus jeune. Approchant la cinquantaine, Daniel Rousselle est un homme petit et d'apparence très calme. Une barbe grisonnante recouvre son menton. Quoiqu'il ne fasse pas partie de la noblesse de Louisbourg, Daniel Rousselle est très richement vêtu. Ses habits semblent venir, et c'est probablement le cas, tout droit de Paris. Il s'exprime dans un français on ne peut plus continental, même si, par moments, certains mots du vocabulaire indien lui viennent à la bouche un peu trop facilement, remplaçant au passage un mot français moins précis. Il possède une étroite maison de deux étages dont la partie avant du rez-de-chaussée fait office de boutique. L'homme paraît très heureux de faire la connaissance de la fille d'Adelard de Foy. Il s'empresse de s'excuser: il ne peut lui présenter son fils.

–Jean est allé dire au revoir à sa mère qui vit dans un village micmac près d'ici, explique-t-il à Marie. Il sera de retour dans quelques jours. Vous savez, mon épouse préfère la compagnie des siens à la bonne société de Louisbourg. Et je dois avouer que je ne pourrais l'en blâmer. Les Sauvages ont une manière bien à eux d'envisager la vie et l'avenir.

C'est de cette façon que commence la conversation entre Mme de Beauchêne et cet homme original. Son attitude trop familière déroute la jeune femme, et tout ce qu'elle a préparé se volatilise. Heureusement, son désarroi ne dure qu'un instant. Bien qu'elle considère l'homme comme agréable, elle ne sait trop s'il est sincère. Ses manières guindées et son parler élégant contredisent ses dires. Elle demeure donc méfiante tandis qu'il lui parle de sa boutique et de son commerce.

Pendant ce temps, Odélie demeure dans l'ombre de sa mère, jetant à la dérobée un regard sur la pièce et les objets qu'elle contient. L'endroit est propre mais encombré. Il est fort probable qu'il dissimule une foule de cachettes plus mystérieuses les unes que les autres. Au fond de la pièce, Odélie aperçoit un trou sombre qui l'attire. Elle s'éloigne dans cette direction lorsqu'une main se pose sur son épaule et la retient. La petite se retourne, craintive, croyant avoir à affronter, encore une fois, le regard sévère de Marie. Un petit cri de surprise jaillit de sa gorge et elle demeure figée, la bouche ouverte. Daniel Rousselle, sans desserrer son étreinte, contourne la fillette et la repousse fermement vers sa mère.

–Il ne faut pas fouiner partout, dit-il sans la gronder. Tu pourrais te salir ou, pire, te blesser à errer ici et là. C'est un magasin ici, ma petite chatte, il n'y a rien à voir.

Son ton frise l'arrogance et Odélie demeure stupéfaite. Personne ne s'est jamais adressé à elle de cette manière. Elle regarde sa mère et attend les foudres qui ne devraient pas tarder. Mais rien ne se passe. Marie a d'autres chats à fouetter et revient rapidement au sujet de sa visite.

–Voici ma fille, Odélie, dit-elle avec détermination. Elle sera pensionnaire au couvent pendant mon absence. Comme convenu, je vous ferai parvenir l'argent pour la congrégation par l'intermédiaire de vos hommes qui feront le voyage de Fort-de-France à Louisbourg. Chaque envoi sera accompagné d'une lettre que vous devrez lui remettre. Je vous saurais gré de bien vouloir veiller à ce qu'elle ne manque de rien. Comme mon père vous l'a peut-être mentionné, ma fille a une santé très fragile; nous comptons sur vous pour vous assurer qu'elle reçoive, lorsqu'elle sera malade, les meilleurs soins possibles dans cette ville. Les sœurs vous feront prévenir lorsqu'elle sera indisposée.

Marie a pris le ton autoritaire de la bonne société. Elle a l'impression qu'elle ne fait qu'adresser ses instructions, simplement. Au bout de quelques minutes, elle sent une tension qui s'installe, petit à petit, entre elle et le marchand. Cependant, elle ne saurait en déterminer la cause.

À mesure que la colère le gagne, M. Rousselle cesse d'écouter cette présomptueuse jeune femme. Il est évident qu'elle n'a aucune idée de l'effet produit par ses manières hautaines. L'homme se demande dans quel milieu elle a bien pu vivre ces dernières années. Malgré tout ce temps passé en Nouvelle-France, elle n'a pas encore appris à s'adresser autrement à ceux qui ne sont pas de sa classe. Il est loin le temps où elle vivait à La Rochelle. « On dirait qu'elle arrive tout droit de Paris », conclut-il avec mépris.

Cependant, il n'exprime pas ses reproches. Il fait semblant d'écouter. Au bout de quelques minutes, il se laisse distraire par la petite Odélie qu'il trouve bien curieuse. Cela le séduit. Il ne peut blâmer l'enfant pour l'ignorance de la mère. Il sourit donc à Odélie pendant que Mme de Beauchêne termine sa liste de choses à exécuter. Il n'a pas besoin de prêter une grande attention à ce qu'elle dit. Tous ces détails ont déjà été réglés avec M. de Foy. Il y a deux semaines, il a reçu une lettre précisant les modalités de l'échange de services entre eux. Mais Daniel Rousselle se garde bien de mentionner ce détail à cette femme suffisante, car il s'agit de la fille de son associé dans cette affaire. « Mieux vaut la garder de mon côté », décide-t-il prudemment.

Marie en vient aux préparatifs de son propre voyage. C'est alors que M. Rousselle prend la parole. Il tient enfin le gros bout du bâton. Il s'adresse à elle fermement, en prenant un ton à la limite du respectueux.

–Vous embarquerez sur la *Fortune*, annonce-t-il avec fierté. Je vous ai réservé la cabine du maître d'équipage. Cela fait partie de l'entente entre votre père et moi. Il s'agit d'une pièce étroite, mais assez confortable, compte tenu des circonstances. Jean, mon fils, vous escortera. Deux autres de mes associés,

MM. Lussier et Dumas, seront aussi du voyage. La *Fortune* doit lever l'ancre la dernière semaine d'août. Revenez me voir le lundi précédant le départ, je ferai porter vos malles à bord. En attendant, je vous suggère de profiter du beau temps. Il est très rare qu'il fasse si beau dans notre coin de pays. Ne laissez pas passer ces belles journées, vous pourriez vous en repentir.

Sur ce, il s'excuse et laisse les dames de Beauchêne quitter sa boutique. Marie passe la porte sans noter l'impatience de son hôte. Dehors, le soleil brille toujours, il fait aussi chaud qu'au début de l'après-midi. Elle sort son ombrelle et se prépare à retourner à l'auberge. Elle ne comprend pas pourquoi tous font tant de cas de ce soleil. Après tout, il s'agit d'un temps habituel pour la mi-juillet. Sans faire attention aux habitants qu'elle croise dans la rue, elle fait une quinzaine de pas et s'arrête, sa fille sur les talons. Elle se tourne ensuite vers la mer. Devant elle, un immense vaisseau mouille à une cinquantaine de pieds des quais. La lumière crue de cette fin d'après-midi fait reluire les carreaux du gaillard d'arrière comme une multitude de pièces d'or au soleil. Comme sur presque tous les navires du havre, le pavillon blanc éclatant de la France flotte à la poupe. Nul doute dans l'esprit de Marie, c'est la *Fortune*.

*

Tandis que le soleil se lève sur l'océan, Marie et sa fille tardent à quitter le confort de leur lit. Le froid sévira encore aujourd'hui. En fait, depuis la fin de juillet, la chaleur a fait place à une humidité glaciale.

Le brouillard et le vent ne prennent jamais de repos non plus. Ce matin, Marie a l'âme chargée de chagrin comme l'air est chargé du crachin de la mer. Le jour du départ est arrivé et, bien que l'excitation soit omniprésente en elle, la jeune femme ne cesse de penser qu'elle abandonne son enfant. « Elle sera très bien ici », songe-t-elle pour se convaincre de la sagesse de sa décision.

C'est à regret qu'elle repousse les draps et se lève. Elle regarde, par la fenêtre, le ciel gris qui commence à prendre une teinte rosée à l'horizon. Marie sait qu'elle a beaucoup à faire avant l'appareillage de la *Fortune*, à midi. Malgré les pénibles sentiments qui lui ont tordu l'estomac au cours des derniers jours, elle n'a rien laissé paraître, de peur d'accabler sa fille. Elle tourne la tête et observe attentivement Odélie qui dort toujours. Celle-ci a manifesté une grande joie de vivre depuis qu'elles sont à Louisbourg et Marie est heureuse de constater que la fillette s'adapte aisément à son nouveau milieu.

Le vent souffle plus fort et le brouillard apparaît au loin. Dans quelques minutes, la ville sera envahie par une « purée de pois » si opaque qu'il sera hasardeux de circuler dans les rues. La jeune femme commençait tout juste à s'habituer, elle aussi, à l'endroit ainsi qu'à la compagnie de Mme Martel. Mais elle ne regrette pas de devoir partir. Il y a si longtemps qu'elle n'a pas vu ses parents. En outre, bien qu'elle se soit évertuée à n'y pas songer depuis des mois, la maladie de son père l'inquiète plus qu'elle ne saurait le dire. Elle se sentira certainement rassurée en leur présence. Sur cette pensée, Marie revient à ce qu'elle a à faire et réveille sa fille en lui caressant délicatement les cheveux.

–Odélie, lui murmure-t-elle à l'oreille. C'est l'heure de te lever. C'est le grand jour, aujourd'hui.

Péniblement, Odélie s'extirpe du lit. Elle connaît les projets de sa mère pour la journée. Elle a le cœur gros à l'idée de la quitter, mais l'esprit enhardi à la perspective de la nouvelle liberté dont elle disposera désormais. Elle frissonne et s'empresse de s'habiller.

Moins d'une heure plus tard, Marie fait ses adieux à la brave logeuse. Elle est soulagée quand l'aubergiste lui fait part de ses intentions.

–Je rendrai visite à votre fille dès que j'en aurai l'occasion, lui promet-elle. Et si mes remèdes peuvent lui être d'un quelconque secours, soyez assurée que je les lui offrirai.

Marie et Odélie quittent Mme Martel et s'éloignent de l'auberge en s'enfonçant dans la brume. Plus haut, elles passent devant le bastion du Roy qu'elles distinguent à peine et tournent à gauche dans la rue Orléans. Elles se dirigent vers le couvent d'un pas beaucoup plus lent que la première fois. Comme d'habitude, Marie tient la main de sa fille dans la sienne, mais aujourd'hui la fillette perçoit une émotion inhabituelle dans cette étreinte. Alors que la poigne de sa mère sert normalement à contenir sa trop grande curiosité et son énergie débordante, la pression de ce matin traduit une sorte de désespoir, et cela l'inquiète. Car aujourd'hui la fillette ne tire pas. Elle suit même docilement, et, pourtant, la main qui la tient semble vouloir ne jamais la lâcher.

Les dames de Beauchêne arrivent à la porte principale du couvent, où une religieuse vient les accueillir. Froidement, la mère abandonne sa fille à ses soins.

–Conduis-toi comme une dame de la bonne société, recommande-t-elle sans émotion à son enfant. Comme ça, je serai fière de toi à mon retour. Surtout, obéis aux religieuses. Elles sont responsables de toi.

Marie marque une pause, prend une grande inspiration et se dépêche de terminer avant que son courage ne lui fasse défaut.

–Je t'écrirai souvent, promet-elle. C'est M. Rousselle qui t'apportera mes lettres. Profites-en pour lui donner de tes nouvelles. De cette manière, quand il écrira à ton grand-père, j'entendrai parler de toi, moi aussi.

Puis, elle tourne les talons et, sans jeter un regard en arrière, s'éloigne d'un pas rapide. Sa silhouette disparaît rapidement dans le brouillard. Elle s'efforce de ne pas penser à ce qu'elle vient de faire. Tandis qu'elle marche, le corps raide, un cri retentit soudain, tranchant le rideau de brume.

–Maman !

Odélie s'élance vers sa mère, qui se retourne d'une pièce au son de sa voix. Quand elle voit apparaître le visage de l'enfant ruisselant de larmes, à quelques pas d'elle, Marie ouvre les bras pour recevoir sa fille avec plus de tendresse qu'elle n'en a montré depuis longtemps. Elle se rend soudain compte qu'elle se sentira bien seule sans sa fille. Elle sourit en prenant le visage d'Odélie dans ses mains pour lui déposer un baiser sur le front. Elle fouille ensuite dans son sac et en ressort son exemplaire des *Aventures du Chevalier de Beauchêne*. Elle le tend à sa fille.

–Tiens. Lis-le et relis-le en pensant à moi. J'avais l'intention de le laisser à M. Rousselle pour qu'il te le remette plus tard, mais maintenant...

Marie regarde le petit visage torturé. Elle y lit soudain toute la solitude qui habite ce jeune être fragile. Résignée, elle cède à la fantaisie de sa fille:

–Et puisque ce Chevalier de Beauchêne te semble si proche de ton père, imagine que c'est lui. Ça te réconfortera quand tu te sentiras seule. J'ai acheté un autre exemplaire de ce livre chez M. Rousselle il y a quelques jours. Je ferai peut-être comme toi! Surtout, sois bien sage pendant mon absence! Je te fais confiance.

Elle embrasse de nouveau sa fille et s'éloigne. La fillette demeure sur place. Elle serre le livre sur sa poitrine, essuie ses larmes et adresse un signe de la main à sa mère que la grisaille matinale semble avaler.

Dans le port, l'agitation est à son comble. Trois autres navires s'apprêtent eux aussi à quitter Louisbourg aujourd'hui. La *Fortune* semble le plus gros et le mieux équipé. Cette constatation rassure Marie que les derniers instants passés avec sa fille ont troublée. En franchissant la porte Frédéric, elle a encore un doute quant au bien-fondé de sa décision.

Cependant, sur le quai, le va-et-vient incessant se charge de lui faire oublier ses derniers soucis. Marie se fraye difficilement un chemin parmi les marins et les marchandises qui encombrent le passage. Près d'une petite barque, Daniel Rousselle l'attend. Il est accompagné de deux hommes d'un certain âge. Marie est déçue. Elle aurait préféré rencontrer le Métis avant de monter à bord. De toute évidence, ce n'est pas l'un des deux hommes présents aux côtés du marchand. Lorsqu'elle est à portée de voix, Rousselle lui présente ses compagnons:

–Madame de Beauchêne, voici MM. Lussier et Dumas. Ce sont des associés, mais aussi des amis. Ils veilleront sur vous pendant le voyage. J'ai toute confiance en eux. Comme vous le savez, mon fils vous escortera également, mais il se trouve déjà à bord à veiller au chargement du fret. Il vous rejoindra plus tard.

–Merci, répond-elle simplement.

Elle n'a pas regardé l'homme dans les yeux. Elle ne voudrait pas qu'il voie les larmes qui rougissent les siens. Elle monte dans la barque et les deux hommes qui l'accompagnent prennent place à ses côtés. Un sourire figé marque leurs visages. Elle salue poliment M. Rousselle, accepte de transmettre ses salutations à son père et, déjà, la minuscule embarcation est trop éloignée pour que se poursuivent les conversations avec la berge.

Avec le mutisme de son escorte, Marie a tout le loisir, plongée dans ses pensées, de se laisser porter par les vaguelettes qui la bercent. Elle a la gorge nouée. Elle se promet de revenir, dès qu'elle le pourra, chercher sa petite Odélie et de l'emmener en France, dans la maison de son enfance. « Elle sera très bien là-bas, l'air du continent lui fera le plus grand bien », songe-t-elle sans grande conviction.

Déjà, la petite barque tangue près du gros navire et Marie ne voit plus que la coque de la *Fortune*. C'est l'heure de partir.

Chapitre II

Pendant que Marie monte à l'échelle qui la mènera à bord, elle se rend compte qu'on la suit de près. Cela la pousse à se dépêcher. Malgré ses gants, elle sent la corde rêche dans ses mains. Elle la serre très fort, de peur de perdre pied. Par moments, un de ses souliers glisse sur une marche ou s'empêtre dans le bas de sa jupe. Mais tout cela ne réussit pas à atténuer l'excitation du départ. Elle sent son cœur qui bat de plus en plus vite. Sa respiration est devenue irrégulière tant l'ascension lui demande d'efforts.

Elle atteint enfin le dernier échelon et pose le pied sur le pont. Immédiatement, son enthousiasme se dissipe, laissant place à l'inquiétude. À sa gauche, le château d'arrière se dresse, haut de deux étages. Marie observe, sur le devant, la petite balustrade du deuxième étage. Elle cherche le jeune Rousselle. Il devrait l'y attendre. Elle n'a pas le temps de s'interroger sur cet apparent retard que, déjà, son attention est attirée sur sa droite. Il y règne une évidente pagaille.

Sur le pont, tout bouge. MM. Lussier et Dumas ont disparu et l'agitation est à son comble. On grimpe au mât principal, on circule sur les vergues, on crie, on attache, on détache. Les bruits sont assourdissants.

Tous ces hommes vont pieds nus, mal nippés, sentent la sueur et la crasse. Ils ont l'air si affairés que Marie se sent soudain très seule au milieu de cette turbulence. Personne ne se préoccupe de sa présence. On l'ignore, ou plutôt on fait du mieux qu'on peut pour l'éviter. Derrière elle, des marins continuent de hisser la marchandise.

–Excusez-nous, m'dame, hurle l'un d'eux d'une voix rauque.

On la bouscule vers la droite, elle bloque le passage d'une caisse. On la pousse vers la gauche, d'autres hommes essaient de faire leur travail et elle est en plein dans leur chemin. Dans le tourbillon de ces activités qui lui semblent soudain si étrangères, elle se sent prise de vertige. Elle cherche un mur où s'appuyer. Une voix chaude s'élève derrière elle:

–Madame de Beauchêne?

Marie se retourne en sursautant. Un jeune homme d'à peine vingt ans se tient devant elle. Cheveux noirs et épais attachés sur la nuque, nez aquilin, teint à peine plus mat que celui des Français. Avant même que Marie prenne conscience que ces traits trahissent des origines indigènes, le jeune homme poursuit:

–Je suis enchanté, madame. Je suis Jean Rousselle. Je vous prie d'excuser mon retard. Je réglais certains détails de dernière minute concernant votre logement.

L'homme qui se présente à elle est bien différent de l'image qu'elle s'était faite du jeune Rousselle. Elle s'attendait à un Indien aux manières grossières, vêtu d'un brayet et de mitasses. Or Jean Rousselle n'a rien d'un Sauvage. Il a des manières distinguées et il est habillé à la dernière mode de Paris. Justaucorps en drap de la teinte claire de l'océan, longues bottes qui lui couvrent les genoux. Elle a déjà entrevu des Hurons et des Abénaquis qui déambulaient dans les rues de Québec, mais jamais elle n'en avait rencontré d'aussi richement vêtus et qui avaient tant d'élégance. Encore sous le coup de la surprise, Marie bredouille:

–Monsieur Rousselle... Je croyais... enfin... j'attendais quelqu'un de moins civi... Je veux dire... de plus...

Elle n'arrive pas à articuler une phrase qui ait du sens sans être insultante à l'égard de son interlocuteur. Devant son hésitation, Jean Rousselle lui dit d'un ton sec:

–Vous attendiez quelqu'un de plus sauvage? À voir votre étonnement, je m'en doute. Sachez que, malgré le fait que ma mère soit une Sauvagesse, j'ai étudié chez les jésuites à Québec, comme plusieurs petits Français. Mon père a tenu à ce que je sois élevé de la sorte.

Quelque chose indispose Marie dans le ton adopté par Jean Rousselle. Même s'il est vrai qu'elle est étonnée par l'apparence du jeune Métis, elle s'insurge devant son insolence. Faisant fi de l'appréhension qui ne la quitte pas, elle se prépare à lui répondre sur le même ton lorsqu'il reprend brusquement la parole.

–Je dois vous laisser. Je n'ai pas terminé l'inventaire du fret. Votre cabine se trouve dans la dunette. Il s'agit de celle du maître d'équipage, c'est la première à votre droite, au deuxième étage. Je vais y faire porter votre malle.

Il détourne les yeux, s'apprête à partir, mais fait soudain volte-face. Il esquisse un sourire forcé, puis ajoute:

–Le capitaine vous invite à sa table ce soir. Je vous reverrai donc au souper.

Sur ce, il incline la tête, s'écarte d'elle et se dirige vers la proue. Marie reste bouche bée. Trop d'informations se pressent dans sa tête, comme se pressent les matelots sur le pont, alors que le navire va bientôt quitter le port. Malgré son désarroi, elle ne peut s'empêcher de constater la grâce avec laquelle l'homme s'éloigne.

Jean Rousselle est d'une beauté remarquable et son port de tête est digne d'un prince arabe sorti tout droit des contes des *Mille et une nuits*. Elle suit des yeux le jeune homme, étonnée par sa démarche agile et nullement gênée par les mouvements du navire. Puis, elle détourne la tête. L'image du Métis laisse un trouble dans son esprit, mais elle doit se ressaisir et ne pas oublier qui elle est. D'ailleurs, Jean Rousselle demeure un Sauvage, quelle que soit son apparence. Et même si ce n'était pas le cas, il est manifestement plus jeune qu'elle.

Après s'être fait ces réflexions, elle se retourne et observe le va-et-vient incessant des marins. On a déjà levé l'ancre. Dans la mâture, l'agitation est à son apogée. Marie demeure un instant sur le pont supérieur et fixe la ville qui s'éloigne doucement.

Plus loin, à l'avant du navire, dissimulé derrière une voile qu'on est encore en train de rafistoler, Jean Rousselle étudie la nouvelle venue. Il est fier de lui : son attitude désinvolte l'a laissée interdite. Son père lui avait parlé des manières arrogantes de Mme de Beauchêne ; cela l'avait indisposé au plus haut point. Mais maintenant, à bord de la *Fortune*, il a beau se dire qu'il s'agit d'une Française hautaine, un doute fait surface. C'est vrai que son regard semble arrogant, mais quelque chose en elle attire sa sympathie. Elle garde un air digne, malgré son embarras, et cette noblesse le séduit, mais il y a plus.

Il lui trouve un charme qui l'intrigue. Elle n'est pas très jeune, vingt-cinq ans peut-être. Elle n'est pas non plus d'une beauté exceptionnelle. Son visage est plutôt rond, ses yeux clairs et doux. Son teint de lait contraste avec le brun ténébreux de ses cheveux. Cette chevelure paraît d'ailleurs abondante, mais elle est habilement dissimulée sous un voile noir qui lui couvre entièrement la tête et lui descend jusqu'au milieu du dos. La dame incline, par moments, sa petite ombrelle de manière à cacher la moitié de son visage. Ce geste fréquent contribue à lui donner l'air inaccessible. En fait, aucun de ses traits n'est disgracieux, au contraire, chacun contribue à l'harmonie de son visage. Sa généreuse poitrine se devine sous une demi-robe noire dont les manches et le col laissent entrevoir la fine dentelle qui pare sa blouse blanche. Jean remarque que, contrairement aux Canadiennes qui découvrent volontiers leurs chevilles, Mme de Beauchêne porte une jupe qui traîne sur le sol. « Ce détail confirme ce que mon père disait d'elle, conclut le jeune homme. Elle a gardé une très grande distance face aux colons. »

Malgré cela, il sent que commence à brûler en lui une flamme qu'il connaît bien. Il n'arrive pas à quitter la dame des yeux. C'est avec peine qu'il retourne à son travail, au moment où Marie entreprend de monter l'escalier de la dunette.

Le soir venu, Jean Rousselle est déçu de constater que Mme de Beauchêne a préféré rester seule dans sa cabine. Dans la salle du conseil, située juste au-dessous des quartiers des officiers, les hommes sont perplexes. Mme de Beauchêne n'a même pas ouvert sa porte à celui qui lui a apporté un bouillon. Elle prétend souffrir du mal de mer. Jean est sceptique, mais il se surprend à lui pardonner son absence. « Pourvu qu'elle finisse par trouver le temps long ! »

À l'étage du dessus, Marie est allongée sur sa couchette. En promenant son regard autour d'elle, elle ne ressent que déception. La cabine du maître d'équipage est plus étroite que celle qu'elle occupait sur la *Souvenance* et le plafond est plus bas. Sa malle est dans un coin, collée contre le mur. Marie se lève et l'ouvre pour en sortir quelques vêtements et des articles de toilette qu'elle pose sur la tablette au-dessus du lit. Elle voudrait rendre la pièce plus agréable, mais elle n'a rien emporté avec elle qui puisse servir d'ornement. D'ailleurs, dans cet espace restreint, tout objet supplémentaire serait encombrant.

Elle se rassoit sur la couchette et ouvre son sac. Elle en sort un livre ainsi que la lettre de Blaise Caron qui traîne dans le fond.

Elle s'appuie contre le mur, défait le ruban qui ferme les pages et glisse la lettre entre deux d'entre elles, tel un signet. Puis, elle inspire profondément et commence à lire dans l'espoir que les péripéties du Chevalier de Beauchêne, ce curieux capitaine de flibustiers, lui feront oublier le chagrin qui lui gonfle toujours le cœur.

L'insistance avec laquelle cet étrange personnage a recherché la compagnie des Iroquois la fait frémir. Elle entend le violon qui répand sa musique depuis le premier palier. Dans la salle du conseil, les hommes doivent se divertir. Elle finit par s'endormir.

La *Fortune* vogue, toutes voiles dehors, en direction des Antilles. La place réservée à table pour Mme de Beauchêne demeure vide. Même si elle a refusé de manger le premier soir, le capitaine lui fait porter une ration de pain et un bol de bouillon à chaque repas. Le deuxième soir, devant l'insistance du marin chargé de cette tâche, Marie accepte le plateau. La faim commence à se faire sentir. En rapportant le résultat de sa mission au capitaine, dans la salle du conseil, le marin spécifie:

–Elle n'a pas refusé l'assiette, mais elle ne s'est pas levée. J'ai ouvert la porte et j'ai déposé le plateau par terre. Je lui ai demandé de le laisser sur le plancher du couloir, devant la porte, lorsqu'elle aura terminé. J'irai récupérer la vaisselle vide plus tard.

Dans sa cabine, Marie dévore avec appétit le maigre repas qui lui a été servi. Elle ne ressent pas vraiment de nausées, mais elle entretient des craintes face à tous ces hommes de la mer. Elle préfère le calme de son minuscule refuge au tumulte de la table du capitaine. D'ailleurs, les bruits qui lui viennent parfois de l'extérieur sont assez intimidants. On crie, on hurle pour se faire entendre de tous. On court, on ouvre et on ferme des portes avec force. On traverse le couloir à la hâte. Tout cela ne lui dit rien qui vaille. Après le dîner, le violon reprend la danse qu'il a jouée la veille. Marie s'endort au rythme d'un joyeux menuet.

Le troisième soir, elle se sent assez confiante pour ouvrir au marin qui lui apporte son repas. Elle le remercie poliment et referme la porte dès qu'elle a le plateau entre les mains. Malgré le fait que la solitude qu'elle s'impose soit parfois pénible à supporter, Marie doit admettre que cela lui donne l'occasion de faire le point sur sa vie, chose qu'elle n'a jamais faite et à laquelle elle n'a même jamais songé. Elle se découvre une liberté qu'elle n'a jamais espérée. Personne n'est responsable d'elle, elle n'est responsable de personne. À aucun moment, de toute sa vie, elle ne s'est trouvée dans cette situation. Bien qu'un peu déstabilisant au début, ce nouvel état lui permet d'envisager l'avenir avec espoir. C'est la première fois, depuis le décès de Charles, qu'elle accepte sa vie sans remords, sans rancœur. Elle se résigne enfin, comme elle aurait dû le faire depuis des mois. Le temps du deuil et du noir est révolu.

Au bout d'une semaine, elle se décide à sortir de son havre de paix. Elle s'habille élégamment, s'assure que son bonnet retient bien ses cheveux, saisit fermement son ombrelle et risque un coup d'œil par la porte. Rien. Aucun bruit, aucune voix. Elle inspire profondément et pousse la porte. Comme elle s'avance et s'apprête à mettre le pied dans le couloir, la porte se rabat sur elle, poussée par un quelconque marin venu des cabines du fond.

–Pardonnez-moi, madame, s'excuse le matelot, embarrassé.

Saisie de stupeur, elle regarde l'homme qui se confond toujours en excuses, les yeux rivés au sol. Quand ce dernier lui cède le passage, Marie se dirige vers la balustrade. Le grand air lui fait du bien. Le soleil brille à l'horizon, conférant à l'océan une teinte verdoyante. Un sourire se greffe sur son visage. Elle essaie de faire abstraction du brouhaha des matelots bruyants qui vont et viennent pour mieux observer la manœuvre du bateau. Les déplacements, les ordres. Tout cela l'impressionne.

Marie se demande ce que peuvent bien faire les trois autres passagers en ce moment. C'est alors qu'elle aperçoit, tout en bas, Jean Rousselle. Appuyé au bastingage, il contemple l'océan. Son regard est fixe comme s'il se prenait pour la figure de proue. Il a certainement senti sa présence, lui aussi, car il se retourne lentement et lui sourit.

–Bonjour, madame, dit-il simplement.

Son ton est dénué de toute arrogance, et Marie répond au sourire et à la salutation. Mais déjà le jeune Métis disparaît sous le balcon. Elle le juge soudain courtois et apprécie qu'il ne profite pas de la situation. Elle éprouve des sentiments mélangés face à cet univers auquel elle se dérobe depuis plus d'une semaine. Quand, au bout d'une heure, elle retourne à sa cabine, elle se sent beaucoup mieux. Elle se promet de revenir sur le pont de la dunette en début d'après-midi, pour prendre l'air encore une fois.

C'est ce qu'elle fait, quelques heures plus tard. Avant d'ouvrir la porte de sa cabine, elle écoute attentivement, épiant le moindre bruit de pas venant dans sa direction. Comme tout est calme, elle ouvre la porte qui se bloque à mi-chemin, dans un fracas de bois que l'on frappe. De l'autre côté du couloir, juste en face, Jean Rousselle a tenté, lui aussi, de sortir de sa cabine et deux portes se sont heurtées. La jeune femme recule, surprise, un peu apeurée. Jean, pour sa part, est des plus confus.

–Je vous demande pardon, madame, dit-il avec empressement. Je ne voulais pas vous effrayer. S'il vous plaît, allez-y la première.

Sans réfléchir, Marie s'exécute. Lorsque Jean la rejoint dans l'étroit couloir, elle s'excuse, elle aussi, pour son manque d'attention. De se retrouver si près d'un homme provoque chez elle un trouble qui rosit ses joues. Heureusement, l'endroit est sombre.

Cette gêne est partagée. Jean ne sait que dire. Il cherche désespérément une phrase susceptible de la mettre à l'aise et qui lui permettrait du même coup de se racheter pour sa conduite cavalière lors de leur première rencontre. Il aborde donc un sujet neutre lorsque tous deux arrivent à l'air libre.

–Nous avons le vent en poupe depuis notre départ. Vous allez être heureuse d'apprendre que le voyage s'annonce assez court.

Marie n'a pas le temps de répondre. Après avoir incliné la tête, Jean l'abandonne près du garde-fou. Il dévale les escaliers et atteint le pont inférieur en moins d'une seconde. De là, il lance à la dame un regard timide où se lisent un intérêt sincère et une sympathie naissante. Un sourire hésitant égaie ensuite son visage en réponse au regard complice que lui adresse Marie. Ils se sourient enfin franchement et Jean disparaît ensuite sous le pont de la dunette.

À ce moment-là, Mme de Beauchêne est à même de constater que la vie à bord d'un navire autorise une certaine familiarité qui n'est évidemment pas admise sur la terre ferme. À l'heure du souper, elle surprend tout le monde en faisant acte de présence dans la salle du conseil. Le capitaine est ravi de la voir apparaître dans l'embrasure de la porte. Il l'a déjà aperçue, plus tôt dans la journée, appuyée à la rambarde de la dunette. Mais ce soir, avec cette lumière qui fait briller ses yeux, elle est rayonnante. Pour un vieil homme peu habitué à la compagnie des dames, la large robe piquée de Marie est tout simplement éblouissante.

–Madame, commence le capitaine, vous nous faites un grand honneur. Il est si rare que nous ayons une dame à notre table.

Marie franchit la porte et se dirige vers la place restée déserte depuis le départ de Louisbourg. Dès son premier pas, tous les hommes se sont levés et le maître d'équipage lui tire maintenant sa chaise pour lui permettre de s'asseoir.

Derrière elle, à travers les carreaux, la lune ronde brille avec autant d'éclat que la dame. Ce soir-là, sur la *Fortune*, si Charles pouvait voir sa femme discourir avec une joie fébrile, il dirait d'elle qu'elle renaît, enfin! Elle converse avec le capitaine, éclate de rire lorsque Jean imite son père, remercie avec ardeur le maître d'équipage qui lui a cédé sa cabine et interroge l'autre officier présent sur ses fonctions à bord de la *Fortune*. Il y a longtemps que Marie ne s'est amusée à ce point. Sous la lumière fiévreuse des bougies, elle se retrouve dans un environnement presque familier. Les hommes sont courtois, élégamment vêtus et plus aimables qu'elle ne les imaginait. Ils devisent de commerce, de voyages, de pays inconnus. Marie est charmée. Pendant que les matelots desservent la table, le capitaine lui fait une proposition.

–Madame de Beauchêne, dit-il, nous avions l'intention de faire une petite partie de cartes. Nous ferez-vous l'honneur de vous joindre à nous?

Il y a bien longtemps qu'elle n'a pas joué, mais elle accepte l'invitation. La partie commence. Comme elle tourne ses cartes, Marie tourne la page sur son passé et accepte l'avenir que la *Fortune* lui réserve.

La lune est maintenant bien haute dans le ciel. Elle jette sur l'encre de l'océan une lumière blanche et pure.

Debout à la proue du navire, Jean ne peut éviter la comparaison entre cet astre solitaire et l'enchanteresse Mme de Beauchêne. Un vent chaud et humide exhale sur lui son souffle apaisant. Le jeune homme n'arrive pas à oublier le rire cristallin de la belle veuve. Ni ses yeux mystérieux ni sa bouche dont la moue désirable provoque encore en lui un vertige enivrant. Le cœur léger, il sifflote l'air alangui que faisait vibrer le violon il y a quelques heures à peine.

Il sait qu'il n'arrivera pas à dormir cette nuit. Trop d'événements ont bouleversé sa vie aujourd'hui. Marie de Beauchêne n'est pas la mégère qu'il s'attendait à rencontrer. Elle est douce et agréable, malgré l'apparente froideur dont elle fait preuve lorsqu'elle ne se sent pas en confiance. Et, même si la distance sociale qui les sépare est considérable, Jean se prend à rêver d'un plus grand rapprochement entre elle et lui. Il essaie, en même temps, de ne pas se leurrer: leur complicité ne pourra probablement jamais dépasser l'amitié.

Dans les jours qui suivent, les marins doivent s'adapter à un nouveau rythme. Le vent est tombé et la mer est d'une inquiétante tranquillité. Tous se demandent quand ils reprendront la route des Antilles. Les journées de Marie sont, elles aussi, différentes. Elle se rend quotidiennement dans la salle du conseil pour se changer les idées. Et, bien que les hommes qui s'y trouvent y soient très affairés, ils prennent néanmoins quelques minutes pour bavarder avec elle. Elle soupe d'ailleurs tous les soirs à la table ovale qui trône au milieu de la pièce. L'après-midi, elle poursuit sa lecture, assise sur le banc qui longe les fenêtres. Les officiers sont ravis de la présence de cette femme qui sait ne pas les entraver dans leur travail. Jean Rousselle profite de l'intimité qui se crée entre lui et la veuve Beauchêne pour en apprendre davantage sur le commerce de son père. Marie est bien aise de discuter d'un sujet si peu embarrassant. « Qui sait ? » pense la jeune femme alors que Jean lui explique en quoi consiste l'actuelle traite de morue. « Ces liens que je tisse avec lui pourraient éventuellement me servir lorsque je serai établie à La Rochelle. »

Un après-midi, elle s'informe de ce qu'il advient de MM. Dumas et Lussier, qu'elle n'a pas revus depuis le début du voyage.

–Ils se trouvent avec le reste de l'équipage, sous le pont extérieur, répond le jeune Rousselle. Rassurez-vous, même s'ils dorment dans des hamacs et qu'ils se nourrissent de la ration du matelot, ils sont toujours en vie et ne manquent que de confort. Ils s'en plaignent d'ailleurs ouvertement dès que j'ai le malheur de les croiser. Ces deux ingrats devraient s'estimer chanceux de faire partie du voyage. Nous sommes quatre passagers à bord; c'est énorme. Que voulez-vous ? Il n'y a qu'un nombre restreint de cabines qu'un capitaine de navire accepte de louer. Et, pour ce voyage-ci, le nombre était de deux : la vôtre et la mienne.

Malgré le fait qu'il affiche une grande assurance, Jean est assez inquiet. Il espère qu'à leur arrivée en Martinique personne ne rapportera les attentions qu'il a pour la jeune femme. Cette inclination pour une veuve, noble de surcroît, lui vaudrait mille reproches. Il en est conscient et évite, pour le moment, de manifester trop d'intérêt pour Mme de Beauchêne.

Durant les deux jours que perd le navire à attendre un vent tant soit peu favorable, Jean et Marie prennent l'habitude de se retrouver, vers une heure, dans la salle du conseil. Ils discutent commerce, un sujet très à la mode. Marie apprend beaucoup sur la situation de la Nouvelle-France, sur ses marchands au tempérament fougueux mais créatif, sur les restrictions imposées par la France à ces prospères hommes d'affaires. Elle se renseigne aussi sur les mœurs des Sauvages, dont elle ne sait rien.

Évidemment, les différences sociales entre Mme de Beauchêne et M. Rousselle les empêchent d'éprouver autre chose que de l'amitié l'un pour l'autre. Cependant, il s'établit entre eux un lien qui se consolide à mesure qu'ils apprennent à se connaître. Pour Jean, les dés sont jetés. Il est pleinement conscient de l'attrait qu'exercent sur lui les charmes de la dame et il en profite tant qu'il le peut.

Vers la fin d'un après-midi trop chaud du début de septembre, Jean termine tout juste une fougueuse plaidoirie sur la place que devrait prendre la colonie dans l'industrie des chantiers navals. Son air grave et ses arguments passionnés ont presque convaincu Marie. Soudain, un cri de détresse se fait entendre. Il se prolonge, aigu, terrifiant. Les passagers ne distinguent pas les mots, mais à l'agitation qui s'ensuit, le jeune Rousselle devine ce qui arrive. Il se lève brusquement et se dirige à grands pas vers la lunette arrière. Scrutant l'horizon, il est saisi d'horreur. Au loin, un autre navire se dirige vers eux. Malgré le tumulte qui règne sur la *Fortune*, il entend le capitaine hurler sur le pont.

–Quel pavillon ?

–Anglais.

Cette réponse de la vigie fait frémir toutes les personnes à bord. La jeune femme sent la terreur l'envahir. En temps de guerre, seul le pillage peut justifier qu'un navire anglais s'approche d'un navire français. Du château d'arrière, on perçoit bien le brouhaha engendré par la panique qui s'empare de plusieurs hommes d'équipage. Marie réprime un élan semblable et fixe Jean, le regard interrogateur. Puis, n'en pouvant plus d'attendre en silence, elle pose la question qui lui brûle les lèvres.

–Que va-t-il se passer ? demande-t-elle, implorant du regard une parole rassurante.

Devant l'absence de réponse, elle poursuit:

–Ce sont... des pirates... n'est-ce pas ?

–Pas des pirates, mais des corsaires anglais.

Sa voix est neutre. Il ne dit rien d'autre et ce silence accentue l'angoisse de Marie. Elle n'ose imaginer ce qui l'attend. Les hommes de la mer... Elle entend les marins qui s'agitent à l'excès sur le pont. Le capitaine donne des ordres, mais il semble que personne ne l'écoute. Brusquement, Jean entraîne Marie vers l'escalier menant à sa cabine.

–Il faut vous mettre à l'abri ! Vite, dans votre cabine !

Marie obéit docilement, guidée par la main qui tient maintenant la sienne. Au moment où ils atteignent le deuxième étage, un coup de canon retentit. Un seul, tel un coup de tonnerre égaré. Le jeune Métis pousse la jeune femme dans son refuge, entre à sa suite et referme la porte derrière lui. Marie s'assoit sur la couchette; elle tremble d'effroi. Installé à ses côtés, Jean voudrait la rassurer, mais aucune parole réconfortante ne lui vient à l'esprit. Le silence envahit alors la minuscule pièce. Pendant plusieurs minutes, aucun d'eux n'ose le rompre. Enfin, Jean reprend la parole:

–Ils vont probablement tenter de faire le plus de prisonniers possible, histoire de réclamer plusieurs rançons. Lorsqu'ils viendront nous chercher, vous devrez leur signifier votre rang dès que vous en aurez l'occasion. Avec de la chance, vous subirez un sort différent du mien, dit-il, d'une voix qu'il aurait souhaitée plus lente.

Il s'interrompt aussitôt, conscient que ses dernières paroles n'ont pas eu l'effet escompté. Il espérait diminuer les craintes de Marie en lui assurant qu'elle connaîtrait un meilleur sort que lui. Comme elle ne répond pas, il s'aventure dans une autre explication :

–Louisbourg a toujours été un repaire de corsaires français. Mon père et moi avons fait affaire avec plusieurs d'entre eux. Nous leur achetions ce qu'il nous était possible de revendre. Habituellement, les prises qu'ils rapportent sont vendues aux enchères. Vous savez, ce ne sont pas de vulgaires pirates… On dit qu'ils traitent bien les gens de qualité dans la mesure où ces gens leur rapporteront gros.

Jean aurait voulu lui cacher ses craintes, mais sa voix le trahit. De toute façon, Marie ne l'écoute plus. Elle sait que ces conseils ne s'appliquent pas à elle, car les paroles de son défunt mari lui reviennent à l'esprit. Au cours de leur traversée depuis La Rochelle, Charles l'avait prévenue. En cas d'attaque de la part de l'ennemi, elle devait rester silencieuse le plus longtemps possible. Sa tenue vestimentaire à elle seule était une preuve de son rang. Puis, lorsqu'elle serait sur la terre ferme, elle chercherait l'homme le plus haut gradé et ferait valoir ses origines anglaises. Surtout, ne rien dire sur le navire. Si les corsaires s'apercevaient qu'elle n'a aucune valeur marchande, ils pourraient la jeter par-dessus bord.

À l'extérieur, les vagues déferlent et les bourrasques reprennent soudain. Mais aucun combat ne semble vouloir s'amorcer. Dès que les deux navires sont à portée des grappins, les corsaires lancent les leurs de manière à forcer le navire marchand à demeurer à leurs côtés. Puis, un silence lourd d'inquiétude envahit le vaisseau jusque sur les ponts inférieurs. Le navire français se rend sans coup férir, n'ayant nul besoin d'une plus grande démonstration de puissance.

Dans sa cabine, Marie est paralysée par la peur. Elle se remémore les passages sanglants des *Aventures du Chevalier de Beauchêne*. Toute la barbarie, la violence dont fait état ce récit. Elle se rapproche de Jean, qui la prend sans hésiter dans ses bras. En toute autre circonstance, il savourerait cet instant. Mais, en ce moment, l'angoisse est la plus forte. Pour éviter de trop alarmer Mme de Beauchêne, il a omis de mentionner les semaines, voire les mois passés dans une prison britannique à attendre que votre sort soit réglé, que quelqu'un vous rachète ou qu'on vous échange contre d'autres prisonniers.

Quelque part sur le navire, des portes s'ouvrent avec fracas. Au bout de plusieurs minutes, c'est la porte de leur cabine qu'on force à coups de pied. Un homme gigantesque pénètre dans la pièce. Il leur ordonne de sortir et de rejoindre les autres sur le pont. Marie se lève et passe devant le géant, suivie de Jean, plus sombre que jamais.

Dehors, les prisonniers sont alignés, et un homme leur explique, dans un français approximatif, qu'il prend possession de la *Fortune* au nom de George II, roi d'Angleterre. Il est vêtu somptueusement, ce qui surprend Marie. Il s'agit certainement d'un noble. Là s'arrêtent ses observations.

Ni elle ni les autres Français n'ont le temps de réaliser ce qui leur arrive. On escorte Marie, Jean et les officiers au deuxième étage de la dunette, qui devient alors une prison. Un garde est placé à l'entrée, sur le balcon. Le reste de l'équipage est divisé en deux ; certains sont enfermés dans la cale alors que d'autres aideront aux manœuvres avec la moitié de l'équipage anglais qui demeure à bord. Un silence terrible règne pendant quelques heures sur la *Fortune*. Quand, enfin, des ordres se font entendre, la langue anglaise domine, mais les prisonniers de la dunette ne s'en rendent aucunement compte. Ils sont isolés, chacun dans une cabine, soucieux du sort qu'on leur réserve.

*

Louisbourg.

Sous les couvertures, Odélie sommeille encore, bien que le jour soit levé depuis plus d'une heure. Elle entend les religieuses qui vont et viennent dans les couloirs du couvent. Les autres pensionnaires sont certainement debout, elles aussi. Pourquoi l'a-t-on laissée dormir ? La fillette tente de se redresser, mais une douleur lui enserre les tempes. Elle se rappelle maintenant pourquoi elle a droit à ce traitement de faveur. Déjà, elle est malade. Elle espérait pouvoir visiter la ville avant que son asthme ne la rende vulnérable. Il faut croire qu'elle devra attendre quelques jours avant de s'inspirer de son cher chevalier de

Beauchêne et de vagabonder dans Louisbourg à son gré. Malgré la fièvre qui l'accable, elle glisse lentement sa main sous les couvertures et en retire son livre. Elle est seule, aussi bien en profiter. Elle plonge dans le roman aussi avidement que son état le lui permet.

« Mon père et ma mère, Français d'origine, allèrent s'établir au Canada, aux environs de Montréal, sur le fleuve Saint-Laurent.

« J'aurais été bien élevé si j'eusse été disciplinable, mais je ne l'étais point. Dès mes premières années, je me montrai si rebelle et si mutin qu'il y avait sujet de douter que je fisse jamais le moindre honneur à ma famille.

« Je savais que les Iroquois, au lieu de tuer les enfants, avaient coutume de les emporter pour les élever parmi eux. Cela me fit souhaiter qu'ils m'enlevassent. »

Odélie frissonne autant de peur que de froid. Elle adore ce texte où l'on parle des espiègleries d'un jeune garçon de sept ans. Elle sent que cette histoire l'emporte de nouveau. Elle en reprend la lecture.

« Je criai aussitôt à pleine voix : "Quartier, messieurs, quartier ! Je me rends ; emmenez-moi avec vous." Je ne sais s'ils m'entendirent, mais je me présentai à eux de si bonne grâce qu'ils ne purent me refuser la satisfaction d'être leur prisonnier. L'un d'entre eux me prit sur ses épaules, et nous rejoignîmes promptement le gros de la troupe. Ce qu'il y a de singulier, c'est qu'au lieu de pleurer comme les autres petits garçons, je tenais dans mes mains un chaudron et un vase d'étain, que le Sauvage qui me portait avait quittés pour me mettre sur ses épaules. »

Bouleversée par ce qu'elle vient de lire, Odélie enfouit le livre sous son oreiller, sur lequel elle pose ensuite lourdement la tête; elle sombre immédiatement dans un sommeil agité par des rêves d'une rare violence.

Trois jours plus tard, elle est sur pied, comme si aucune indisposition ne l'avait affectée. Et, pleine de vigueur, elle échappe à la vigilance des religieuses, surtout à celle de sa tante, qui ne semble pourtant pas se préoccuper d'elle plus que des autres élèves. Presque chaque jour de beau temps, Odélie s'évade au début de l'après-midi, mue par un irrésistible besoin de liberté et de solitude. Quand elle est prise sur le fait, elle reçoit une correction qui dompterait la majorité des enfants. Mais Odélie a une nouvelle idole qu'elle cherche à imiter en tout point, se persuadant que chacun des gestes inspirés du livre la rapproche de son père. En revanche, dans les murs du couvent, c'est une petite fille docile, qui écoute et étudie bien. Les religieuses responsables d'elle ne savent comment se comporter avec une enfant si complexe. Cependant, elles lui pardonnent volontiers dès qu'elles conversent avec elle. Car, malgré ses fugues nombreuses, Odélie raisonne comme une adulte et sa conversation porte la marque de la bonne éducation qu'elle a reçue de sa mère.

La conduite déconcertante d'Odélie inquiète néanmoins la Mère supérieure qui presse la tante de participer davantage à l'éducation de sa nièce. Mais Antoinette n'arrive pas à s'attacher à Odélie. Lorsque la fillette pose les yeux sur elle, elle ne peut que voir le regard méfiant de la mère. Elle se tient donc à distance tant qu'elle le peut et approuve tout ce que les autres décident pour Odélie. « Après tout, se dit-elle, ce n'est pas moi qui ai la garde de l'enfant, mais bien la communauté. »

Un soir de la fin de septembre, les religieuses cherchent l'enfant depuis plusieurs heures. Odélie se cache dans un lieu connu d'elle seule. Aux yeux du premier venu, il s'agirait d'une vieille barque abandonnée derrière une maison et recouverte d'une bâche usée. L'endroit n'attirerait jamais l'attention de qui que ce soit. Odélie l'a découvert au hasard d'une promenade. Ce refuge est devenu un bateau pirate que des ennemis fictifs entourent. La fillette est prête à combattre. Ce jeu lui demande toute sa concentration et elle a perdu la notion du temps depuis longtemps.

Lorsque le soleil commence à descendre au loin, sur la forêt, Odélie se rend compte qu'elle devrait rentrer au plus vite. Elle sort de sa cachette brusquement, déchirant au passage sa jupe dont un morceau reste accroché à un clou. Elle s'élance en courant dans la direction du couvent. Elle doit bientôt s'arrêter, le souffle court. La nuit tombe plus vite que prévu et elle ne reconnaît plus son chemin. Toutes les rues se ressemblent. Et, dans la pénombre, Odélie ne distingue plus guère une maison d'une autre. Elle se retrouve, sans l'avoir voulu, tout près du port. Les recommandations de sa mère à propos de ce lieu, où, disait-elle, les mœurs sont des plus discutables, lui reviennent à l'esprit. Elle est effrayée à l'idée de devoir s'en approcher, mais elle a besoin de s'orienter, et le meilleur moyen de le faire est de partir du port. Elle demeure toutefois dans l'ombre de manière à éviter les regards des hommes qui discutent à voix forte sur les quais. La fillette se glisse devant la façade d'une maison, longe le mur latéral d'une autre et débouche enfin dans une rue qu'elle connaît bien. Elle doit encore ralentir le pas, sa respiration devenant de plus en plus courte. Au détour d'une rue, dans un élan de panique, elle tourne du mauvais côté et s'éloigne, sans s'en rendre compte, de sa sécurité.

Lorsque se dresse soudain devant elle un immense édifice, elle est persuadée d'avoir atteint son but. Son soulagement est toutefois de courte durée: deux soldats bruyants se dirigent vers elle. Toujours convaincue qu'elle se trouve bien devant le couvent, Odélie fonce vers la droite, espérant atteindre l'entrée principale avant que les hommes ne la rejoignent. C'est l'épouvante lorsqu'elle sent une main empoigner son bras. Une odeur d'alcool s'engouffre dans ses narines.

–Tu es mignonne, ma petite. Viens un peu par ici, ordonne le soldat ivre qui la bouscule, l'entraînant vers le sol avant de l'y renverser complètement.

L'autre homme éclate d'un rire lugubre. Odélie n'entend déjà plus les paroles qu'ils prononcent. Tout son être est terrorisé. Elle voudrait hurler, mais elle réussit à peine à respirer. Les mots restent étouffés dans sa gorge tandis que le plus gros des deux assaillants s'approche d'elle en déboutonnant sa braguette.

La fillette pousse subitement le cri le plus perçant que les deux hommes aient entendu de leur vie. Ils reculent, saisis d'étonnement. C'est à cet instant qu'apparaît, surgi de nulle part, un autre soldat. Il insulte les ivrognes, les pousse et les force à déguerpir.

–Et vous vous dites représentants du roi! Dieu vous pardonne l'acte odieux que vous vous apprêtiez à commettre, hurle-t-il, fou de rage, aux hommes qui s'éloignent en courant.

Il se tourne ensuite vers l'enfant qui n'a pas bougé, paralysée par la terreur. Il lui donne huit ou neuf ans, elle semble fragile et, pour l'instant, complètement affolée. Sa longue chevelure avait certainement dû être retenue par un bonnet, mais ce dernier a disparu, exposant une tignasse ébouriffée, collante de sueur. De ses yeux, aussi sombres que ses cheveux, jaillit, d'un coup, un flot de larmes qui semblent intarissables. Sa jupe largement déchirée laisse entrevoir un genou ensanglanté.

–Pauvre petit animal effarouché. Comme tu as eu peur ! Ne crains rien. Je vais m'occuper de toi. Mais que fais-tu seule dans la rue à une heure pareille ? Que fais-tu seule tout court ? Regarde-toi, tu as bien mauvaise mine. Ces hommes t'ont-ils touchée ? Est-ce que ce sont eux qui t'ont fait ça ?

Il désigne, du doigt, la jambe blessée. Odélie fait signe que non de la tête. Elle n'arrive pas à parler. Le soldat s'approche d'elle, la main tendue et s'immobilise en entendant la respiration sifflante de la petite.

–Tu es malade ! Il faut te conduire chez un médecin tout de suite.

Il se penche pour la soulever. Elle se recroqueville, effrayée. Le soldat comprend que l'image des deux brutes est encore présente dans son esprit. Il comprend aussi que sa propre image doit également lui inspirer de la peur. Une cicatrice comme la sienne, en plein milieu du visage, cela ne laisse pas les gens indifférents. Il entreprend alors de gagner la confiance de l'enfant dans l'espoir de la faire soigner le plus vite possible.

–Je m'appelle Robert. Caporal Robert Ouellet, des troupes de la marine affectées à la défense de l'île

Royale. Je ne suis pas encore de garde, tu as de la chance. Je serai ton chevalier servant tant que tu ne seras pas en sécurité.

Ces mots apaisent Odélie qui reprend lentement son souffle, au grand soulagement du soldat. Lorsque, enfin, la fillette peut se lever et marcher, il lui désigne la route.

–Alors, par où allons-nous, madame, pour vous reconduire chez vous ? demande-t-il sur un ton de soumission feinte.

–Je m'appelle Odélie de Beauchêne et j'habite au couvent des sœurs de la congrégation Notre-Dame.

Elle marque une pause et, jugeant le soldat digne de confiance, elle ajoute qu'elle a fait une escapade et qu'elle craint la colère des religieuses lorsqu'elles la verront arriver.

–Ça fait déjà tellement de fois qu'elles me le répètent. Elles vont être furieuses contre moi. J'aurai droit à une autre correction, conclut-elle en esquissant un sourire triste.

–On dirait que tu ne les écoutes guère. Elles ne veulent pourtant que ton bien. Il aurait pu t'arriver un grand malheur, ce soir, si je n'étais pas intervenu. Sais-tu ce que ces deux soldats soûls auraient fait de toi ? Crois-moi, ç'aurait été bien pire que ce que tu peux imaginer. Louisbourg est un repaire de marins et de corsaires. En plus, cet endroit grouille de soldats qui ont le mal du pays et sont en mal de femmes. Ce n'était vraiment pas prudent de t'aventurer ainsi seule dans la ville.

Tout en grondant doucement la gamine, Robert la guide vers la demeure des religieuses. Il prépare une histoire à leur raconter et espère que celle-ci sera plausible. Il comprend que l'on doive corriger les enfants insouciants, mais il est persuadé que la mésaventure de la soirée servira de leçon à la petite Odélie.

Au détour d'une rue sombre, le bâtiment de la congrégation se dresse devant eux, haut et fier, comme l'image même de la sécurité. La Mère supérieure accueille l'homme avec gratitude, une lampe à la main. Sous l'éclairage dansant, la vieille femme ne peut distinguer son visage, mais la voix de l'homme est celle de l'honnêteté et elle fait confiance d'emblée à cette âme secourable. Elle lui explique que la fillette est sous leur responsabilité, mais qu'aucune religieuse n'en vient à bout. Il lui répond en faisant un clin d'œil complice à Odélie.

–Vous savez, lorsque je l'ai trouvée, le soleil était très bas, elle errait probablement depuis longtemps dans les rues, à la recherche du bon chemin. Elle avait une telle difficulté à respirer que j'ai dû attendre qu'elle reprenne son souffle avant de la reconduire jusqu'ici. Elle voulait sans doute simplement découvrir les alentours et elle a dû s'écarter du chemin. Mais croyez-moi, elle n'est pas près de s'éloigner de nouveau.

Sur ces mots, il salue la religieuse et s'apprête à partir, mais il se ravise, se penche vers Odélie et lui murmure à l'oreille qu'il reviendra lui rendre visite, si elle promet d'être très obéissante. Et si elle est vraiment très sage, il essaiera d'obtenir la permission de lui faire visiter la ville lui-même, précisant qu'il en connaît les moindres recoins puisqu'il y vit depuis plus de cinq ans. Odélie sourit. Elle est ravie d'avoir rencontré ce nouvel ami qui la comprend si bien.

Comme il se redresse, elle lui tend la main, comme le font les femmes de la bonne société, attendant qu'il lui baise les doigts. Ce jeu amuse Robert, qui accepte son nouveau rôle. Lorsqu'il se relève, la Mère supérieure a pris l'air exaspéré de celle qui se prépare à punir l'enfant et qui n'a que faire de ces ronds de jambe.

C'est à ce moment qu'une voix retentit, provenant du profond couloir qui prolonge l'entrée. Antoinette accourt, en larmes, et se jette aux pieds de sa nièce. Elle la serre dans ses bras, si fort que la petite en a, de nouveau, le souffle coupé.

–J'ai eu si peur. Petite sotte ! J'ai cru qu'il t'était arrivé malheur. Ta mère t'a confiée à mes soins et je n'ai pas su m'occuper de toi convenablement. Pardonne-moi. Pauvre petite ! Ce n'est pas de ta faute… Ce n'est pas de ta faute…

Les autres restent muets devant cette démonstration de culpabilité par la tante. La Mère supérieure a gardé son air courroucé, Odélie écarquille les yeux, étonnée de tant d'affection d'une parente habituellement si indifférente. Seul Robert semble profiter de la scène. Il observe la tante et la nièce et ne leur trouve aucun trait commun, dans le visage du moins. Odélie est jolie, Antoinette assez quelconque, surtout avec sa coiffe de religieuse. Par contre, l'apparente fragilité de l'enfant se retrouve chez la femme, et ce malgré ses quarante ans passés. L'absence de courbes chez une femme de cet âge est un fait assez rare pour qu'on le remarque.

Le soldat jette ensuite un œil à la supérieure toujours excédée par cette exubérante manifestation d'affection. La vieille religieuse le congédie d'un geste autoritaire, referme la porte derrière lui, tourne les talons et abandonne les demoiselles de Beauchêne à leurs débordements.

En se refermant, la grande porte ne claque pas. Elle produit plutôt un son très sourd, qui confère au grand hall une ambiance de confessionnal. Antoinette et Odélie, seules dans le noir, demeurent ainsi longtemps l'une contre l'autre. Odélie n'est pas trop consciente de ce qui lui vaut autant d'attention de la part de sa tante, mais elle pleure, elle aussi. Elle est émue, non seulement à cause des larmes de cette dernière, mais aussi à cause de la mésaventure qu'elle vient de vivre.

Plus tard, dans le dortoir, sous l'apparente sécurité de ses draps, elle réfléchit encore à ce qui lui est arrivé. Ses pensées vont ensuite vers cette tante soudainement sortie de l'ombre pour lui témoigner plus d'affection que sa propre mère. Odélie s'endort en songeant que sa nouvelle vie est bien plus passionnante que l'ancienne.

Dans son lit, Antoinette ne dort pas. Elle se sent tellement coupable. Elle a failli perdre le seul lien qui lui reste avec son frère. Comment a-t-elle pu reporter sur cette enfant la rancœur qu'elle éprouve contre sa mère ? La petite Odélie est innocente dans tout cela. La religieuse revoit le visage heureux de son frère quand il a ramené de France sa jeune épouse. Dès cet instant, Antoinette s'est sentie de trop.

Antoinette et Charles habitaient la rue Saint-Louis depuis des années. Seule femme de la maison, la sœur de Charles avait toujours pris toutes les décisions, assumé toutes les responsabilités. C'était SA maison. L'arrivée de cette jeune fille avait tout compromis.

La présence de l'épouse de Charles reléguait Antoinette à un rang inférieur, presque à celui d'une domestique. Elle était devenue un fardeau pour son frère, elle le comprenait trop bien. Quand elle avait décidé d'entrer dans les ordres, Antoinette avait espéré que Charles la retiendrait, qu'il prendrait conscience de sa douleur. Or l'homme mettait la tension qui régnait dans sa maison sur le compte de l'envie. Marie, si jeune et si jolie. Antoinette, une vieille fille dont personne ne voulait. Il l'avait laissée partir sans un mot. Ils ne s'étaient jamais revus.

Et ce soir, dans la solitude qu'elle a choisie, Antoinette se rend compte qu'Odélie est sa seule famille. L'enfant est attachante et elle a besoin d'un guide, la Mère supérieure n'a cessé de le lui répéter. Quand elle a pris ce corps mince et délicat entre ses bras, elle a senti à quel point une enfant peut être fragile lorsqu'elle est laissée à elle-même. C'est une grande chance qu'il ne lui soit rien arrivé de grave jusqu'à maintenant. Comment aurait-elle pu vivre avec un poids de plus sur la conscience ? Antoinette se retourne dans son lit, comme pour chasser l'image terrifiante qui cherche à s'insinuer dans son esprit. Elle garde tout de même les yeux fermés. Une paix nouvelle emplit soudain son âme et elle plonge profondément dans un rêve où un ange gardien lui tient la main.

Il est presque minuit. Robert est toujours à son poste, dans le corps de garde, juste devant le bastion du Roy. Il est fier de sa bonne action de ce soir. La gamine courait un grave danger. Il est heureux que son cri ait retenti jusqu'au bâtiment. Il s'interroge toutefois sur la somme d'ingéniosité qu'il devra déployer pour convaincre la Mère supérieure de lui permettre de sortir la petite pour quelques heures. Il faudra aussi qu'il signale le comportement des deux dangereux soldats. Ce pays rend les hommes fous. Il est très différent de ce qui leur avait été promis. Un climat idéal, une terre prospère, une vie agréable, un salaire élevé et des promotions faciles, sans parler des femmes ! Un beau tissu de mensonges ! Les seules femmes célibataires de cette ville ont soit quatre ans, soit quarante-quatre ans. Voilà pour les rêves de mariage ! À moins d'être patient, très patient, ou d'approcher une prostituée, ou de se risquer avec une femme mariée. Pour sa part, il a opté pour les belles-de-nuit. Elles ne prennent que ce qui leur est dû, ne réclament jamais de cadeau, n'espèrent rien d'autre que ce qu'elles reçoivent et donnent ce qu'on leur demande de donner. Dans sa situation de vieux garçon, à quarante-cinq ans, il ne peut espérer autre chose de la vie. Encore heureux qu'il n'ait pas à aller se battre aux côtés de M. de Montcalm. Il a passé l'âge de faire la guerre. Il ne demande qu'à servir fidèlement le roi, dans la quiétude de son corps de garde.

Il repense à la fillette qui a joué à la grande dame avec lui. Odélie. S'il avait eu des enfants… Il sourit. Il aurait aimé avoir des enfants. Brusquement, son sourire devient grimace. Pour cela, il aurait fallu qu'une femme puisse voir derrière le visage balafré. Robert secoue la tête. Il ne veut pas y penser. Une douleur lui transperce soudainement la joue, comme un souvenir tenace qui refuse de mourir. Mais déjà, l'attention du caporal est attirée par une bagarre un peu plus loin, dans la rue. Il bouscule son silencieux compagnon qui dormait probablement et tous deux quittent leur poste à la hâte.

*

La *Fortune* atteint Boston une semaine après l'attaque. Les prisonniers débarquent sur le quai, un à un. Ils mettent pied à terre avec soulagement. MM. Dumas et Lussier ont l'intention d'écrire immédiatement pour demander à être rachetés au plus vite. Jean voudrait faire de même, il y pense depuis que le navire a été capturé. Il ignore si son père possède l'argent nécessaire à sa libération ou si ses relations pourront intervenir auprès du gouverneur de la Nouvelle-France pour exiger qu'il soit échangé contre des prisonniers anglais. Marie, pour sa part, attend que quelqu'un d'assez influent et d'un rang assez élevé s'intéresse à elle. Comme elle l'avait décidé, elle a refusé de parler lorsqu'on l'a interrogée sur son identité. Elle attend le moment favorable pour faire valoir ses origines. Elle a de la famille à New York. Elle espère que cela sera suffisant, mais elle n'est pas dupe. Les Anglais poseront des questions.

Du haut du balcon d'un des édifices du port, un officier britannique d'une quarantaine d'années observe le débarquement des marchandises et des prisonniers. Grand, mince, les cheveux blond-roux attachés sur la nuque avec un fin ruban noir, il a l'air heureux de ceux qui ont réussi. Il a beaucoup investi dans l'équipement du *New Dawn* pour la guerre de course. Avec tous les obstacles qu'il a dû surmonter pour obtenir une lettre de marque, il est satisfait de voir revenir à quai son bâtiment avec une prise considérable. La *Fortune* est un très beau navire qui rapportera beaucoup lorsqu'il sera vendu aux enchères. L'équipage a également l'air assez docile, il pourra certainement servir sur un autre navire. L'homme accorde maintenant une attention plus particulière aux officiers et aux passagers. C'est là sa bête noire. Il faudra qu'il écrive au gouverneur de la Nouvelle-France pour demander un échange de prisonniers. Après le massacre perpétré au fort William Henry par ses alliés indiens, Montcalm a renvoyé presque tous ses prisonniers anglais à Halifax. Il sera difficile de négocier un échange fructueux. Il est plongé dans ces réflexions lorsqu'il constate, avec surprise, la présence d'une femme parmi les passagers. Même de loin, il remarque sa prestance, sa tenue vestimentaire élégante. Nul doute, il s'agit d'une dame de haut rang. Il en tirera certainement un prix intéressant s'il s'adresse à la bonne personne: son père ou son mari. Il s'empresse donc de quitter son observatoire et s'élance sur le quai où se tiennent toujours alignées les prises du jour. Son regard s'attarde d'abord sur Jean, à qui il trouve un air singulièrement étranger. Il garde ensuite les yeux rivés sur Marie tout en se dirigeant vers son associé dans cette affaire, l'armateur et propriétaire du *New Dawn*, qui discute avec le capitaine du navire. Le ton des deux hommes n'est guère courtois et il les interrompt, peu soucieux de connaître la cause de la discorde. Sa voix laisse paraître, bien malgré lui, la valeur marchande qu'il attribue à la femme.

–Capitaine, il y avait une femme à bord. Qui est-elle ?

Devant l'intérêt manifeste du militaire, les deux hommes se taisent. Ni l'un ni l'autre n'ose admettre que l'objet de leur discorde concernait justement la valeur de ce passager féminin. Très rapidement, l'armateur entrevoit la possibilité d'augmenter ses profits en diminuant la part de son associé. Il répond immédiatement :

–Nous ignorons son identité, elle a refusé de parler, mais elle est certainement très intéressante. Elle vaut bien...

–Comment se fait-il qu'elle ait refusé de donner son identité ? interrompt l'officier.

–Je n'ai pas réussi à la faire parler, explique le capitaine. Elle ne parle apparemment pas anglais et je crois que mon français est trop rudimentaire. Pourtant, les autres prisonniers me comprennent. Elle refuse peut-être obstinément de coopérer...

Sans lui laisser le temps de terminer, l'officier se dirige vers Marie. Il bouscule au passage les hommes qui entravent son chemin, car la jeune femme se tient derrière les membres de l'équipage. Elle le regarde s'approcher. Elle semble l'attendre. Sans doute a-t-elle été impressionnée par l'uniforme richement orné. L'officier se sent soudain très sûr de lui. Lorsqu'il n'est plus qu'à un pas de Marie, il s'adresse à elle dans un français parfait, presque sans accent.

–Permettez-moi de me présenter, madame. Je suis le lieutenant Frederick Winters. Si vous vous présentiez également, il me serait plus facile d'obtenir votre libération rapidement.

C'est avec stupéfaction qu'il l'entend répondre en anglais. Elle se présente et l'informe qu'elle est la nièce du pasteur Frobisher, de New York. Sur le coup, Winters ne sait que répondre. Ses rêves de fortune se sont évanouis en quelques secondes. Une Anglaise ! Impossible de la rançonner. Cependant, l'homme ne montre pas sa déception. Il dit rapidement :

–Le pasteur Frobisher ? De New York ? Nous allons vérifier ça. Il faudra quelques jours pour envoyer un courrier à New York et obtenir une réponse. Vous ne devriez pas passer trop de temps au cachot.

Sur ce, il tourne les talons, assez fier de lui. Il fait signe à l'un de ses hommes, qui attendait en retrait. Il lui ordonne d'amener la femme dans une section retirée de la prison. « De cette manière, songe-t-il, je pourrai lui rendre visite sans que les autres prisonniers soient au courant. »

Marie abandonne donc le groupe de marins et de passagers pour suivre le soldat qui lui tient le bras. Elle jette un dernier regard à Jean qui ne la quitte pas des yeux. Elle souhaite qu'il arrive à se tirer d'affaire. Elle l'abandonne bien malgré elle. Au moment où elle lui tourne le dos, l'image du Métis laisse une empreinte dans son esprit : celle d'un jeune prince arabe dans sa tenue exotique.

Le lieutenant Winters reste dans le port, à observer les autres prisonniers. La froide humidité de l'air marin le fait frissonner et ajoute à son inconfort. Et si cette femme disait la vérité ? Quelle situation gênante ! Il se ravise ; aussi bien éviter d'empirer les choses. Il se retourne et fait signe à un autre de ses hommes. Il s'adresse à ce dernier sur le ton autoritaire de celui qui est conscient de son erreur, mais qui refuse de l'admettre.

–Rejoignez la prisonnière et faites-la conduire chez moi. Demeurez avec elle jusqu'à mon arrivée.

Tandis que l'homme s'éloigne, Winters considère le reste du butin. Que fera-t-il de ces autres prisonniers ? Que d'embarras ! Il se rapproche du groupe et s'adresse à ces hommes en français, avec un soupçon de dédain dans la voix.

–Je prierai ceux qui, parmi vous, croient pouvoir nous faire obtenir une rançon en échange de leur liberté de bien vouloir commencer à y songer. Je vous ferai visiter au cachot par un de mes hommes qui prendra en note les noms des personnes à joindre pour ces arrangements.

Sans plus leur manifester d'intérêt, Winters tourne les talons. Il est songeur et soupire :

–Espérons que le navire rapportera gros et que cela compensera les désagréments que nous causeront ces misérables Français !

*

Louisbourg.

Debout dans son bureau, la Mère supérieure surveille, par la fenêtre, Daniel Rousselle qui vient de quitter le couvent. Il lui semble que le soleil matinal fait paraître les vêtements du marchand plus neufs encore. Le métal reluit, le velours semble lisse et doux. Daniel Rousselle a décidément belle apparence. Là s'arrêtent, cependant, les observations qu'elle se permet de faire sur l'homme. Déjà, ce dernier disparaît au coin de la rue.

–Toujours cette enfant ! s'exclame la vieille femme. Il semble que tous les hommes de la terre se soient donné le mot pour s'occuper d'elle.

Ce que ressent la Mère supérieure n'est pas de la colère. C'est tout juste de l'irritation. De toujours avoir affaire à quelqu'un qui veut veiller sur Odélie l'exaspère. Au début de l'après-midi, c'était le caporal Ouellet, lavé, rasé et bien mis, qui s'évertuait à la convaincre qu'il valait mieux qu'Odélie sillonne la ville avec lui au lieu d'errer seule dans les rues à la rencontre de quelque aventure. À peine une heure après le départ du caporal et d'Odélie, c'est Daniel Rousselle qui demandait à la voir pour lui remettre une lettre de son grand-père et l'argent promis aux religieuses. La supérieure retourne l'enveloppe qu'elle a entre les mains. Elle contient probablement des instructions de M. de Foy. Tous ces hommes veulent s'assurer que la petite ne manque de rien, que rien ne lui arrive, que sa santé est bonne. La religieuse a un geste d'agacement. « Comme si nous n'étions pas capables de nous en occuper nous-mêmes ! »

Puis, une terrible constatation s'immisce en elle. Ces hommes ont raison : Odélie de Beauchêne demande beaucoup d'attention ; la mauvaise habitude qu'elle a prise de sortir du couvent pour visiter la ville est inquiétante ; la conclusion s'impose d'elle-même. « Il est plus rassurant de savoir la fillette entre bonnes mains que de craindre qu'elle ne vagabonde seule dans les rues. Elle sortira de toute façon ! »

La Mère supérieure se rassoit à son bureau. Elle a bien d'autres choses à faire. Elle pose l'enveloppe sur le coin du meuble et ouvre l'énorme livre qui se trouve devant elle.

–Il faut bien tenir les comptes ! soupire-t-elle avant de s'absorber tout entière dans sa tâche.

*

En ce bel après-midi d'octobre, Robert et Odélie observent les navires qui entrent dans la rade. C'est probablement l'une des dernières belles journées avant la pluie et la neige. La fillette a défait le cordon qui retenait sa cape brune et a laissé le vêtement glisser plus bas que ses épaules. Installés tout près des quais, à cheval sur le rempart, les deux amis ont une pensée commune : ils espèrent une lettre d'outre-mer. Odélie attend avec impatience des nouvelles de sa mère. Cette dernière a promis d'écrire fréquemment. La petite espère donc depuis une semaine qu'un navire reviendra de Fort-de-France.

Pour sa part, Robert rêve de recevoir une lettre de n'importe qui. Il espère que quelqu'un, quelque part en France, pense toujours à lui, attend son retour. Mais cela n'est qu'illusion ; en quittant le continent pour les colonies, Robert a brisé le dernier lien avec son passé et personne ne pense plus à lui depuis belle lurette. Mais il est malsain pour un homme de se savoir seul au monde. C'est pourquoi il a toujours gardé l'espoir de recevoir un mot d'une ancienne amie, d'un ancien protecteur. Pourtant, il serait bien embarrassé de recevoir une quelconque lettre puisqu'il ne pourrait en déchiffrer seul le contenu. Soudain inquiet du silence de l'enfant, Robert tourne la tête vers elle.

Odélie a sorti un livre d'une poche sous sa jupe. Avec tous les plis et replis du vêtement, le livre passait complètement inaperçu. Le fait qu'Odélie manifeste de l'intérêt pour la lecture intrigue le soldat. Il n'ose pas lui avouer qu'il ne sait pas lire. Cependant, il est curieux. Que contiennent ces pages dans lesquelles la petite s'absorbe tant ? Il lui pose distraitement la question, l'air de vouloir faire la conversation. La réponse qu'il obtient le laisse stupéfait.

–Ce sont les aventures de mon père, le chevalier de Beauchêne. C'était un flibustier célèbre. N'avez-vous pas entendu parler de lui ?

–Oui... oui... Tout le monde connaît le chevalier de Beauchêne...

Robert est pris au dépourvu. Il ne le connaît pas, mais il n'est pas question qu'il l'admette. De plus, il n'arrive pas à croire que la petite ait un père dont on parle dans un livre. Il demande donc à voir cela de plus près. Odélie lui tend le livre avec fierté. Au bout de quelques minutes, elle remarque que son ami le tient à l'envers et qu'il fait mine d'en parcourir les lignes ainsi. Elle s'approche de lui et, avec sa naïveté d'enfant, inverse la position du livre dans les mains de l'homme. À ce moment-là, Robert rougit, mais garde les yeux sur les caractères d'imprimerie.

Sans percevoir le changement survenu dans l'attitude de son ami, Odélie lui murmure alors quelques mots, discrètement, pour que personne ne les entende.

–C'est ma mère qui m'a enseigné. Si vous voulez, je pourrais vous apprendre. C'est très facile, dès qu'on connaît l'alphabet.

Odélie est fière de son idée, mais Robert ne l'entend pas ainsi. L'embarras qui le gagne lui dicte une nouvelle conduite et il referme bruyamment le roman. Dans la grimace provoquée par la gêne, sa cicatrice se tord et reluit presque. Odélie ne prête pas attention à ce détail. Elle ouvre la bouche pour poursuivre, mais, déjà, Robert prend la parole:

–C'est l'heure de rentrer. Je suis de garde bientôt. Allons. Viens, ordonne-t-il d'un ton glacial, aussi glacial que le vent marin qui se répand en ce moment sur le port.

Odélie perçoit la froideur de son ami sans en comprendre la cause. Habituée à devoir se taire, elle obéit. C'est donc en silence que tous deux se lèvent et remontent la rue Toulouse vers le couvent. L'air humide du large ne vient qu'accroître le malaise qui s'est glissé entre eux. Pour la première fois de sa vie, Odélie regrette une parole, un geste irréfléchi. Elle resserre sa cape autour de son corps délicat.

–On gèle ! dit-elle tout bas. L'hiver sera rude.

Sans mot dire, Robert hoche la tête en signe d'approbation.

Chapitre III

Assise sur le bout d'un banc au milieu d'un jardin de Boston, Marie se sent lasse. Elle se demande si, un jour, elle pourra revenir à sa vie d'antan. La paix et la quiétude de la grande maison de la rue Saint-Louis lui manquent. Sa vie a tellement changé depuis son départ de Québec. Après les navires bruyants, les corsaires effrayants, on lui avait promis la prison humide et glaciale. Elle ne comprend pas comment elle a pu l'éviter. La voici maintenant à attendre, comme une invitée bien gardée. À défaut d'une rançon, le lieutenant et son oncle devront s'entendre sur la somme à verser en dédommagement pour tous les inconvénients qu'elle a causés en tant que passagère sur un navire pris à l'ennemi. Cependant, elle doit admettre que le lieutenant Winters s'est efficacement occupé de sa sécurité et de son confort. « Je suis certainement la plus chanceuse parmi les passagers de la *Fortune*, pense Marie, la seule que l'on traite aussi bien. »

Winters s'est occupé lui-même d'écrire au pasteur Frobisher, à New York, pour l'informer de la mauvaise fortune de sa nièce. Il a ensuite hébergé la jeune femme chez lui. Marie se demande s'il ne veut pas, en agissant de la sorte, soutirer un peu plus d'argent à l'oncle obligé. Elle n'est pas dupe de toutes ces attentions. Elle sait qu'elle peut aller et venir à sa guise dans la maison comme dans l'immense jardin. Mais là s'arrête sa liberté. Elle n'a aucune idée de ce à quoi ressemble Boston. Au moins a-t-elle pu envoyer une lettre à Louisbourg pour informer Daniel Rousselle de son sort. Pourvu que ce dernier respecte sa volonté et ne souffle mot de cette situation à Odélie. Elle veut lui éviter les affres de l'inquiétude, qu'elle connaît bien, elle, du fait qu'elle ne peut faire savoir à son père qu'elle va bien. La nouvelle de la prise de la *Fortune* doit lui être parvenue maintenant. « Je lui écrirai dès que j'arriverai chez mon oncle, décide-t-elle. Si les choses tardaient, il faudra espérer que Daniel Rousselle aura la présence d'esprit de lui écrire. »

Elle soupire, se lève et fait quelques pas, laissant traîner sa jupe sur le tapis de feuilles séchées. Elle prend plaisir à écouter le froissement agréable que produit ce contact. Les hauts arbres dégarnis se dressent de tous les côtés sous le timide soleil de cette fin d'octobre. Marie fait mine d'ignorer la grande demeure où M. Winters veut bien la recevoir. Elle a eu amplement le temps de contempler le large édifice de pierre.

Un corbeau traverse le ciel en planant. Il survole le jardin et va se poser sur la plus haute branche du plus gros arbre de la cour. De là, il pousse quelques croassements. Le bleu et le noir de son plumage luisent. L'animal fixe maintenant l'endroit où se trouve Marie. Il émet un dernier cri et repart, la laissant seule dans sa prison.

À l'étage, posté devant une fenêtre dont il a écarté le rideau, Frederick Winters observe son invitée. Il doit admettre qu'il ne s'attendait pas à apprécier à ce point la présence d'une femme. Les autres femmes qu'il a connues n'ont jamais produit sur lui autant d'effet. Elles faisaient commerce de leurs charmes et Frederick les utilisait pour ce qu'elles étaient. Leur odeur était lourde et il lui semblait que leur peau portait, par endroits, la trace laissée par d'autres hommes. Dans leur regard, on pouvait lire l'invitation au plaisir qui attire les hommes.

Mme de Beauchêne est tout autre. Lorsqu'elle passe près de lui, elle traîne derrière elle un parfum si délicat qu'il a le goût de le suivre. Sa peau est d'une blancheur si fraîche qu'elle donne l'envie d'y goûter. Son regard est farouche, et la dame baisse les yeux dès qu'elle se rend compte qu'on la regarde. Cette attitude bouleverse Frederick. Mais ce qui le trouble davantage, c'est la douceur qui monte subitement en lui lorsqu'il s'approche d'elle. Ses gestes deviennent moins rudes. Il ne sait comment l'expliquer. Il se juge tendre, maladroit et ridicule. Mme de Beauchêne n'est dans sa vie que depuis deux semaines et, déjà, il se surprend à espérer que la réponse du pasteur Frobisher tardera à arriver.

L'homme laisse tomber le lourd rideau et, du revers de la main, le replace comme il doit se trouver, bien droit. Il fait glisser entre les doigts de son autre main la lettre qui l'obsède. Elle est adressée à Daniel Rousselle, à Louisbourg. Ce nom lui dit quelque chose. Cet homme est probablement quelqu'un de très important dont la réputation s'est rendue jusqu'à Boston.

« Est-ce le fiancé de Mme de Beauchêne ? L'attendrait-il toujours à Louisbourg ? Où donc ai-je entendu parler de ce M. Rousselle ? »

Ces questions le préoccupent depuis que la dame lui a remis la lettre. Décidément, cette femme le hante. Il faut absolument qu'il se ressaisisse. Il a beaucoup trop de responsabilités pour s'attarder à un détail pareil. Il place l'enveloppe sur la pile de lettres abandonnées sur son bureau, sans remarquer celle du dessous qui, de sa propre main, est également adressée à Daniel Rousselle. Frederick ramasse négligemment la pile et appelle un de ses domestiques.

–Faites venir un courrier pour la Nouvelle-France, ordonne-t-il sur un ton autoritaire. Il partira dès demain matin y porter ces lettres. Il faut régler au plus vite les demandes de rançons de ces *Français*.

Sa voix glaciale traduit tout le dédain qu'il éprouve pour ses prisonniers. Les tendres pensées ont disparu.

*

Louisbourg.

L'hiver 1758 est particulièrement pénible pour Odélie. Au début de ses malaises, on appelle Daniel Rousselle auprès d'elle, mais ce tuteur improvisé conclut vite que l'état d'Odélie nécessite la présence du médecin. Après plusieurs visites, ce dernier constate que l'asthme s'aggrave. Au fur et à mesure que le temps se détériore, l'enfant sent l'énergie abandonner son corps. Plus il vente à l'extérieur, plus elle a de la difficulté à respirer. Plus l'humidité glaciale de la mer écrase Louisbourg, plus l'enfant frissonne de fièvre. Elle passe la majorité du temps au lit et les religieuses désespèrent de la voir recouvrer la santé. C'est une chance pour elle que sa tante soit toujours présente à son chevet. En effet, Antoinette mange et dort dans sa chambre, ne quittant pratiquement jamais sa nièce des yeux.

Le froid qui sévit au début de janvier ne fait qu'aggraver les choses. On garde donc Odélie au chaud tant qu'on le peut. On restreint les visites de manière à diminuer la fatigue qui accable la pauvre enfant. Pour cette raison, Daniel Rousselle doit s'enquérir de l'état de la petite par l'intermédiaire d'une religieuse qui se rend fréquemment à la boutique pour y chercher des denrées.

Robert aussi se voit retirer le privilège de rendre visite à Odélie. Il se plie aux exigences du médecin avec respect. En février, la santé de l'enfant se dégrade à un point tel qu'on fait venir le curé. C'est à ce moment que Mme Martel apporte au couvent quelques-unes de ses potions miraculeuses. Elle ne fait aucune promesse, mais elle demande qu'on essaie son traitement puisque rien d'autre ne semble efficace. Trois jours plus tard, Odélie est toujours entre la vie et la mort.

Dans son désespoir de voir la vie abandonner le corps de son amie, Robert fait fabriquer une poupée de chiffon par une de ses belles-de-nuit. La femme confectionne avec cœur une jolie poupée qu'elle habille avec un reste d'étoffe de grand prix. Étrangement, à partir du moment où Odélie reçoit l'objet, elle se met à aller mieux. Rapidement, elle recommence à manger, à respirer plus librement, au grand bonheur de tous ceux qui s'inquiétaient pour elle. Personne ne saurait dire ce qui a causé ce rétablissement soudain. Les prières du curé ? Les potions étranges de la veuve Martel ? La poupée offerte en guise de réconfort ? Toujours est-il que tout le monde est soulagé d'assister à cette miraculeuse guérison. La demoiselle de Beauchêne se rétablit tant et si bien que, dès le mois de mars, Robert peut de nouveau lui rendre visite.

*

Le voile blanc de ce jour de février s'infiltre par la large fenêtre de la chambre de Marie. La jeune femme est appuyée au rebord. Dans ses mains, elle tient la dernière lettre qu'elle a écrite pour sa fille. Elle étire le bras et saisit le livre du chevalier de Beauchêne posé sur la table, à côté d'elle. Le livre est gonflé de toutes ces lettres qu'elle y a glissées depuis son arrivée à New York.

–Quand reverrai-je Odélie ? murmure-t-elle dans un long soupir.

Elle insère la dernière lettre entre les pages, referme le livre et le replace sur la table. Dans la maison du pasteur, il fait bon. Dehors, c'est toujours l'hiver, cet hiver qui la fascine. Même pendant le voyage, en novembre dernier, qui l'a menée de Boston à New York, rien ne lui permettait de prévoir une différence de climat aussi grande entre la Nouvelle-France et les colonies britanniques. Jamais, depuis son arrivée en Amérique, elle n'a vécu un hiver si doux. Contrairement à Québec, New York possède un climat hivernal assez agréable. La neige y est moins abondante et la température baisse rarement au point d'interdire une sortie. La jeune femme s'imagine alors y vivre avec sa fille. La langue ne serait certainement pas un problème et il lui semble que ce climat serait favorable à la santé de l'enfant. Rien ne peut être pire que le rigoureux hiver canadien, avec son vent et son froid qui brûle les narines quand on respire. Elle se demande dans quel état se trouve Odélie à Louisbourg. Il faudra attendre le printemps avant de pouvoir communiquer avec Daniel Rousselle. « Daniel Rousselle... » Le nom du père évoque le visage du fils. « Pourvu qu'il ait trouvé un moyen de rentrer en Nouvelle-France ! »

Ensuite, Marie songe à son père. Grâce à un contact de son oncle, elle a réussi à faire parvenir à ses parents un message pour les rassurer quant à son sort. Elle a également fait suivre la lettre du jeune Blaise Caron. L'hiver étant avancé maintenant, elle n'attend pas de réponse avant le printemps.

Une voix nasillarde l'éloigne de ses soucis. Une femme l'appelle en anglais. C'est sa tante Elizabeth. Elle se trouve de l'autre côté de la porte qu'elle n'ose entrouvrir, par délicatesse. Cette vieille femme charitable a habituellement un tempérament explosif. Aujourd'hui, son ton est très doux.

–Mary... Mary... Habille-toi et rejoins-moi au salon. Un messager vient d'apporter une lettre pour toi.

Puis la tante redescend au rez-de-chaussée. Marie est intriguée. Un message pour elle ? Serait-ce un mot de son père ? Déjà ? Marie n'a pas le temps de se poser plus de questions qu'on frappe à sa porte. Une jeune fille entre timidement.

–Madame de Beauchêne, on m'envoie vous aider à vous habiller, murmure la servante d'une voix à peine audible. Ma maîtresse vous attend avec beaucoup d'impatience.

Marie sourit à la jeune Lily, lui montrant du doigt la robe jetée sur le lit. Elle s'assoit sur une chaise et enfile ses bas, qu'elle fixe au-dessus de ses genoux à l'aide de délicates jarretières. Elle se glisse ensuite dans son corset et, aidée de Lily, entreprend le laçage du vêtement.

Lorsque, enfin, Mme de Beauchêne se présente au salon, elle aperçoit sa tante assise près du foyer. La vieille femme fait mine de lire un vieux livre qui se trouvait au-dessus de la cheminée depuis des mois. Il est évident qu'elle attendait l'arrivée de Marie avec plus d'impatience que de coutume. Sur une petite table, Mme Frobisher a posé une théière et deux tasses. Sans prendre la peine de se lever, la femme du pasteur lui tend la lettre.

–Voici ce qu'un messager vient de t'apporter. Tu prendras bien une tasse de thé ?

Au ton de la vieille femme et à ses manières doucereuses, Marie comprend que sa tante s'attend à être informée du contenu du message. Ce manque de courtoisie l'indispose, elle aurait préféré prendre connaissance de sa lettre seule, dans la quiétude de sa chambre. Mais Mme Frobisher en a décidé autrement. Pour ne pas vexer sa tante, qui a la bonté de l'héberger, Marie brise le sceau et entreprend la lecture de la lettre en commençant par la signature. Elle en reste stupéfaite.

Boston, le 4 février 1758

Très chère Madame,

Je me permets de vous écrire en tenant compte du respect que j'ai pour vous. Ma demeure est hantée par votre souvenir. Bien que nous ne nous soyons côtoyés que très peu de temps, j'ai gardé de vous une image indélébile. Croyez-moi, Madame, votre compagnie a été très appréciée. Durant ces quelques jours où vous avez habité sous mon toit, votre bonté et votre esprit ont fait de moi un homme comblé.

C'est à cause de cette empreinte que vous avez laissée dans mon âme que je vous demande la permission de vous revoir. Je serai à New York à la fin du mois et j'aimerais beaucoup vous rendre visite. Permettez-moi, je vous prie, de vous témoigner toute l'admiration et l'amitié que j'ai pour vous.

J'attends votre réponse avec impatience. Si vous êtes d'accord, je vous ferai parvenir un message vous prévenant de mon arrivée.

Soyez persuadée, Madame, que je suis et reste votre très humble et très dévoué serviteur.

Frederick Winters

Devant une telle manifestation d'intérêt, Marie demeure abasourdie. Elle cherche des yeux le fauteuil le plus proche, s'y assoit et relit la lettre de M. Winters. Elle se demande ce qui a bien pu se produire dans l'esprit de cet homme pour qu'il décide de lui écrire après des mois de silence. Déjà, lorsqu'elle séjournait dans la gigantesque maison de Boston, la jeune femme avait senti qu'un sentiment étrange habitait l'âme de cet homme. Toutes les attentions dont il l'avait entourée n'étaient donc pas uniquement dictées par l'appât du gain. Cette effusion d'hommages que contient la lettre en témoigne bien.

Toujours assise près du foyer, Mme Frobisher guette d'un œil curieux les réactions de sa nièce. Elle est au courant des projets de Mr Winters depuis des mois. Ce dernier a largement expliqué ses intentions au pasteur lors d'un précédent voyage, et la vieille femme n'attend plus que l'aboutissement de toutes ces discussions. Elle a eu peine à garder secrète la visite du lieutenant. Elle est heureuse aujourd'hui de pouvoir parler librement des intentions de l'officier. Ce n'est pas qu'elle veuille que Marie quitte au plus vite sa maison. Au contraire ! Elle considère sa nièce comme une femme courageuse et digne. Mais il est malsain pour une si jeune femme de faire durer son veuvage plus d'un an, spécialement si la jeune veuve habite dans les colonies. Les hommes y sont si nombreux ! Mme Frobisher souhaite de tout son cœur que sa nièce accepte la proposition que viendra lui faire l'officier britannique.

–Après tout, c'est un homme charmant et un bon parti, a-t-elle dit à son mari. Et puis, sa fortune n'est pas un secret.

Mme Frobisher se promet bien de convaincre sa nièce en lui faisant voir les bons côtés de cette possible union. C'est avec diplomatie qu'elle s'adresse à sa nièce, l'air faussement inquiet.

–Tu es toute pâle, ce ne sont pas de mauvaises nouvelles, j'espère ?

–Non, ma tante.

La réponse de Marie est certainement trop brève au goût de sa tante. Marie sait bien que celle-ci l'interrogera tant qu'elle n'aura pas l'information désirée. Cependant, elle a pris beaucoup d'assurance avec toutes les épreuves qu'elle a traversées et elle décide de ne pas lui rendre la tâche facile. Après tout, elle n'a pas à l'informer de tout ce qui se passe dans sa vie. À ce moment, la lueur de sympathie qui brille dans le regard indiscret de la tante trouble Marie et la fait fléchir. Cette bonne dame ne veut que son bien, même si, parfois, les moyens qu'elle prend pour parvenir à ses fins sont un peu indélicats.

Résignée, elle lui tend le feuillet replié. Mme Frobisher tente de lire la précieuse missive. La lumière du jour combinée à celle du foyer permet à peine à la vieille dame de déchiffrer l'écriture sinueuse. Elle éloigne la feuille le plus possible. Lorsqu'elle relève la tête, ses petits yeux plissés traduisent une grande déception.

–Il peut écrire en français ? demande-t-elle en se trahissant.

Un sourire malicieux anime d'un coup les lèvres de la tante. Elle rend la lettre à sa destinataire.

–Vous étiez au courant ? demande Marie.

–Cet agréable monsieur a eu la décence de demander la permission à ton oncle avant de te courtiser. Je le trouve d'ailleurs tout à fait charmant.

En répondant, Mme Frobisher dissimule mal son enthousiasme. Elle ne prend même pas la peine de mentir, elle a trop de respect envers la jeune veuve pour essayer de se défiler. Pour sa part, Marie n'est pas surprise des aveux de sa tante. Cependant, elle est interdite devant la nouvelle. Frederick Winters a donc déjà fait des plans. Son silence des derniers mois cachait une bien belle intrigue. Elle fait glisser le fin papier entre ses doigts, comme pour ressentir davantage les effets de la nouvelle. Un léger sourire égaie son visage. Elle se souvient de la première fois. Comment aurait-elle pu oublier ? Elle avait dû patienter des mois avant que Charles la demande en mariage. Est-ce donc un trait typique des hommes de prendre tant de temps et de laisser languir les femmes qu'ils convoitent ? Marie ne saurait répondre. Elle ne s'est mariée qu'une seule fois.

Le souvenir de Charles, si brusquement ramené à la surface, provoque en elle tout un remous. Une vague de tristesse l'envahit et, sans prendre congé de sa tante, Marie se lève d'un coup et quitte précipitamment le salon. Ce départ laisse Mme Frobisher pantoise. Elle suit des yeux sa nièce qui grimpe l'escalier de bois à grandes enjambées.

–Qu'est-ce qui a bien pu provoquer une telle réaction ? se demande-t-elle.

Puis elle se lève à son tour, se penche et ramasse la lettre abandonnée sur le tapis. Dans son empressement, Marie l'a échappée et ne s'est pas retournée avant de sortir de la pièce. La femme du pasteur la glisse dans une de ses poches. Elle la remettra à sa nièce lorsque tout sera redevenu calme dans sa maison.

Sur son lit, Marie pleure comme au premier jour à Louisbourg. L'idée d'un nouveau mariage la bouleverse. Elle a l'impression qu'en y songeant trop elle souille la mémoire de Charles. Elle s'endort, le visage baigné de larmes.

Mme Frobisher est, de nature, une personne attentive aux autres. Elle laisse passer quelques jours avant de rapporter la précieuse lettre à sa propriétaire. Ce matin-là, lorsque la tante s'avance dans le salon, Marie s'y prélasse déjà. Assise dans le meilleur fauteuil de la pièce, elle fixe le feu, totalement absorbée dans ses pensées.

Sans faire de bruit, la femme du pasteur s'approche d'une chaise disposée dans un coin. Son coussin de velours n'est certainement pas aussi confortable que celui du fauteuil, mais Mme Frobisher sait très bien que Marie cédera sa place dès qu'elle aura conscience de la présence de sa tante dans le salon. Par courtoisie, elle fait mine de ne pas vouloir déranger la jeune femme et s'assoit sur l'étroite chaise.

À ce moment, Marie s'aperçoit qu'elle n'est plus seule. Elle se redresse, replie ses jambes sous elle et adresse à sa tante un sourire courtois.

–Bonjour, dit-elle en français avant de se reprendre en anglais. Excusez-moi, j'étais distraite.

–Ne t'excuse pas, mon enfant. Ce n'est pas grave. Je trouve même que cette langue donne un accent mélodieux à tes paroles.

Marie rougit devant le compliment. Elle se lève et tend la main à sa tante pour l'aider à changer de siège. Celle-ci ne se fait pas prier. Elle affiche un large sourire et se déplace lentement vers le fauteuil désormais libre. Avant de s'asseoir, elle glisse sa main dans un repli de sa jupe et en sort la lettre de Frederick Winters. Elle la tend à Marie.

–Tu as oublié ceci dans le salon. Je l'ai récupéré pour qu'aucun curieux n'y pose les yeux.

Elle a dit ces mots comme s'il s'agissait d'un service pour lequel elle s'attend à être récompensée. Marie prend négligemment le papier et l'enfouit dans une de ses poches. Un silence inconfortable s'installe entre les deux femmes. La plus jeune, assise maintenant sur l'étroite chaise, fixe les flammes qui dansent dans la cheminée. Elle a le goût d'y jeter la lettre qui lui fait tant de peine. Elle sent la rigidité du papier contre sa cuisse. Ce contact occupe son esprit tout entier. Que fera-t-elle ? Quelle réponse donnera-t-elle au lieutenant Winters ? Elle n'y a pas encore songé, préférant ressasser ses souvenirs plutôt que d'affronter l'avenir. Aujourd'hui, elle sent qu'elle devra faire face à son destin. Marie, qui se doute bien qu'une question brûle les lèvres de sa tante, attend qu'elle fasse les premiers pas. Ce qui ne tarde pas.

–Que vas-tu décider, Mary? demande la tante soudainement, après plusieurs minutes de silence.

–Je ne sais pas, je n'y ai pas encore songé.

–Il faudra que tu prennes une décision bientôt. M. Winters attend avec impatience ta réponse. Si tu savais à quelles angoisses il est en proie depuis qu'il t'a rencontrée! Il s'était mis dans la tête que tu étais fiancée à un certain M. Rousselle, de Louisbourg...

À ces mots, Marie lève la tête. Fiancée à Jean Rousselle? Quelle drôle d'idée! C'est un Sauvage dont elle n'aurait su que faire. Quoique l'image qu'elle a gardée de ce jeune homme soit assez plaisante, jamais elle ne se serait autorisé de telles pensées.

–Pourquoi pense-t-il que je me serais fiancée avec le fils d'un petit marchand de morue? Et puis, Jean Rousselle est un Sauvage!

Marie exagère, elle en est pleinement consciente, mais il n'est pas question qu'elle tolère des rumeurs sur son compte. Après tout, il ne s'est rien passé sur la *Fortune* dont elle doive avoir honte.

–Jean? interroge Mme Frobisher, perplexe. Jean Rousselle? Le lieutenant m'a plutôt parlé d'un certain Daniel Rousselle. Cela a rapport avec une lettre que tu lui aurais demandé de faire suivre à Louisbourg quand tu logeais chez lui. Le pauvre était terrorisé à l'idée que tu sois promise à un autre. Je crois sincèrement qu'il est très épris de toi. De toute manière, ton oncle l'a tout de suite détrompé. Il n'était pas question que nous laissions une occasion comme celle-là te passer sous le nez. Un si bon parti...

Marie n'écoute plus sa tante qui continue à vanter les mérites de ce gentilhomme. Si Frederick Winters a gardé le silence si longtemps, c'est parce qu'il a fait une enquête sur elle. « Comme c'est flatteur ! songe-t-elle avec coquetterie. Il est donc assez sérieux pour ne pas avoir voulu offenser une femme déjà engagée. »

C'est une délicatesse qui ne laisse pas la jeune femme indifférente. Pour la première fois, Marie se surprend à envisager un mariage avec cet Anglais. Son visage s'éclaire soudain lorsqu'elle entrevoit une possibilité jusqu'ici presque inimaginable : c'est le meilleur moyen de faire venir sa fille de Louisbourg ! Elle posera cette condition à son mariage. S'il tient à ce point à elle, il n'hésitera pas à tout tenter pour lui rendre son enfant.

La femme du pasteur bavarde toujours, sans remarquer que sa nièce ne l'écoute plus. Elle énumère les bons côtés d'une telle union. Elle s'interrompt au moment où elle se rappelle à son tour l'existence d'Odélie. Lorsqu'elle se remet à parler, c'est avec une grande appréhension dans la voix.

–Crois-tu qu'il acceptera de devenir le père d'une enfant si malade ? demande-t-elle sans grande conviction.

Marie n'a pas pensé à ce problème. Odélie coûte une fortune en frais médicaux, sans compter les inquiétudes, les nuits de veille et les remèdes. Il est peu probable qu'un homme resté si longtemps célibataire accepte d'emblée une telle responsabilité. Il insistera pour que la fillette demeure chez les religieuses, au mieux à titre de pensionnaire. Pendant un instant, la situation semble désespérée. C'est sa tante qui trouve la solution.

–Et si tu lui demandais d'élire domicile ici, à New York ? Nous pourrions tous veiller sur la petite. Je me sens tellement moins seule depuis ton arrivée. Je serais heureuse de participer à l'éducation de ma petite-nièce, bien que je n'aie pas une grande expérience dans ce domaine. La nature n'a pas permis que j'enfante, mais elle ne m'interdit pas de t'aider.

La vieille femme marque une pause, surprise de sentir monter en elle un élan de bonté maternelle. Elle garde juste assez de retenue pour éviter que Marie n'ait l'idée de faire venir la petite dans la maison du pasteur.

« Il y a des limites à la générosité », conclut intérieurement la tante.

De son côté, Marie est songeuse. Quelle raison donner à Winters pour justifier ce caprice sans pour autant lui révéler la fragilité d'Odélie ? Il est hors de question que sa fille demeure indéfiniment au couvent. Si elle a refusé de l'envoyer chez les ursulines du temps où elles vivaient à Québec, c'était pour veiller elle-même à son éducation. Le couvent de Louisbourg n'était qu'une solution temporaire. Jamais elle n'abandonnera son enfant. Elle le lui a promis. Il est temps qu'elle prenne en main son avenir et celui de sa fille. Personne ne le fera pour elle. Elle pose alors les yeux sur sa tante avant de déclarer :

–Vous avez raison. Je vais d'abord exiger de m'établir près de ma famille. Je suis seule depuis si longtemps… Je ne désire pas m'éloigner de vous. Si le lieutenant accepte, je lui parlerai d'Odélie, sans lui mentionner son état de santé, évidemment. Je lui demanderai de la faire venir de Louisbourg. Si je suis mariée, je refuse que ma fille demeure chez les religieuses. Il ne pourra s'y opposer. C'est ma responsabilité de mère. S'il accède à mes conditions, je l'épouserai.

Marie a prononcé cette dernière phrase avec une grande conviction. Elle se trouve elle-même très lucide. Mme Frobisher admire également cette détermination. Elle approuve en inclinant la tête, se lève et quitte la pièce. Maintenant que ce problème est réglé, elle a d'autres chats à fouetter si elle veut que sa maison fonctionne rondement. Il faut que Lily aille faire des courses : il n'y a plus de farine.

Marie demeure un moment seule au salon. Maintenant qu'elle a pris sa décision, elle a le cœur plus léger. Elle fixe le néant, droit devant elle. Un frisson lui parcourt l'échine et elle resserre contre elle le châle de laine qui lui couvre les épaules. Tout à leur conversation, les deux femmes ne se sont pas aperçues que le feu se mourait dans la cheminée. La jeune femme quitte subitement son siège et se dirige vers le grand escalier. Il faut qu'elle rédige sa réponse à Frederick Winters.

*

À la fin de février, par un après-midi ensoleillé, un cavalier richement vêtu s'avance seul dans le chemin menant à la vaste demeure du pasteur Frobisher. Il porte un uniforme britannique orné de dorures et de dentelles, qui se découpe sur la neige étincelante. Le front soucieux, le regard anxieux, il avance lentement, ses yeux bleu clair fixés sur la porte d'entrée. Même si le vent du nord charrie avec lui l'air glacial de la Nouvelle-France, ce n'est pas le froid qui fait trembler les mains de Frederick Winters. Malgré toutes ses investigations, il redoute d'avoir oublié un détail ou deux qui pourraient mettre en péril l'avenir qu'il prépare pour Mme de Beauchêne, ou plutôt avec Mme de Beauchêne.

Il ferme un instant les yeux et revoit son visage angélique. Rien d'autre ne l'attache à la Nouvelle-France que cette enfant qu'elle a abandonnée à Louisbourg avant d'entreprendre son voyage à bord de la *Fortune*. Il est évident qu'elle désirera la faire venir en Nouvelle-Angleterre. Rien de plus facile, d'ailleurs. Mais Frederick n'a pas l'intention de lui dévoiler si vite ses cartes. Il faut laisser croire à la dame qu'il s'agit là d'une tâche ardue. Malgré la confiance qu'il a en ses propres capacités, la peur d'être repoussé l'empêche de se sentir tout à fait sûr de lui.

Devant l'entrée, il se compose un air digne et confiant, descend de cheval et tend les rênes au serviteur venu l'accueillir. Puis, malgré une soudaine vague de chaleur intérieure qui l'indispose, il enroule sa cape plus fermement autour de ses épaules. Il inspire profondément, puis se dirige vers la porte. Celle-ci s'ouvre avant même qu'il manifeste sa présence et Frederick s'y engouffre rapidement. L'odeur sucrée de biscuits à la cannelle, préparés pour le thé de quatre heures, embaume la maison. Mme Frobisher referme immédiatement la porte derrière lui. Le sourire de cette femme met Frederick à l'aise et lui redonne confiance.

–Quel froid! dit-elle, la voix chargée de compassion. Vous avez fait bon voyage?

–Très bon, répond l'homme, encouragé par cet accueil chaleureux.

La femme du pasteur le guide à travers les sombres corridors en direction du salon. Elle s'arrête devant une énorme porte close, puis se retourne pour faire face à l'officier. Son visage exprime la fierté que lui cause cette visite. Cette image de lui-même que lui renvoie la vieille dame rassure Frederick. L'homme s'incline devant son hôtesse.

–Je vous remercie de votre hospitalité, madame. C'est vraiment un grand honneur que vous me permettiez de rencontrer votre nièce sous votre toit.

Sa voix est calme, posée, et elle traduit le respect qu'il a pour cette femme qui a servi de médiatrice.

–Tout l'honneur est pour nous, monsieur. Ma nièce vous attend près du foyer depuis la fin du dîner. Elle m'a demandé de vous laisser entrer seul dès que vous arriveriez. Je vous laisse donc ici.

Sur ces paroles, la vieille femme s'éloigne lentement et Frederick l'entend murmurer quelques mots qu'il ne comprend pas. Il regarde la silhouette qui s'évanouit dans l'obscurité du vaste corridor. L'homme se tourne vers la porte et essaie de se détendre. « Pourquoi suis-je si nerveux ? Elle ne pourra résister à ma proposition. J'ai tous les atouts dans mon jeu. »

Cette pensée à l'esprit, Frederick frappe et attend. Comme rien ne se produit, il pousse la lourde porte. Contrairement à ce à quoi il s'attendait, elle ne grince pas en s'ouvrant, mais le tableau qu'elle lui offre l'émeut profondément.

Installée dans le large fauteuil près du foyer, Marie de Beauchêne semble assoupie. Son visage si rond et si joli est parfaitement immobile et il en émane une grande quiétude. Frederick referme doucement la porte derrière lui et se place en retrait. Il sent, au creux de son ventre, naître le trouble désormais familier. Force lui est de constater que cette femme a toujours le même effet sur lui. Cependant, il admet que la chose n'est peut-être pas souhaitable. Le geste qu'il s'apprête à faire aura des conséquences sur sa vie entière, et il n'est plus certain de vouloir appuyer une telle décision sur un sentiment aussi éphémère que l'amour. Mais il est trop tard pour reculer.

En posant les yeux sur ce corps d'apparence si agréable, sur cette poitrine presque offerte sous le voile fin, Frederick ne peut qu'admettre qu'il désire cette femme plus que tout. Il la veut pour lui, toute à lui. Il se sent prêt à lui donner tout ce qu'elle lui demandera, pourvu qu'elle accepte de partager sa vie.

C'est à ce moment qu'il remarque qu'un des souliers de la dame traîne négligemment sous le fauteuil. Le pied qu'il découvre est petit et délicat, autant que la cheville que laisse entrevoir la jupe légèrement relevée. L'homme prend brusquement conscience de la force de son désir. Il a besoin de toucher cette femme qui le trouble; peu importe ce qu'il risque en le faisant. La gorge nouée par l'émotion, il se dirige lentement vers le fauteuil de Marie. Son cœur bat plus vite que de coutume. Il essaie de garder ses mains près de son propre corps. Mme de Beauchêne est là, près de lui, presque soumise. Le moment est trop doux. C'est plus qu'il ne l'aurait imaginé possible, durant ces longs mois d'attente.

C'est avec peine qu'il réussit à s'arrêter, à quelques pas de la dame. Il ne peut sacrifier tous ses plans pour le simple et trop court plaisir de toucher du bout des doigts l'objet de son désir. Il a de plus grands projets, de plus durables. Il se domine et s'éclaircit la voix, pour manifester sa présence.

–Madame, prononce-t-il ensuite d'une voix chaude et légèrement rauque.

Ce mot, à peine murmuré, réveille Marie. Elle ouvre les yeux, incertaine de l'endroit où elle se trouve. Quelques secondes suffisent pour qu'elle perçoive la lumière du foyer, le papier peint vert et rouge du mur du fond. Elle se souvient alors de la voix qui l'a tirée de son sommeil et se tourne, lentement, en direction de la porte. Devant elle, à quelques pas seulement, se tient Frederick Winters, plus séduisant que dans ses souvenirs. Les dorures de son uniforme luisent dans la lumière du feu. Son regard pénétrant trouble Marie pendant un instant.

–Mister Winters, dit-elle, juste assez fort pour qu'il puisse l'entendre. Pardonnez-moi, je crois que je me suis endormie en vous attendant.

Pendant qu'elle parle, un sourire illumine son visage et accentue la douceur de ses yeux. Frederick fait un pas dans sa direction et s'incline respectueusement.

–Vous êtes toute pardonnée, madame.

Dehors, il fait presque noir. Malgré la tension qui l'habite et le froid du voyage, Frederick sent un profond bien-être l'envahir. Il s'avance plus près du feu, confiant et rassuré. Il sait qu'elle acceptera sa demande en mariage.

*

Louisbourg.

C'est le printemps à Louisbourg, un printemps frisquet et pluvieux, mais le printemps tout de même. Les jours s'allongent, de sorte que le soleil parvient à réchauffer quelque peu les maisons. Il est temps, car il ne reste presque plus de bois de chauffage dans les environs. Depuis plusieurs semaines, des citoyens pestent contre le gouverneur Drucour, lui enjoignant de mieux approvisionner la ville l'hiver prochain. Cependant, après presque six longs mois d'hivernage, prisonniers de leurs froides et humides maisons, les habitants de Louisbourg sont heureux de commencer à prendre l'air... de temps en temps.

Pour Robert Ouellet, les détours par le couvent revêtent depuis quelque temps une grande importance. Il n'a pas toujours la permission de rendre visite à Odélie. Cependant, chaque fois qu'il y est autorisé et qu'il pénètre dans la petite pièce qui sert de chambre à l'enfant depuis sa maladie, son cœur se met à battre plus fort. Il appréhende le regard de la tante qui se pose sur lui avec une insistance déroutante. Il a beau se dire qu'il s'agit d'une religieuse et que cette femme a voué sa vie au Christ, il se surprend à souhaiter se retrouver seul avec elle. Ces yeux gris, autrefois si ternes et si froids, lui semblent désormais plus vifs et plus doux. Même la bouche mince lui paraît sensuelle.

Il cherche donc continuellement des raisons d'aller voir sa jeune amie convalescente. Souvent, il passe devant la boutique de Daniel Rousselle. Il y entre sous un faux prétexte et espère qu'on lui remettra une lettre pour Odélie.

Depuis qu'elle va mieux, Odélie a repris ses études, allongée dans son lit. Mais, chaque fois que Robert vient lui rendre visite, elle en profite pour essayer de lui apprendre à lire. Au début, le soldat a essayé de se soustraire à ces leçons qu'il jugeait humiliantes. Cependant, devant l'insistance de l'enfant, il a obtempéré de bon cœur, surtout que la surveillance de sa tante est obligatoire tant que le soldat se trouve dans le couvent. Antoinette se fait donc discrète, assise dans un coin de la pièce, occupée à un quelconque travail d'aiguille.

En cet après-midi d'avril, un rayon de soleil étonnamment éblouissant pénètre dans la chambre d'Odélie par la minuscule fenêtre. Malgré son intensité, cette lumière permet à peine la lecture, mais personne ne s'en plaint. Dans son coin, Antoinette observe le soldat qui répète ce qu'on lui lit, assis sur un petit banc de bois qui craque au moindre mouvement. La religieuse se souvient que, au début, Robert Ouellet lui a paru plutôt effrayant avec cette balafre qui le défigure complètement. Après quelques visites, elle a découvert que son corps de femme était bouleversé. Il est humble et généreux, de ses biens et de son temps. Ce trait de personnalité la touche particulièrement, elle qui a voué sa vie au bien-être des autres. Elle l'admire, mais il lui semble que ce qu'elle ressent va au-delà de l'admiration. Elle n'a jamais, de sa vie, témoigné la moindre affection à un homme, sauf à son frère. La découverte de cette faiblesse en elle transforme, par moments, son trouble en culpabilité, et cela la tracasse. Cette gêne la force à revenir à son aiguille.

–On fait une pause après chaque virgule. Ça donne le temps de reprendre son souffle, précise Odélie, plus concentrée que jamais sur sa toute nouvelle tâche d'enseignante.

Dans son coin, Antoinette n'ose plus lever les yeux de son ouvrage, une couverture piquée qu'elle confectionne pour Odélie. Cependant, elle n'arrive pas non plus à y fixer son attention. La lumière baigne ses doigts de rayons dorés et Antoinette regarde ses mains qui caressent distraitement l'épais tissu. Elle les trouve douces et délicates. Ces mains n'ont jamais servi à caresser qui que ce soit. Elles ont soigné, elles ont prié, mais elles n'ont jamais senti la peau d'un homme. Elles n'ont même jamais connu la douceur d'une épaule, la finesse de ces poils qui glissent entre les doigts lorsqu'on effleure un torse solide.

Elle lève les yeux dans l'intention d'épier discrètement le soldat. Immédiatement, son regard se fige, car l'homme l'observe déjà. À côté de lui, Odélie s'est endormie ; sa tête repose sur deux petits coussins et une moue charmante flotte sur ses lèvres. Antoinette ne s'est pas aperçue du silence qui règne dans la chambre depuis quelques minutes.

Robert demeure près du lit. Il n'ose ni bouger ni parler. L'intensité du regard de la sœur fait naître une émotion qu'aucun de ses gestes ne trahit. Souvent, le soldat a tenté de se persuader qu'il rêvait, que cette femme n'éprouvait pour lui rien d'autre que de la sympathie. Mais, à ce moment précis où ses yeux plongent dans ceux d'Antoinette, il y lit plus qu'une affection fraternelle. Elle est éprise de lui, comme lui d'elle. Même s'il sait qu'il ne pourra jamais exprimer ce qu'il ressent, il n'arrive pas à mettre fin à un si délicieux contact. Puis, telle la foudre qui s'abat sur un arbre dans un champ, la dureté de la voix d'Antoinette le ramène brutalement à la réalité.

–Je vous souhaite une bonne fin de journée.

Incapable d'en supporter davantage, la religieuse se lève et quitte la pièce précipitamment. Elle laisse, derrière elle, le soldat ému, encore troublé par la découverte qu'il vient de faire. Robert attend quelques minutes, de manière à être certain qu'Antoinette se trouve assez loin lorsqu'il quitte à son tour la chambre. La leçon vient de se terminer.

Pendant les semaines suivantes, le caporal Ouellet ne retourne pas au couvent. Odélie s'inquiète de ce silence, mais sa tante la rassure.

–Robert est un soldat et il est certainement très occupé par son travail.

Antoinette comprend trop bien ce qui retient le soldat loin d'elles. Si elle apprécie cette marque de respect et cette discrétion, il lui arrive néanmoins de souhaiter que les choses redeviennent comme avant. Les dames de Beauchêne reprennent tout de même leurs leçons quotidiennes en essayant de ne pas trop compter les jours.

Derrière le bastion du Roy, Robert, étendu sur le sol, admire le ciel de ce printemps riche en émotions. Il ne sait que penser de ce qui lui arrive. Pour la première fois de sa vie, une femme s'intéresse à lui.

« Il fallait qu'elle soit religieuse ! » peste-t-il, révolté.

Quelle mauvaise fortune les a fait se rencontrer alors que leur union est impossible ? Non seulement la condition religieuse d'Antoinette est un obstacle majeur, mais Robert n'a pas les moyens de s'offrir une femme et une famille. Il ne pourrait pas les faire vivre. Depuis qu'il est à Louisbourg, ses dettes ont considérablement augmenté. Il ne l'admettrait jamais devant qui que ce soit, car le crédit est interdit, mais il a dû demander des avances sérieuses sur sa solde, tant pour ses besoins personnels que pour ses dettes de jeu. Comment prendre femme dans ces conditions ? Même en travaillant à la réfection et à l'entretien des murs des remparts dans ses temps libres, il n'obtiendrait jamais assez d'argent. Dans deux ans, lorsque son contrat avec les troupes de la marine sera échu, il devra signer un nouvel engagement pour payer ce qu'il doit.

Devant ce terrible constat, il décide de se tenir loin des dames de Beauchêne. D'ailleurs, avec la chaleur, les punaises ont envahi les paillasses et Robert préfère être de garde durant la nuit. Il dort le jour, à l'ombre d'une maison ou d'un mur de pierre. S'occuper l'esprit. Voilà sa nouvelle façon de vivre !

*

Allongée dans son lit, Marie regarde le ciel par la fenêtre de sa nouvelle chambre. Une traînée blanchâtre traverse lentement la voûte céleste. C'est la première fois que la jeune femme aperçoit une comète. Elle a lu, dans les journaux, que celle-ci se nomme Halley, du nom de celui qui en a découvert les retours périodiques. Les yeux de Marie brillent, car elle est heureuse d'être témoin d'un tel spectacle.

Si elle est si radieuse, ce n'est pas seulement à cause de l'astre qui daigne lui faire l'honneur de sa présence. Le printemps hâtif de New York affecte favorablement son moral. Depuis son mariage, elle ne pense qu'au jour où elle reverra sa fille. Elle a reçu des nouvelles par un correspondant de Daniel Rousselle. La petite a passé au travers de l'hiver ; elle est maintenant en pleine forme. Elle pourra certainement affronter les affres d'un court voyage en mer, de Louisbourg à Boston. Frederick prépare « un arrangement ». Tout cela la réjouit. D'ailleurs, sa vie a pris un beau tournant depuis qu'elle a accepté de s'unir à l'officier britannique. Elle habite la plus confortable des maisons qu'elle ait jamais habitées. Le fait de vivre à New York lui permet de côtoyer son oncle et sa tante. Cette vieille femme l'amuse d'ailleurs énormément. Marie est heureuse. Elle a pris la bonne décision. Frederick est un homme prévenant et affectueux. Il cède au moindre de ses caprices et il va toujours au-devant de ses désirs. Sans en abuser, Marie se permet parfois quelques folies dont elle n'aurait jamais osé rêver avant, dans son autre vie. De plus, elle ne tardera certainement pas à donner à Frederick le fils qu'il lui réclame chaque soir. Cette perspective la réjouit. Dès qu'Odélie sera auprès d'elle, tout sera parfait.

Une brise subtile s'infiltre par la fenêtre entrouverte. Il fait chaud, pour un mois d'avril, et Marie savoure les effluves salins. Elle ferme les yeux et continue de faire le point sur sa situation. Demain, il fera probablement froid de nouveau.

Dernièrement, elle a reçu une lettre de son père. Le vieux M. de Foy lui a fait parvenir un message dans lequel il la prie de ne pas s'inquiéter pour lui. Il a repris ses affaires en main et jouit de toutes ses facultés. Il lui retourne également le pli de Blaise Caron, informant sa fille que la demoiselle Isabelle est décédée en novembre dernier. Cela attriste grandement Marie, car elle aurait préféré de meilleures nouvelles pour le jeune soldat. « Quand ce sera possible, se dit-elle, il faudra que je lui écrive pour l'en informer. Je lui dois bien cette marque de délicatesse. M. Caron trouvera certainement quelqu'un pour lui lire ma lettre. »

Malgré cette perspective peu réjouissante, les pensées de Marie dérivent vers la soirée qui vient tout juste de se terminer. Les derniers invités du souper sont partis très tard. Frederick est un homme très important, plus important que Marie ne l'aurait cru. Il connaît un nombre infini de gens qui viennent tous très souvent lui rendre visite. Marie se doute bien que, si son mari est aussi influent, c'est dû en grande partie à l'intérêt qu'il a pour la course en corsaire. Bien qu'elle ait elle-même subi l'attaque d'un de ses navires et que cette expérience lui ait laissé une certaine crainte de la mer, Marie est consciente de ce que cette activité permet d'amasser en biens et capitaux. Pour sa part, elle n'a pas l'intention de remonter sur le pont d'un bateau. Elle aime New York et compte bien y demeurer toute sa vie.

Ce soir, par contre, elle a trouvé la conversation assez éprouvante. Les invités de Frederick se sont plaints des nouvelles attaques des Canadiens en bordure de la frontière.

–Ce sont des sauvages qui tuent, massacrent et violent tout ce qui se trouve sur leur chemin. Ils se rendent maintenant aux abords des villages. Il est insupportable que l'Angleterre ne fasse rien à ce sujet. Il faut absolument réagir à ces frappes sanglantes. Et de la même manière !

Celui qui a prononcé ces paroles avait un air sévère et intransigeant. Il ne semblait pas du tout aimer les Français, encore moins les Canadiens. Il est vrai que, après le prétendu massacre du fort William Henry, l'année précédente, les Anglo-Américains avaient des raisons d'être craintifs. Peu de gens avaient survécu à cette prise de guerre par les « Sauvages de Montcalm », et les histoires qu'on en avait racontées en montraient toute l'horreur.

À un certain moment, Marie a eu l'intention de faire remarquer à ces hommes la différence qui existe entre la rage des Sauvages et les raisons qui font des miliciens canadiens de si agiles et hostiles combattants. Or elle s'est tue. À quoi bon expliquer que les Canadiens se battent pour défendre leurs biens autant que leur pays et leur roi. Pour un Britannique, habitué à recruter et à payer sa milice, cela ne justifierait en rien une telle barbarie. Elle n'a donc pas pris part à la conversation, sentant que ses opinions nuancées auraient sans doute embarrassé son époux.

La queue de la comète s'éloigne maintenant vers l'horizon. Marie se cale plus confortablement dans son lit et soupire. Elle sait que la comète reviendra demain soir, mais elle sent monter en elle une certaine nostalgie. Elle ferme les yeux et revoit le visage de sa fille, son sourire moqueur et son air curieux; elle a hâte de la serrer dans ses bras. Elle se rapproche du corps chaud de son époux et sombre dans un profond sommeil. Ses rêves sont hantés par des images de batailles sanglantes. Des corps de militaires s'entassent sur ceux des civils qui jonchent le sol sur le pourtour d'une forteresse de bois. Du sang s'écoule de ces cadavres, teignant les herbes environnantes et leur conférant l'aspect des peintures de guerre des Indiens. Au milieu des cadavres, elle reconnaît le corps de son défunt mari. Charles de Beauchêne gît sur le sol, la poitrine transpercée par un pieu de bois au bout duquel flotte le drapeau britannique.

*

Sur un chemin boueux, Frederick Winters revient de Boston où il a passé les deux dernières semaines. Sa monture commence à être fatiguée et l'officier a ralenti le pas depuis plusieurs minutes. À peine avait-il quitté le port que la pluie s'était mise à tomber, sous forme de fines gouttelettes d'abord, puis à torrents. Frederick a eu beau s'arrêter dans les auberges qui bordent la route pour tenter de se réchauffer et faire sécher ses vêtements, rien n'y a fait. Il peste maintenant contre ce pays si incommodant. Mais, en y pensant bien, il se dit que les choses pourraient être pires. S'il avait pris la voiture, il le regretterait maintenant, les routes étant encore en bien mauvais état.

Finalement, malgré le fait qu'il soit trempé jusqu'aux os, il n'est pas pressé de rentrer chez lui. La mauvaise nouvelle qu'il apporte ne plaira certainement pas à son épouse. Et il ne sait comment la lui annoncer. Comment réagira-t-elle devant son incapacité à remplir cette condition qu'elle a imposée à ce mariage ? Le jugera-t-elle comme un homme faible ? Il s'est pourtant adressé à tous ceux qui, d'habitude, font la navette de manière illicite entre la Nouvelle-Angleterre et Louisbourg, mais tous ont refusé de se charger de la mission qu'il leur proposait. Il a même été jusqu'à tripler la somme qu'il leur offrait : ces hommes n'ont pas cédé pourtant. Il a poussé l'audace jusqu'à demander un passage pour atteindre lui-même la ville forteresse : tous ont refusé. Il n'y a plus de lien maritime entre Louisbourg et la Nouvelle-Angleterre, et cela en raison de la menace récente de l'attaque anglaise annoncée par William Pitt. Si Louisbourg est bombardée, personne ne souhaite s'y trouver.

Comment, dans ces conditions, expliquer à Mary qu'il sera impossible de faire quitter la ville à son enfant ? Dès qu'elle connaîtra le danger qui menace sa fille, la jeune femme sera au désespoir. Et elle lui en voudra de son impuissance. Que pensera-t-elle de lui, lui qui fait défiler à leur table, depuis leur mariage, ses nombreuses connaissances dans le seul dessein de l'épater et de lui montrer quelle bonne décision elle a prise en l'épousant ? Ce revers ne doit pas durer. Il faut qu'il trouve un moyen de convaincre Mary qu'elle reverra sa fille dans peu de temps.

Au détour du chemin, il doit mettre le pied à terre, sur la route inondée de boue. Un énorme tronc d'arbre, probablement tombé à cause des orages de la veille, lui bloque le passage. La vase macule ses bottes jusqu'aux chevilles. Frederick enjambe l'obstacle et le fait franchir à son cheval. Puis, il frissonne. La forêt est très humide et les hauts arbres empêchent le timide soleil du printemps d'assécher le sol. Malgré cet inconfort, l'Anglais ne fait toujours pas presser le pas à son cheval lorsqu'il se remet en selle. Il inspire profondément et apprécie, pendant un court instant, l'odeur suave de la nature. Les feuilles sèches de l'automne pourrissent maintenant sur le sol et dégagent des effluves qui lui rappellent ceux de la mer.

Un grand coup de vent vient secouer les branches au-dessus de sa tête et les feuilles des arbres déversent soudain l'eau qu'elles gardaient prisonnière depuis la veille. Trempé jusqu'aux os, Frederick voudrait s'insurger contre ce mauvais traitement imposé par la nature, mais il ne dit mot. Le temps est le moindre de ses soucis, actuellement.

Lorsqu'il arrive chez lui, Marie l'accueille avec chaleur, mais elle ne pose pas de questions. Elle attend qu'il aborde lui-même le sujet. La grande discrétion dont fait preuve son épouse étonne toujours Frederick.

Elle reste digne malgré l'inquiétude qui la ronge. Il trouve ce trait de caractère assez déroutant et il se perçoit à chaque fois comme un être insignifiant. Il doit finalement admettre que cet aspect de sa personnalité, qui l'a d'abord séduit, commence à l'agacer profondément. Mal à l'aise tant à cause de ses vêtements humides qu'à cause du silence de sa femme, Frederick monte à sa chambre et attend que le bain que les serviteurs lui préparent soit prêt. Il n'en peut plus d'endurer ce froid.

C'est au souper qu'il trouve le courage d'aborder le sujet. Le vin vient d'être servi et, après quelques gorgées, il se sent plus d'attaque. Marie s'apprête à entamer le bouillon chaud placé devant elle.

–J'ai une mauvaise nouvelle, Mary, annonce-t-il sans préambule.

–Je sais, répond son épouse sans le regarder.

Frederick reste stupéfait. Il ne s'attendait pas à tant d'indifférence. Il observe sa femme qui, déjà, reprend sur un ton neutre:

–Lorsque vous êtes entré dans la cour, j'ai vu sur votre visage l'image de la défaite. Il n'y a alors eu aucun doute dans mon esprit. Vous n'avez pas réussi à trouver un moyen de faire venir ma fille de Louisbourg.

Son ton résigné secoue brutalement l'homme. Il voudrait répondre, mais s'en trouve incapable. Il entame à son tour son bouillon, sans oser s'expliquer davantage. Que répondre? Il se surprend à penser qu'il aurait préféré une crise de larmes. Il se sent si petit, si misérable, qu'il refuse de soutenir le regard de sa femme. Jamais, de sa vie, une personne, encore moins une femme, n'a su susciter en lui tant de passions. Il lève les yeux vers Marie. Elle pleure maintenant, silencieusement. Une vague de pitié gagne Frederick. Il prend la main de sa femme et la porte à sa bouche, le cœur plein de tendresse.

–Pardonnez-moi, souffle-t-il, la voix étouffée par le remords.

Puis il dépose la main délicate et se remet à manger. Le bouillon a un goût plus amer qu'auparavant. Il y trempe son pain aussi discrètement que possible. Marie recommence elle aussi à manger. Le silence règne dans la pièce. Plus rien ne sera comme avant.

Trois jours plus tard, Frederick Winters arrive chez lui plus tôt que prévu. Il trouve sa femme dans la grande chambre, assise dans son fauteuil préféré et fixant le néant. Devant elle, sur une petite table, elle a disposé tout le nécessaire pour écrire une lettre; mais toutes les feuilles sont encore blanches. Lorsqu'elle s'aperçoit de sa présence, Marie tourne vers son époux un visage sur lequel il peut lire la déception.

Lui, par contre, arbore un large sourire. Il est porteur d'une bonne nouvelle. C'est avec beaucoup d'émotion qu'il s'approche d'elle et lui saisit les mains, répandant par ce geste un peu d'encre sur le fin papier.

–Ma chère amie, commence-t-il. J'ai une nouvelle qui saura peut-être alléger votre peine.

Il attend, avant de poursuivre, d'avoir toute l'attention de la jeune femme. Il glisse doucement ses lèvres sur les doigts fins de Marie. Leur odeur est si délicieuse qu'il a brusquement envie d'elle. Sans la prévenir, il la prend par la taille, la soulève et l'attire contre lui. Il la serre très fort et Marie ne résiste pas.

Elle éclate d'un rire plus sonore qu'à l'habitude, ce qui réjouit Frederick.

–Je viens d'apprendre qui assistera le général Amherst dans la conquête de Louisbourg, annonce-t-il avec un air joyeux. Figurez-vous qu'il s'agit de mon ami James Wolfe.

Son ton est exalté, comme s'il apprenait à sa femme un événement qui devrait la réjouir. Marie le regarde et l'incompréhension se lit sur son visage. Frederick s'explique plus amplement.

–James Wolfe est un de mes amis... bon... Disons une bonne connaissance. Comme il assistera à la prise de la ville, il lui sera possible d'intervenir auprès des prisonniers. De cette manière, si je lui fais parvenir un message, il pourra certainement trouver votre fille et la conduire à Québec.

–Et alors ? dit-elle impatiemment.

–Eh bien, nous la rejoindrons à Québec.

Dans la tête de Frederick, tout est clair ; mais, dans son empressement à annoncer la bonne nouvelle à sa femme, il a oublié qu'il lui a à peine parlé au cours des deux derniers jours. Elle n'est évidemment pas au courant des préparatifs d'invasion des Anglais. Lorsqu'il se rend compte de ce malentendu, il sourit et explique :

–Nous prévoyons donner l'assaut aux Français sur trois fronts. Pendant qu'Amherst attaquera Louisbourg, mon détachement ainsi que plusieurs autres iront à Carillon. D'autres s'empareront des forts situés en bordure des Grands Lacs. Cela nous permettra de remonter vers Québec de tous les côtés. Et cela surprendra le marquis de Montcalm. La victoire ne peut que nous être acquise.

Frederick est sûr de lui. Son ton est celui d'un vainqueur. Il est évident qu'il croit à ce qu'il dit et qu'il est persuadé que son plan réussira. Pendant quelques secondes, Marie pense à tous ces gens, ces Français qui vont perdre la vie dans ces affrontements. Mais cette inquiétude se dissipe rapidement lorsque, de nouveau, l'espoir de revoir sa fille s'éveille dans son esprit. Elle hésite, car une dernière crainte s'immisce en elle.

–Lorsque les Anglais prendront Louisbourg, il y aura certainement des centaines de morts pendant la bataille. Si Odélie était tuée…

Elle ne termine pas sa phrase, une larme glisse lentement sur sa joue. Frederick tend la main et essuie doucement le visage de sa femme avec son mouchoir. Il cherche en lui les mots rassurants qu'il voudrait prononcer.

–Ne vous en faites pas, déclare-t-il enfin. Amherst sait ce qu'il fait. Il a prévu une stratégie qui ne peut faillir. Ce sera une question d'heures, un jour au plus. Soyez sans crainte, vous reverrez votre précieuse enfant.

Marie a appuyé sa tête contre l'épaule de son époux. Elle souhaite croire ces dernières paroles plus que tout au monde. Elle lui fait confiance. Un détail cependant vient la troubler.

–Comment me rendrai-je à Québec pour accueillir Odélie ? Vous partez, mais il s'agit là d'une expédition militaire et…

–Ne craignez rien, vous dis-je, coupe-t-il tendrement. J'ai tout organisé avec le général Abercromby. Vous suivrez mon régiment. D'ailleurs, vous ne serez pas la seule femme d'officier à le faire.

Cette dernière affirmation laisse Marie pantoise. « Une femme à la guerre ! On aura tout vu ! » Aucune femme française ne suivrait son mari sur les champs de bataille. Marie n'ose y penser. Cela ne sera certainement pas de tout repos. Elle refuse toutefois de se laisser distraire par ce détail. Si, pour retrouver sa fille, elle doit suivre l'armée britannique jusqu'en Nouvelle-France, eh bien soit, elle le fera.

*

Louisbourg.

Appuyée contre un mur du sombre réfectoire du couvent, où, déjouant la surveillance des religieuses, elle s'est réfugiée, Odélie épie par la fenêtre les gens dans la rue. Depuis la mi-avril, il y a beaucoup plus d'agitation dans la ville. Le matin et le soir, on voit de nombreux hommes aller et venir en direction du port. Elle songe aux paroles de sa tante.

–Au printemps, Louisbourg reprend vie et l'effervescence est plus grande encore qu'à Québec. Tous les habitants pêcheurs embauchent pour la pêche ces hommes venus de lointains pays.

C'était il y a deux jours, et Antoinette avait pris son ton d'institutrice. À ce moment-là, Odélie avait été impressionnée et effrayée à la fois. Mais aujourd'hui, seule dans la pièce obscure, elle voit les choses autrement. Même de loin, elle entend le port grouiller d'activité. Elle ferme les yeux et tente d'imaginer à quoi peut ressembler le havre en cette saison avec tous ces vaisseaux qui entrent au port. Et les paroles de sa tante lui reviennent. Odélie a particulièrement remarqué son ton défaitiste.

– C'est une bonne chose que tous ces navires arrivent enfin. Nous commencions à manquer de l'essentiel. Pour ce qui est de l'accessoire, nous en manquons déjà depuis longtemps.

Antoinette avait soupiré, longuement, avant de s'éloigner dans le couloir, laissant derrière elle un sillage de tristesse. Seule dans sa chambre, Odélie s'était demandé comment faire pour mieux observer ce qui se passe à l'extérieur. Elle voulait constater par elle-même l'ampleur de cette effervescence, car elle sait que, du couvent, on n'a qu'une mince idée de ce qui se trame dans le port. Mais, en ce printemps 1758, Odélie est plus consciente du danger. Elle connaît les risques d'une balade en ville sans chaperon ni escorte. Sa mésaventure de l'automne dernier la fait encore frissonner.

L'affreux souvenir fait surgir dans son esprit l'image de son valeureux chevalier. Elle se demande ce qu'il est advenu de Robert. Il n'a pas remis les pieds au couvent depuis le jour où elle s'est endormie en lui faisant une leçon de lecture. Peut-être lui en veut-il? Comme elle souhaite le revoir pour s'excuser!

L'horloge sonne onze heures. Interrompant ses pensées, Odélie quitte la vaste pièce. Bientôt, tout l'espace sera occupé et elle n'aura plus le loisir de réfléchir en toute tranquillité. Un espoir l'anime toutefois: sa tante lui a promis une promenade, cet après-midi, en compagnie d'Anne, une autre pensionnaire. Cette perspective l'enchante. « Peut-être irons-nous près du port ? » pense-t-elle en s'éloignant d'un pas rapide.

Le soleil brille de tous ses feux sur Louisbourg, mais il réussit à peine à réchauffer l'air frisquet du printemps. Enroulées dans leurs capes, une femme et deux fillettes quittent le couvent pour faire une promenade dans les rues avoisinantes. Elles passent devant l'hôpital et longent la rue d'Orléans. Antoinette tient ses protégées par la main. Odélie et Anne restent silencieuses et se tiennent bien droites. La religieuse corrige à l'occasion le maintien de l'une ou de l'autre. Cela fait partie de l'éducation que leur donnent les religieuses.

Contrairement à ses habitudes, Odélie garde pour elle les questions qui bouillonnent dans sa tête. Cependant, tout son corps demeure en alerte. Elle marche au rythme des tambours qu'elle entend de loin et jette un œil à la dérobée dans une cour ou dans un jardin. Elle reconnaît rapidement le chemin qui mène chez Mme Martel. Avec un peu de chance, elles passeront devant chez elle et peut-être la vieille femme sera-t-elle à l'extérieur de sa maison à préparer quelques potions. Odélie ferme soudain les yeux et se laisse guider par sa tante. Elle respire les parfums de Louisbourg. Le pain que l'on cuit, le poisson qu'on étale déjà sur les séchoirs à l'extérieur de la ville mais qui répand son odeur dans toutes les rues. Elle sent aussi l'arôme du café qu'on prépare certainement dans l'une des maisons, tout près. Mêlée à toutes ces fragrances, la senteur des biscuits à la cannelle lui rappelle la grande demeure de Québec, avec ses bouquets sucrés et son confort.

Du coup, sa mère lui manque plus qu'à l'habitude. Il y a si longtemps qu'elle l'a vue. Des larmes piquent les yeux d'Odélie; elle les essuie lorsqu'elle se rend compte qu'elles approchent de la prochaine rue. Pourvu que sa tante tourne à droite! L'auberge de la veuve Martel se trouve plus bas, vers le port. Lorsqu'elles atteignent le coin de la rue, Odélie sent que sa tante va se diriger vers la gauche et elle la tire vivement pour l'inciter à changer de direction. La religieuse tourne la tête vers sa nièce pour la gronder.

–Odélie ! Qu'est-ce qui te prend, pour l'amour du ciel ? Nous tournons à gauche ici pour faire le tour du pâté de maisons. Allons, cesse de…

Antoinette ne termine pas sa phrase. Elle heurte violemment un passant qui venait en sens inverse. Des bras puissants la retiennent pour l'empêcher de tomber à la renverse dans la rue.

–Excusez-moi.

La voix est familière, le ton est doux, rassurant. C'est alors que se réalise le souhait d'Odélie. Devant les demoiselles se tient Robert Ouellet. Son sourire est un mélange de joie et d'embarras. C'est le même qui anime le visage d'Antoinette.

–Je vous demande pardon, monsieur Ouellet. Je ne regardais pas où j'allais. Odélie désirait…

Elle s'interrompt. Odélie est déjà dans les bras de Robert.

–C'est à cause de moi si tu ne viens plus au couvent pour tes leçons de lecture ? Je t'ai fait de la peine en m'endormant pendant que tu lisais ? Pardonne-moi ! Je suis vraiment désolée. Ça ne se reproduira plus. Je te le promets. Reviens nous voir ! Tu m'as tellement manqué.

Les mots se bousculent dans sa bouche. C'est trop ! D'un coup, la fillette fond en pleurs. Robert caresse d'une main malhabile le bonnet blanc qui retient ses boucles brunes. Il ne sait que dire. Il ne s'attendait pas à cette rencontre. Il se tenait loin du couvent et les religieuses ne sortent que très rarement. Aujourd'hui, la surprise lui noue la gorge autant que l'émotion. Il prend le visage de la petite dans ses mains et lui relève la tête.

–Voyons, Odélie. Cesse de pleurer. Je vais penser que tu es malheureuse de me revoir... Voilà, c'est mieux.

Son ton est apaisant. Odélie refoule ses larmes, péniblement. Robert reprend, avec un accent qu'il voudrait sincère :

–Tu m'as beaucoup manqué, Odélie. Mais j'ai été terriblement occupé avec tous ces navires qui sont arrivés dans la ville. Et puis...

Il s'interrompt. Il ne peut lui parler de la menace d'une attaque par les Anglais. Le temps des inquiétudes viendra bien assez vite ! De toute façon, toutes ces raisons ne sont que des excuses. Les navires n'entrent au port que depuis une semaine et il y a plus d'un mois que Robert n'a pas mis les pieds au couvent. À court d'arguments, il lève les yeux, implorant Antoinette de lui venir en aide. Redoutant d'entendre énoncer les véritables raisons qui ont tenu le soldat loin d'elles, la religieuse intervient.

–Voyons, Odélie. Une jeune fille bien éduquée ne se comporte pas comme ça. Encore moins dans la rue. Allez ! Sèche ces larmes, ajoute-t-elle sur un ton un peu trop dur au goût de Robert, qui ne dit pourtant mot.

Le soldat tend un mouchoir à son amie. Celle-ci s'essuie les joues et essaie de sourire. Après tout, elle est heureuse de le revoir. Elle se ressaisit rapidement et entreprend de lui raconter les dernières semaines au couvent.

Pendant que sa nièce se perd en bavardages, Antoinette tente de se maîtriser. Elle n'arrive pas à regarder le soldat dans les yeux. Tout en s'assurant de conserver une certaine contenance, elle se surprend à observer chaque détail de l'homme qui se tient devant elle. Il dégage une odeur musquée qui la fait tressaillir. Elle ne s'est jamais trouvée aussi près d'un homme. Lorsqu'elle en prend conscience, elle tente de reculer, mais quelque chose la retient, lui tire le bras droit. La petite Anne s'était faite très discrète pour se faire oublier devant tant d'effusions. Cette présence inopportune ramène la religieuse à la réalité, et elle reprend la situation en main.

–Allons, jeunes filles. Il nous faut continuer, dit-elle avant de s'adresser au caporal qu'elle ose à peine regarder en face. Bonne journée, monsieur Ouellet.

–Bonne journée, répond le soldat, content mais déçu en même temps de ce départ précipité. Au revoir, Odélie ! J'essaierai d'aller te voir dès que cela me sera possible. Sois bien sage !

Odélie proteste, mais déjà la religieuse s'éloigne en lui tirant le bras. La petite se résigne finalement et suit sa tante d'un pas traînant en jetant de fréquents regards derrière elle.

Robert ne quitte pas des yeux le trio qui remonte la rue. Il espérait que l'éloignement tuerait cette flamme qui brûle en lui. Il croyait qu'avec le temps il finirait par l'oublier. À présent, il se rend compte que c'est impossible, qu'il lui faudra apprendre à vivre avec ses sentiments. Ce sera d'autant plus difficile qu'il a senti que cette femme à la démarche féline a été elle aussi troublée. Quelle douceur avait sa joue lorsqu'elle a frôlé la sienne ! Il se souviendra toute sa vie de son odeur particulière. Une essence si féminine et si pure à la fois ! Comme il aurait aimé la serrer plus fort dans ses bras, la sentir plus longtemps ! Il n'a fait que retenir un tout petit instant ce corps à la fois si frêle et si solide, cette taille si fine sous la robe. Cela a provoqué dans son ventre tant de remous !

Les trois demoiselles ont atteint la rue suivante et elles tournent à gauche, disparaissant devant lui, le laissant hypnotisé. Il s'apprête à son tour à poursuivre sa route. Où diable allait-il avant de vivre ce rêve ? Ah ! oui, les casemates. Il se remet en marche, le cœur léger.

Depuis leur rencontre fortuite, il y a trois semaines, Antoinette et Robert observent un silence, qui se double d'une certaine acceptation de leur situation. Au cours de sa promenade hebdomadaire, la religieuse fait maintenant exprès de passer près du bastion du Roy de manière à se trouver assez loin du couvent lorsque ses yeux croisent ceux du soldat. Ils ne se parlent jamais.

L'homme se tient toujours assez près du jardin du Roy. Habituellement, il est appuyé à la clôture de pieux et fume sa pipe. Il soulève son chapeau à son approche, mais fait bien attention de ne pas attirer l'attention d'Odélie qui accompagne parfois sa tante. Lorsque les élèves qui vont aux côtés d'Antoinette lui sont inconnues, Robert reste moins à l'écart et se permet même, parfois, de marcher de manière à croiser les demoiselles dans la rue. Il profite de ces rares occasions pour la respirer d'un peu plus près. Ses yeux expriment ce qu'il ressent pour elle, sans toutefois manifester son désir charnel qui l'empêche parfois de dormir la nuit. C'est dans l'attente de ces précieux moments riches en émotions muettes que Robert vaque à son travail quotidien et que plus rien ne semble lui peser. Il se porte volontaire pour toutes les tâches rémunératrices, car il ambitionne d'acquitter ses dettes le plus tôt possible. D'ailleurs, lorsqu'il se tient occupé, le temps passe plus vite, et ce moment parfait, le plus savoureux de sa vie, revient plus rapidement, chaque semaine.

Pour Antoinette, cette promenade constitue un moyen de s'échapper de la réalité et de rendre sa vie de tous les jours plus agréable. Elle n'est pas dupe : jamais elle ne sera la femme de Robert Ouellet. Dans une si petite communauté, c'est là un projet irréalisable. Elle évite même, lorsque cela est possible, d'emmener Odélie avec elle dans ses promenades. Elle a peur que la spontanéité de sa nièce ne nuise à son image. Elle ne voudrait pas être trahie par cette enfant qu'elle aime désormais comme la sienne.

Un matin, Odélie va trouver sa tante d'un air suppliant. Elle se fait très discrète depuis plusieurs jours, croyant que sa conduite souvent inadéquate pour une jeune fille est à l'origine du refus de sa tante de l'emmener en promenade. Dans l'espoir de sortir du couvent plus fréquemment, elle a décidé de se conformer le plus possible aux exigences de sa tante. Aujourd'hui, elle a une raison particulière de vouloir sortir. Elle a entendu dire que des vaisseaux militaires sont ancrés dans la rade. Ils auraient à leur bord deux régiments entiers de six cent quatre-vingts hommes ! Odélie désire voir tout ça de ses propres yeux. La fillette a décidé de faire fléchir sa tante en l'amadouant. Lorsqu'elle arrive à la porte de la chapelle,

elle se tient debout, bien droite, un léger sourire sur les lèvres. Elle répète mentalement les formules de politesse qu'on lui a enseignées, car elle ne veut pas qu'il lui échappe un mot mal prononcé ou une phrase trop familière lorsqu'elle présentera sa requête à sa tante. Elle refuse de s'en remettre au hasard. Lorsque Antoinette sort enfin de son lieu de prière, Odélie s'avance vers elle et fait une élégante révérence.

–Ma tante, je désirerais vous accompagner dans votre promenade cet après-midi. Il y a si longtemps que je n'ai pris l'air, cela me ferait le plus grand bien. Cet exercice permettrait à mes poumons de mieux se porter. L'air du couvent est moins vivifiant que celui de la rue.

Elle a dit ces mots calmement, comme sa tante s'évertue à le lui enseigner depuis des mois. Et rien dans son maintien ne laisse percevoir le désir d'évasion qu'elle éprouve ardemment. Ses yeux sont doux et timides à la fois, ne se levant vers sa tante qu'à la dérobée, en signe de soumission.

Antoinette, étonnée de tant de docilité, se méfie d'abord des manières affectées de sa nièce, puis finit par se dire que cette dernière mérite bien une sortie pour un si bel effort. Il lui faudra simplement être prudente de manière que Robert s'aperçoive très vite de la présence de l'enfant à ses côtés et qu'il demeure très discret.

Antoinette a décidé de n'emmener avec elle aucune autre pensionnaire que sa nièce. Elle désire se faire pardonner tous ces moments où elle l'a négligée par intérêt personnel. Elle ne se doute pas un instant des motivations réelles de l'enfant. Elle affiche donc un sourire de contentement, savourant simplement le moment. Odélie imite sa tante, contenant avec peine l'excitation qui la submerge. Elle s'apprête à vérifier l'effet de son charme et sa capacité de persuasion pour la première fois de sa vie. Au lieu d'agir comme une gamine écervelée, elle usera de moyens stratégiques pour obtenir ce qu'elle désire. Elle a tout prévu. Reste à savoir si son plan réussira.

Lorsqu'elles atteignent la rue Saint-Louis, Odélie est prête à livrer le plaidoyer qu'elle a préparé. Le jardin du Roy est tout proche et le vent en transporte le parfum des essences fleuries jusqu'à ses narines. Elle s'arrête. Son visage, ordinairement buté, exprime aujourd'hui une parfaite sérénité, et cela trouble un instant sa tante qui vient de se retourner. Odélie prend immédiatement la parole et donne à sa voix une maturité inusitée.

–Chère tante. Je suis ravie que vous m'ayez emmenée avec vous dans votre promenade. Je sais que j'ai souvent été indisciplinée, mais je vous assure que j'ai beaucoup réfléchi à ma conduite. Je vous comprends de ne pas l'approuver. J'ai souvent agi comme une enfant étourdie. Je vous demande de me pardonner tous ces écarts de conduite, sans doute dus à mon âge. Je me considère désormais comme une jeune fille très sage et j'ai l'intention de vous le prouver tous les jours.

Ici, Odélie marque une pause pour s'assurer que sa tante saisit bien la portée de ses paroles. Elle s'est efforcée de garder la tête droite, les épaules vers l'arrière. Son ton n'est ni trop arrogant ni trop soumis; elle doit tout de même la convaincre, elle ne peut faire cela en se comportant comme son esclave. Elle fixe maintenant sa tante droit dans les yeux, sentant dans la surprise de celle-ci une faiblesse dont elle doit profiter.

–Vous savez, reprend-elle avec assurance, si nous étions à l'automne dernier, je serais depuis longtemps allée au port pour voir les nouveaux vaisseaux militaires qui mouillent dans la rade. Mais comme je suis maintenant une jeune fille, et qu'une jeune fille ne déambule pas seule dans la ville, je n'y suis pas allée. J'ai pourtant été tentée plus d'une fois par les tambours des soldats qui montent vers les bastions tous les jours. Mais j'ai résisté, bien éduquée comme je le suis entre vos mains.

Odélie a dosé la flatterie pour que sa tante ne se sente pas menacée par ses paroles. Une excessive louange risquerait de lui mettre la puce à l'oreille et de la rendre, par le fait même, moins réceptive à la demande que la fillette s'apprête à formuler.

Antoinette n'est pas dupe, mais elle se retient d'interrompre sa nièce. Elle ne sait pas trop où celle-ci veut en venir, mais elle est bien heureuse que la situation empêche la fillette de remarquer Robert qui se trouve devant le jardin du Roy, sa pipe à la main, comme à son habitude. Il a eu l'air un peu surpris de les voir s'arrêter là, mais il n'a pas bougé un muscle pour se dissimuler. Antoinette se demande pour quelle raison il demeure autant en évidence malgré la présence d'Odélie, mais les propos de sa nièce piquent également sa curiosité. Elle se contente de sourire en guise d'approbation. Sa nièce poursuit donc.

–J'ai pensé que, comme je suis devenue une jeune fille sage, il serait convenable pour moi de me promener en ville en compagnie de ma tante. Nous pourrions donc prolonger de quelques minutes notre sortie et nous diriger vers le port. Oh! Je sais qu'il n'est pas séant de nous rendre jusqu'au port, c'est pourquoi j'ai pensé que nous pourrions observer les navires de loin. Nous pourrions rester entre deux maisons, devant le quai. De cette manière, nous ne serions pas exposées à la vue de tout le monde, et je pourrais enfin voir ces magnifiques bateaux dont parlait hier le serviteur qui est allé faire les courses.

Odélie a soigneusement choisi ses mots. Elle fait preuve de jugement dans son raisonnement. Attendrie par une telle manifestation de ses apprentissages, la religieuse fléchit, consciente toutefois d'enfreindre les règles de l'éducation en cédant au caprice de sa nièce.

–Je veux bien descendre quelques rues; mais je veux que tu me promettes de ne pas insister et de m'obéir lorsque je déciderai de faire demi-tour. Promets-le!

–Je promets, s'écrie Odélie dans un élan d'enthousiasme.

Antoinette la regarde d'un air sévère et se prépare à la gronder pour un tel emportement lorsque la voix chaude de Robert s'élève derrière elles.

–Bonjour, demoiselles de Beauchêne. Comment allez-vous? Il y a bien longtemps que je ne vous ai vues.

Son ton est enjoué, il est réellement heureux de revoir son amie qui s'élance pour se jeter dans ses bras, avant de se retenir de justesse. Elle se campe devant lui, incline la tête de manière espiègle et fait une large révérence.

–Caporal Ouellet, je suis ravie de vous revoir. Vous vous portez bien, j'espère?

L'attitude maniérée d'Odélie le laisse un instant pantois. Cependant, il saisit rapidement le jeu et prend la main que lui tend la fillette pour la porter à ses lèvres. Lorsqu'il relève la tête, il perçoit l'amusement de la tante et se sent soulagé. Il a craint un instant de l'avoir fâchée en se manifestant de la sorte, enfreignant, pour la première fois, l'accord tacite qui s'était établi entre eux.

–Mesdames, me ferez-vous l'honneur de me laisser vous accompagner dans votre promenade? dit-il avec éloquence, faisant déjà quelques pas dans la même direction qu'elles. Nous pourrions nous rendre près du quai. J'ai ouï dire qu'il y avait là de majestueux navires au mouillage, ajoute-t-il, devinant les intentions de sa jeune amie.

–C'est justement là que nous nous rendions, répond Antoinette, étonnée de la complicité qui existe entre Robert et Odélie.

« Ils se connaissent si bien! pense-t-elle. On dirait qu'ils ont passé leur vie ensemble, comme si Odélie était sa fille. »

Antoinette souhaiterait avoir une telle relation avec chacun d'eux. Mais, même avec toute la volonté du monde, elle ne saurait comment se rapprocher des gens à ce point. Elle a toujours été solitaire et elle craint fort de le rester toute sa vie. Elle accepte toutefois l'offre du soldat et tous trois descendent vers le port.

Dès qu'ils s'approchent de leur objectif, le bruit devient assourdissant. Odélie a oublié cette sensation de désordre qui règne dans un lieu aussi fréquenté que le port de Louisbourg. Les cris, les langues inconnues, le bruit des barils, des caisses et des ballots qu'on dépose lourdement ou qu'on laisse échapper et qui s'écrasent sur le sol, les roulements de tambour incessants pendant que les soldats défilent sur le quai, les coups de l'horloge qui tente de régler tout ce mouvement. Tant de vacarme! Tant de gens! Et quelle puanteur! La vieille sueur macérée de ces hommes de la mer, le poisson qui pourrit abandonné sur le sol, l'eau qui stagne dans les caniveaux. Tout cela étourdit Odélie qui n'a gardé aucun souvenir semblable de ses premiers jours dans cette ville. Ses yeux ne voient pas plus loin que le quai, car un épais brouillard cache désormais le spectacle des navires militaires trônant dans le havre. Odélie est déçue et écœurée à la fois.

Alors qu'elle croit avoir vu tout ce qu'il y a à voir, son regard se dirige vers sa droite. Dans la partie est du port, un homme est attaché au pilori: son cou et ses poignets sont pris dans le carcan. Sa tête retombe lourdement, sa chemise est entrouverte et mouillée de sueur. L'homme a l'air inconscient, probablement épuisé et brûlé par le soleil. Dégoûtée, Odélie se retourne pour se cacher le visage dans les jupes de sa tante. Antoinette ne s'attendait pas à un tel spectacle, elle non plus. Elle entoure de ses bras le petit être effarouché qui essaie de se fondre en elle. Elle sait qu'on utilise parfois le pilori pour punir les criminels, mais elle ne pensait pas qu'elles en verraient un ce jour-là précisément. C'est vrai que les nouvelles se rendent lentement jusqu'au couvent. À cet instant, elle regrette amèrement l'élan de tendresse qui l'a fait céder aux demandes de sa nièce.

–Pardonnez-moi! s'exclame Robert en se rendant compte de la situation.

Sa voix est brisée. Il cherche des mots pour réparer son manque de jugement. Il poursuit, l'air embarrassé :

– C'est Ruel. Je l'avais complètement oublié. Pauvre Odélie ! Je suppose que c'est la première fois qu'elle voit un voleur être puni… publiquement… Allons, retournons vers le couvent. Je crois que c'est assez d'aventures pour aujourd'hui.

Le brouillard s'étend lentement. Robert saisit Antoinette par le coude et la pousse légèrement pour lui faire faire demi-tour. La religieuse ne savoure pas le moment ni la main qui se presse alors contre son dos. Elle tient toujours Odélie près d'elle, dans ses jupes. Elle avance néanmoins, détournant lentement le regard. Elle obéit à Robert qui la tient maintenant par la taille, l'empêchant de défaillir et la forçant à remonter la rue. Ils quittent cet endroit troublant à pas traînants, encore bouleversés.

Au large, au-delà de la brume, la flotte britannique attend.

Chapitre IV

Au début de mai, la colonne s'étend déjà à perte de vue sur l'Hudson. Barges et bateaux, chargés de toute l'artillerie nécessaire à l'attaque du fort Carillon, remontent le courant vers le nord depuis New York. Lorsque le vent est favorable, on hisse les voiles à l'unique mât de ces embarcations. Autrement, on sort les rames. Depuis des jours, les uniformes écarlates pigmentent l'eau et les berges tandis que retentissent dans la vallée, entre les montagnes, le roulement des tambours et le son des cornemuses. Quelque quinze mille hommes font progresser à pas de tortue les munitions, les vivres et tout le matériel dont dépend la victoire.

De l'endroit où il se trouve, presque à la queue de cette procession, Jean réfléchit. Jamais il n'aurait imaginé se voir là, au cœur de l'armée britannique, se préparant à participer à l'assaut d'un fort français. Une rumeur circule selon laquelle cette attaque marquera le début de la fin, la perte de la colonie pour la France. Il n'arrive pas à y croire.

Au fond du cachot où on l'avait enfermé après la capture de la *Fortune,* il a caressé de nombreux projets d'évasion, des espoirs d'échange de prisonniers, de rachat par son père. Rien de tout cela ne se réalisa. Avec le temps qui passait, il devint évident que son père n'avait pas pu bénéficier des influences nécessaires pour le racheter ou le faire libérer. Après quelques mois d'incarcération, il aurait dit n'importe quoi à n'importe qui pour sortir de ce cachot. C'était le début de l'hiver, et le jeune homme savait qu'il ne supporterait pas plus longtemps ce calvaire. Les forces lui manquaient par moments. Il dut alors trouver le moyen d'améliorer sa situation. C'est ainsi qu'il se résolut à dévoiler cet aspect de lui-même qu'il avait toujours voulu cacher: sa nature métisse.

Il fit d'abord en sorte que des bruits courent quant à ses origines indiennes. Ensuite, il dénoua ses cheveux et les coiffa comme il l'avait fait quelquefois dans le village de sa mère. Puis, il fit valoir ses aptitudes, parfois en les exagérant. Pour commencer, il affirma qu'il parlait plusieurs langues autochtones, apprises au fil de ses nombreux marchandages avec les tribus de la Nouvelle-France. C'était un atout réel, assurément, mais il se demandait tout de même si ses talents d'interprète intéresseraient les Anglais. Dans le doute, il se targua de savoir lire les pistes dans la forêt, bien qu'il n'eût pas passé plus de quelques semaines dans les bois au cours des cinq dernières années. S'il était moins certain d'être à la hauteur en cette matière, il réussit néanmoins à convaincre sir James Erickson de ses habiletés. En effet, celui-ci entendit parler des capacités peu ordinaires du jeune Métis et l'acheta à prix fort. Le prisonnier était jeune, robuste, en bonne santé, et possédait des qualités qui feraient de lui un brillant éclaireur. Jean dut d'abord donner des preuves de ses prétentions, mais il était prêt à tout pour quitter son enfer humide et glacial. On le sortit de son trou à la mi-décembre et il célébra Noël dans le quartier des serviteurs, seul mais les pieds et le corps au chaud.

Parfois, lorsqu'il évoque ces souvenirs désagréables, Jean frissonne. Mais aujourd'hui, dans la vallée de l'Hudson, la chaleur est déjà torride et cela lui semble ironique. Pourtant, il voudrait être ailleurs ! Il a l'impression d'avoir gâché sa vie en insistant, l'année précédente, pour partir aux Antilles. Il voulait faire plus. Il avait des fourmis dans les jambes.

« Comment ai-je pu être bête à ce point ? J'aurais dû épouser une fille de Louisbourg. J'aurais pu prendre la suite de mon père au lieu de vouloir faire mon propre chemin. Au moins, aujourd'hui, ce chemin serait-il français. »

Dans son esprit, les contradictions sont nombreuses. Autour de lui, le paysage est magnifique. Les montagnes s'étendent à perte de vue de part et d'autre du fleuve. Jean n'a jamais imaginé pareil lieu.

« S'il n'y avait pas tant de moustiques… ni tant d'Anglais, ce serait le paradis ! » songe-t-il.

Il ne lui manque que les femmes. Il lui en faudrait au moins une. Il y a si longtemps qu'il n'a pas senti le parfum d'une dame en grande toilette. Lorsqu'il ferme les yeux, il revoit le visage de la dernière femme qu'il a côtoyée, Mme de Beauchêne, son regard singulier qui intrigue, sa sombre chevelure qui s'échappe d'un bonnet blanc. Elle affiche une moue qui le trouble encore, des mois après leur dernière rencontre. Son parfum était si délicat, si suave ! Qu'est-elle devenue ? Sans doute est-elle retournée à Québec. Il soupire trop profondément à son goût.

« Je serais bien naïf de m'illusionner sur un quelconque avenir avec elle, songe-t-il amèrement. Tout au plus me témoignerait-elle une respectueuse cordialité après nos aventures en mer. Mais là s'arrêterait tout l'intérêt qu'elle me porterait. »

Il s'en veut de se laisser aller à de pareilles rêveries au sujet de Mme de Beauchêne. Il a l'impression de lui manquer de respect. Dans sa condition actuelle, n'importe quelle femme ferait l'affaire. Pour une heure ou deux !

À bord de quelques embarcations, en amont, il y a des femmes. Il les a aperçues souvent. Ce sont les épouses de certains officiers, évidemment, mais aussi des domestiques, presque laissées à elles-mêmes. Il s'y trouve certainement une soubrette prête à céder à son charme. S'il ne l'effarouche pas d'abord avec son accoutrement de Sauvage, peut-être réussira-t-il à en attirer une près de lui ! Il faudra qu'il ouvre l'œil, qu'il repère la plus faible de ces créatures.

Jean a beau essayer de plaisanter sur sa condition de serviteur, il revient toujours à la réalité avec d'amers regrets. Il est au milieu d'Anglais ! Il va servir d'éclaireur pour une armée qui s'apprête à combattre les siens. Cela l'empêche souvent de dormir la nuit.

« Parler avec les Sauvages, c'est une chose ! Mais espionner et renseigner sur les déplacements de l'armée française, c'en est une autre ! »

Il faudra qu'il trouve un moyen de se tirer de ce mauvais pas. S'il avait une meilleure connaissance des lieux, il pourrait tenter de fuir, mais il n'a aucune idée de l'endroit où il est. Le seul chemin qui s'offre à lui, c'est le fleuve, et, en cas d'évasion, il n'est pas question d'emprunter cette route, car c'est là qu'on le cherchera d'abord. Il serait rattrapé en moins d'une heure. Que faire dans ce cas ? Il faut attendre une occasion. Lorsqu'on aura besoin de lui, on lui fera certainement voir une carte de la région, de la vallée, du fleuve. Il devra alors repérer un chemin accessible.

Jean observe les massifs rocheux tout autour. Les parois grises, parsemées de petits arbres, se dressent de chaque côté, au-delà des berges. Le reste des montagnes lui apparaît soudain comme une impénétrable forêt.

« S'il faut prendre par le bois, ça va être bien difficile ! »

Son attention revient se fixer sur l'immense armée qui l'entoure. Il n'est pas certain que le fort Carillon puisse résister à l'assaut d'une telle puissance. S'il réussissait à fausser compagnie aux Anglais, peut-être parviendrait-il à prévenir les Français de ce qui les attend. Pour Jean, sa conduite est toute tracée : il doit chercher à s'évader.

« Il faut tout observer, toujours, tout le temps, tous les gens, tous les indices et... la lune. »

*

Lorsqu'elle croit reconnaître au loin la démarche souple de prince arabe qui caractérise Jean Rousselle, Marie demeure un instant hésitante. L'homme qu'elle voit est vêtu de haillons et coiffé en Sauvage. Ce ne peut être le fils du marchand. Jean Rousselle était si fier de ses origines françaises qu'il ne se serait jamais abaissé à se costumer de la sorte. D'ailleurs, il y a tant de Sauvages dans ce détachement que c'est probablement un guide engagé par l'armée britannique pour aller à la rencontre des Français. Des sentiments mélangés la gagnent pendant qu'elle observe de loin l'homme qui marche parmi les rangées de tentes bien alignées en bordure du fleuve. Elle se retourne ensuite et se dirige vers celle qui leur est destinée, à son époux et à elle-même.

« Mon imagination me joue de bien mauvais tours, se dit-elle. De toute façon, que ferait Jean Rousselle dans les rangs de l'armée anglaise ? Je perds mon temps avec ces questions. Je ferais mieux de veiller au confort de Frederick. Il ne tardera pas à revenir. »

Sur ce, elle pénètre dans la tente. C'est l'endroit le plus désagréable dans lequel elle ait vécu. Les murs de toile sont sales et la pièce est minuscule. Dès le lendemain de leur départ de New York, la jeune femme a regretté sa situation. Jamais elle n'aurait dû accepter de suivre son mari en campagne. Sachant dès le début que c'était une erreur, elle a quand même cédé devant l'insistance de Frederick. Pourquoi tenait-il tant à ce qu'elle le suive ? Elle aurait très bien pu rejoindre Odélie à Québec une fois que les Anglais auraient investi la ville. Du reste, il n'est pas certain que sa fille y sera lorsque ce détachement anglais atteindra Québec.

Marie est plus convaincue que jamais que la place d'une femme n'est pas à la guerre. Elle déteste dormir dans cette tente, avec tous ces hommes à portée de voix. Et l'humidité de la nuit est insupportable. De plus, Frederick ne partage sa couche que de temps en temps et elle se trouve bien seule la nuit. Comme le jour d'ailleurs ! Frederick est toujours avec les autres officiers.

« C'est normal ! raisonne-t-elle âprement. Il commande une partie de cette armée. »

Cependant, la conséquence est la même : elle se retrouve le plus souvent seule avec sa servante. Au début de cette aventure, elle s'est assez bien accommodée de cette situation. Au bout d'une semaine, elle a senti une grande lassitude l'envahir. Marie se force à revenir aux tâches quotidiennes. Brusquement, elle sent la morsure d'un insecte sur sa nuque. Dans un geste d'impatience, elle bouscule la table et la chaise près d'elle.

–Il y a tant de moustiques dans ce pays ! C'est absolument invivable ! marmonne-t-elle.

Sa voix s'étrangle. Elle serre les dents, puis se ressaisit. C'est l'épuisement, probablement. Elle n'a pas eu une bonne nuit de sommeil depuis des semaines.

Peu à peu, la vraie cause de son impatience devient évidente. La situation lui échappe. Elle n'est plus maîtresse de sa vie depuis le décès de Charles. Elle regrette aujourd'hui son autonomie perdue. Pourtant, elle savait ce qu'elle faisait lorsqu'elle a accepté d'épouser Frederick Winters. Il faut qu'elle se concentre sur le fait que cet homme sera un bon père pour Odélie, lorsque, enfin, elle la retrouvera. Cette pensée la calme, un peu.

« Tout n'est pas perdu, songe-t-elle, pleine d'espoir. Bientôt, avant la fin de l'été, je serai à Québec, auprès d'Odélie, et tout cela sera fini. Tous ces tourments seront évanouis. Vivre sous un régime ou un autre, quelle différence cela fait-il ? »

Elle chasse ainsi ses sombres pensées, refusant de cultiver le doute. Elle s'affaire ensuite à préparer la tente pour la nuit. Le ciel est déjà marine au-delà des montagnes; Frederick ne va pas tarder à venir se coucher. Lorsque tout est prêt, il ne lui reste plus qu'à l'attendre.

Quand Frederick revient à la tente, Marie l'attend depuis plus de trois heures. Elle est furieuse d'avoir été abandonnée si longtemps. La fatigue aidant, elle ne peut s'empêcher de lui en faire le reproche.

–Vous vous plaignez sans cesse depuis notre départ de New York, rétorque Frederick. N'est-ce pas ce que vous vouliez, revoir votre fille au plus tôt ?

Frederick Winters est à bout de patience. Sa nouvelle épouse est bien ingrate. Elle a toujours quelque critique à formuler à propos du campement, de la nourriture, des moustiques, des conditions de vie, de l'inactivité ou des marches forcées. Elle n'est jamais satisfaite et fait preuve d'un détestable esprit de contradiction.

–J'avais entendu dire que les Canadiennes sont des femmes fortes. Êtes-vous l'exception qui confirme la règle, *madame* ?

Marie est déçue de l'attitude de son époux. Lui qui a fait tant de manières pour la séduire en lui parlant dans sa langue ne s'adresse presque plus jamais à elle en français. Il a pris un ton acrimonieux et a prononcé *madame* en français pour montrer son dédain. Elle ne réplique pourtant pas, de peur de provoquer une querelle. Elle baisse les yeux en s'excusant, humblement. Elle voudrait lui expliquer qu'elle n'est pas canadienne, mais française, qu'elle n'est pas une paysanne pour avoir à travailler aussi dur, que sa condition de femme d'officier lui assurait de plus grands privilèges lorsqu'elle était l'épouse de Charles de Beauchêne, à Québec. Mais, bien sûr, elle garde ces pensées pour elle-même.

Frederick est ravi de l'attitude soumise de sa femme. Elle doit apprendre à ne pas se plaindre constamment. Les autres officiers entendent tout ce qui se dit d'une tente à l'autre, et il ne voudrait pas passer pour un faible. Il a une réputation à préserver.

–Vous n'auriez pas dû m'amener avec vous en campagne, déclare Marie à voix basse. Je ne suis pas habituée à cette vie dure. Je suis désolée de vous décevoir.

Le reproche est à peine atténué par les excuses qui le suivent, mais Frederick est tout de même satisfait de la voir s'incliner et admettre sa faiblesse. Il s'approche d'elle et prend sa main qu'il garde un instant dans la sienne.

–Ça va aller. Vous vous habituerez. Nous nous y faisons tous. Reposez-vous. Demain matin, vous vous sentirez mieux et le poids de cette journée sera effacé.

Marie voudrait le croire. Elle s'allonge sur la paillasse et ferme les yeux. Elle sent l'odeur de son mari qui vient de la rejoindre. Il glisse une main sous sa blouse, elle frissonne. Cela se passe toujours de la même façon. Il s'étend sur elle, elle étouffe presque au début, puis elle s'habitue au poids, à la pression sur son ventre. Elle ouvre les yeux et plonge son regard dans celui de son époux. Oui, elle a aussi envie de lui, malgré la récente dispute. Frederick enfouit son visage dans les cheveux dénoués de sa femme. Il la serre très fort contre lui. Il l'aime plus qu'il ne peut le lui montrer. Il voudrait s'excuser des exigences qu'il lui impose, mais il ne trouve pas les mots. Lorsque leurs bouches se rencontrent, nulle parole n'est nécessaire pour que leurs corps communiquent. Et lorsque, un peu plus tard, il quitte les bras de Marie, épuisé, il sent une larme mouiller sa joue. Il n'arrive pas à expliquer ce qui lui arrive. Il détourne son visage pour qu'elle ne le voie pas pleurer. Que d'émotion dans leur étreinte!

À la suite de cette dernière scène, Marie n'ose plus remettre sur le tapis la question de sa présence parmi les troupes. Après tout, Frederick est seul juge de ce qui est convenable dans un milieu anglais. Marie n'a que très peu de points de repère dans ce domaine. Elle fait pour le mieux, sans rien demander. Elle apprécie toutefois la nouvelle délicatesse de son mari: il vient la voir plus souvent durant la journée; il confie à un subalterne la charge de son détachement et vient la saluer, veiller un peu plus à son confort, tout cela avec la plus grande discrétion. Les jours passent sans que Marie se plaigne de sa condition. Il y a beaucoup à faire dès le lever du jour et le voyage est pénible. Elle tâche de ne penser à rien, sauf à Odélie qu'il lui tarde de revoir.

Lorsque l'armée anglaise atteint Albany, une surprise attend Marie. Soucieux de procurer un peu de bien-être à son épouse, Frederick Winters a loué, pour la nuit, une chambre dans l'une des auberges de la ville. C'est avec une fierté immense qu'il l'escorte jusqu'à la pièce la plus confortable que Marie ait vue depuis fort longtemps. Le matelas est fait de duvet moelleux. La décoration est recherchée et de bon goût. Les meubles sont aussi agréables à regarder qu'à utiliser. La jeune femme n'en revient tout simplement pas.

–Je me suis dit que vous méritiez bien un petit répit, annonce Frederick. Grâce à tous les gens que je connais, j'ai réussi à organiser votre nuit différemment de celle des autres femmes. Malheureusement, je ne pourrai pas jouir de ce moment de confort avec vous. Mes responsabilités exigent que je passe la nuit en compagnie de mes soldats. Notre campement est d'ailleurs assez loin du village. Je devrai donc vous quitter d'ici peu, car je désire m'y rendre pendant qu'il fait clair.

Marie est déçue. Elle aurait voulu profiter de ce merveilleux endroit avec celui qui lui offre ce palais pour la nuit. Elle aurait voulu le remercier. Elle accepte néanmoins la contrainte de la solitude. C'est un moindre mal. Son corps est déjà fourbu après la première partie du voyage. Frederick l'a avertie que la seconde serait encore plus difficile, puisqu'elle se ferait par voie de terre, à pied ou à cheval. Il ne faut pas longtemps à Marie pour se rendre compte qu'elle ne dormira plus dans une telle opulence avant longtemps.

–Je vous remercie de l'attention que vous me manifestez, murmure-t-elle d'une voix plus douce qu'à l'habitude. Je suis toutefois assez déçue que vous ne puissiez partager mon lit ce soir.

Marie baisse les yeux, s'avance vers lui et lui dépose un tendre baiser sur la joue en murmurant:

–Merci, Frederick.

En entendant son nom prononcé avec autant de tendresse, Frederick sent un frisson lui parcourir l'échine. Cette femme sait comment renouveler son emprise sur lui. Il tend le bras, la prend par la taille et l'attire contre lui, violemment. Elle ne lui résiste pas. Lorsque l'étreinte devient trop fiévreuse, Marie se détache, doucement, mais fermement.

–Si vous poursuivez dans cette voie, vous devrez retourner à votre régiment à la tombée de la nuit, lui glisse-t-elle à l'oreille en reculant d'un pas. On jaserait dans les rangs, on parlerait du passe-droit que vous octroyez à votre épouse. Il serait désagréable pour moi que l'on dise du mal de ma personne ou de la vôtre. Je vous prierai donc de vous contenir.

Frederick s'apprête à passer outre à ces sages paroles, mais il se retient au dernier instant. Marie a raison. Il ne serait pas décent qu'il rentre tard simplement parce que son épouse dort en ville. Les privilèges qu'il accorde à sa femme ne sont pas les siens. Il se résigne donc et respire à fond pour calmer son ardeur, rudement mise à l'épreuve.

–Vous avez raison, comme toujours, admet-il. Je viendrai vous chercher demain matin. Nous déjeunons avec le major général Abercromby et Lord Howe.

–Bien, dit-elle avec enthousiasme, cet officier sera certainement d'agréable compagnie. En attendant la tombée de la nuit, j'aimerais aller faire une promenade dans le jardin à côté de l'auberge. J'y ai vu de magnifiques fleurs en passant. Ce n'est qu'à quelques pas. Voudriez-vous, s'il vous plaît, m'y conduire, avant de repartir ? Je n'y resterai que quelques minutes.

L'idée plaît à Frederick, qui est heureux de voir que sa femme se satisfait de plaisirs si simples. Il lui offre son bras et tous deux descendent l'escalier de l'auberge. L'homme arbore un large sourire, plus fier que jamais, et mène son épouse dans le jardin.

–Vous devez me promettre de vous coucher de bonne heure, exige-t-il avant de la quitter. Il est impératif que vous soyez reposée demain matin.

Marie promet, et elle ne quitte pas des yeux son époux qui s'éloigne dans la rue. Au bout de quelques instants, l'homme a disparu. La jeune femme demeure seule à suivre le petit sentier entre les bosquets et les plantations fleuries. Elle ne pense à rien, ne désire rien pour le moment. Son mari se montre si charmant, que pourrait-elle demander de plus ? Elle lève les yeux vers le ciel. Au-delà des maisons de la ville, les nuages se sont rassemblés et s'étendent en filaments violets et orangés. Le soleil ne va pas tarder à se coucher. Le vent est tombé. La soirée est douce.

« Comme ce moment est agréable ! » constate-t-elle, satisfaite de la tournure des événements.

La ville est presque silencieuse, les gens rentrent chez eux, les militaires retournent au bivouac, à l'extérieur de la ville. Il y a longtemps que Marie n'a vécu un moment aussi paisible. Au loin, elle entend la rivière qui se déchaîne en cascades. Seul ce dernier grondement occupe son esprit. Elle ferme les yeux et fait quelques pas dans le petit passage qui s'ouvre entre les broussailles. Elle s'arrête pour tenter de distinguer les différents parfums qui émanent de la grande variété de fleurs du jardin. Elle se sent si détendue qu'elle pourrait presque s'endormir.

Elle demeure ainsi longuement. Lorsque, enfin, elle décide de remonter à sa chambre, elle ouvre les yeux et la surprise la fige sur place. De l'autre côté de la clôture de bois, juste devant elle, un Indien la regarde fixement. Marie retient son souffle, l'espace de quelques minutes. Elle recommence à respirer lorsque la peur s'est dissipée. Elle vient de reconnaître Jean Rousselle. Il lui faut un moment pour s'habituer à la vision qu'elle a devant les yeux.

L'homme qui se tient devant elle n'a rien de commun avec le fils du marchand dont elle se souvient. C'est le Sauvage qu'elle avait aperçu déjà. Au lieu des riches vêtements importés de France qu'il arborait à bord de la *Fortune*, Jean Rousselle porte maintenant mitasses, brayet et chemise d'étoffe du pays, comme les Canadiens. Ses cheveux sont aussi sombres que sur le navire, mais ils sont épars sur ses épaules, à l'exception de quelques mèches nouées. Même si le regard de Jean a l'air plus dur que dans les souvenirs de Marie, celle-ci y décèle la même affabilité. Elle ose un sourire discret, tourne la tête de chaque côté pour s'assurer que personne ne l'observe et s'avance vers lui lentement, en gardant une distance respectable entre eux.

–Madame de Beauchêne! Comment allez-vous? Je me suis…

La voix de Jean est profonde et presque familière. Malgré l'élan de sympathie qu'elle sent monter en elle, Marie l'interrompt d'une voix hésitante.

–C'est madame Winters, désormais, monsieur Rousselle. J'ai épousé un officier britannique durant mon séjour à New York.

Elle hésite à poursuivre, consciente de l'effet de cette dernière phrase. Un silence lourd pèse sur eux. La douceur de la soirée a fait place à la fraîcheur humide de la nuit naissante. C'est Jean qui rompt la tension par un commentaire cinglant.

–Vous savez, on fait tout ce qu'on peut quand on veut sortir de prison.

Marie ne sait si le jeune Métis parle d'elle ou de lui-même. Elle veut s'offusquer, répliquer tout aussi cavalièrement, mais elle n'en a pas le temps.

–Je n'avais pas l'intention d'y passer l'hiver, ajoute-t-il pour dissiper la confusion qu'il a volontairement créée.

Le regard de Marie s'éclaircit. Elle se rend bien compte que l'allusion était volontaire, mais Jean lui donne au moins l'occasion de reporter à plus tard l'explication de son mariage avec un Anglais. Elle l'en remercie intérieurement et sourit pendant qu'il explique sa présence sur les bords de l'Hudson. Il raconte son histoire en anglais, de peur d'alerter un passant qui repérerait la langue de l'ennemi. Jean Rousselle relate avec humour les événements qui l'ont poussé à prendre le déguisement dont il se pare en ce moment. Marie devine qu'il a dû lui être pénible de mettre en évidence des caractéristiques qu'il s'était évertué à dissimuler toute sa vie. Elle ne formule toutefois pas ses pensées sur le comique de la situation. Elle se contente de rire lorsque cela sied au propos de Jean. Ce dernier apprécie cette délicatesse et conclut son aventure.

–Cet après-midi, mon maître, sir James, m'a envoyé porter un message à Lord Howe. C'est un des dirigeants de l'opération militaire dont nous faisons partie, de toute évidence, vous et moi. C'est en revenant de son quartier général que je suis passé devant ce jardin. Croyez-moi, je ne m'attendais pas du tout à vous voir ici. J'espère que ma présence ne vous importune pas trop ?

Jean s'aperçoit que ce scrupule est bien tardif, mais il l'a exprimé de manière sincère et Marie juge bon de dissiper les doutes du Métis. Elle s'avance vers lui et, posant une main sur la clôture de pieux, reprend l'air digne et frondeur qu'il lui connaît bien.

–Ne vous inquiétez pas. Mon mari a rejoint son régiment il y a bien une heure. Il désirait profiter de la lumière du jour pour retourner au camp. Je crains fort qu'il ne soit trop tard pour que vous en profitiez également.

Effectivement, le ciel, d'éclatant de couleurs qu'il était, est maintenant envahi, à l'est, par un bleu intense. Seuls les derniers rayons du soleil, déjà dissimulé par les montagnes, embrassent les forêts sur les sommets. Jean observe le ciel et constate avec le même humour que dans son récit:

–Il faudra bien que j'utilise cette vision nocturne dont sont dotés les Sauvages. Mais, avant, je vous reconduis. Il ne saurait être question que je vous abandonne dans l'obscurité de ce jardin. Venez.

Joignant le geste à la parole, il prend le coude de la jeune femme et tous deux longent la barrière de pieux qui les sépare. Marie a totalement oublié l'apparence de Jean Rousselle. Elle est sous le charme du Français de Louisbourg, celui qui lui faisait une cour discrète sur la *Fortune*. Quand ils atteignent la devanture de l'auberge, Jean prend la main de Marie et, après avoir jeté un regard aux alentours pour vérifier s'ils étaient épiés, il y dépose un léger baiser avant de tourner les talons et de disparaître dans l'obscurité de la nuit.

Ce geste trouble Marie qui observe l'homme qui s'éloigne. Et, lorsqu'elle revient dans sa chambre, la quiétude qu'elle éprouvait seule dans le jardin a fait place à un malaise facile à expliquer. Adossée à la porte, la jeune femme ferme les yeux. Elle revoit le regard pénétrant du jeune Rousselle. Elle sent la caresse de ses lèvres à travers le gant. Elle reconnaît la pression de sa main sur son coude. Elle estime que tout cela la bouleverse trop. Heureusement qu'elle est seule dans la pièce. Elle peut s'abandonner à son tourment sans retenue.

« C'était bien effronté de sa part d'agir de la sorte ! » conclut-elle, soudain consciente de l'aspect délibéré du geste de Jean Rousselle. « Quel homme impossible ! »

Ce soir-là, le sommeil de Marie est agité. Il y a longtemps qu'un pareil tourbillon d'activités n'a pas habité ses rêves. Elle s'éveille en pleine nuit. Sa blouse lui colle à la peau et la sueur ruisselle dans son cou et entre ses seins. Elle s'assoit dans son lit et s'éponge avec un coin du drap. Elle tremble encore. Après plusieurs minutes, elle se calme et se recouche. Son cœur bat trop vite pour qu'elle puisse dormir. Elle ferme quand même les yeux et tente de se souvenir de son rêve. Trop tard, les images sont de plus en plus floues dans sa tête. Elle ne perçoit que l'odeur sucrée de la nuit, car la fenêtre est entrouverte. Lorsqu'elle se rendort, enfin, la paix est revenue dans son esprit, mais un doute demeure et l'empêche de dormir profondément.

À son réveil, Marie ne se sent guère reposée. Les relents de la nuit lui reviennent par vagues, ralentissant le moindre de ses mouvements, la moindre de ses pensées. Il lui faut plus de temps qu'à l'habitude pour s'habiller, car son esprit est ailleurs. Sa robe lui semble trop petite. Ses souliers, trop étroits. Ses cheveux sont difficiles à coiffer et ils s'échappent sans cesse du bonnet de coton sous lequel elle tente de les refouler. Lorsqu'elle se regarde dans le miroir, elle fait une grimace. Elle a l'air d'un chien qui aurait passé plusieurs jours en forêt. Des cernes de fatigue soulignent son regard et sa peau est livide, presque verte. Elle a passé une bien mauvaise nuit, malgré le luxe dont elle était entourée. Comme elle tend la main vers la porte, celle-ci s'ouvre avec un grand fracas. Frederick fait irruption dans la chambre, le visage rouge de colère.

–Je vous faisais confiance, hurle-t-il en lui saisissant le bras. Qui est ce bâtard avec qui vous avez passé la nuit ? Qui est-ce ?

Sa voix est remplie de rage. D'un geste brusque, Marie tente de se libérer. Rien à faire, la poigne de son époux est trop ferme. Elle ne comprend pas immédiatement les accusations qu'il porte contre elle. Elle essaie de saisir le sens des paroles de cet homme en furie, mais la douleur qu'elle ressent à son bras prisonnier l'empêche de réfléchir. Elle émet quelques cris, puis un seul mot.

–Pourquoi ?...

Frederick ne la laisse pas terminer; il la pousse violemment sur le lit, se retourne et fait claquer la porte restée ouverte.

–Vous êtes pire qu'une putain ! crie-t-il. Pourquoi m'avoir repoussé, hier soir ? Je vous désirais...

Sa voix a pris soudain un ton plaintif. Puis, son souffle demeure quelques secondes comme accroché à ses lèvres tandis qu'il observe attentivement sa femme. Ensuite, la fureur reprend le dessus avec ce qu'il constate.

–Regardez-vous ! lance-t-il avec hargne. On dirait une prostituée de Paris faisant la rue au petit matin. Cela vous va très bien, *madame* !

Marie frémit sous l'insulte. Offusquée d'une telle comparaison, elle laisse aller sa colère à son tour. Elle se relève pour affronter son époux. Son attitude est aussi arrogante que celle de ce dernier. La mâchoire avancée, en signe de provocation, elle fixe Frederick droit dans les yeux et marche vers lui.

–Pour qui vous prenez-vous pour m'insulter de la sorte ? dit-elle, la voix tremblante de dépit. A-t-on jamais vu un homme traiter son épouse de putain sans raison ? Avez-vous bu ? Qui croyez-vous effrayer en entrant dans ma chambre comme un Sauvage ?

L'énoncé de ce dernier mot décuple la fureur de Frederick. Il lève le bras bien haut et gifle Marie si fort qu'elle tombe à la renverse sur le plancher.

Le temps s'arrête.

Sur le sol, Marie demeure allongée, assommée par le coup. Il lui faut plusieurs secondes pour se rendre compte de ce qui vient de lui arriver. En état de choc, elle n'ose pas regarder son mari, qui reste debout, figé d'horreur devant ce qu'il vient d'accomplir. Elle sent toutefois qu'il est immobile et qu'il n'est plus une menace pour elle. Elle finit par s'asseoir, puis elle se recroqueville en frottant sa joue meurtrie.

Frederick ne parvient pas à croire qu'il ait fait un tel geste. Comment sa colère a-t-elle pu se transformer en cette rage aveugle qui l'a poussé à frapper celle qu'il aime ? Il s'avance doucement vers elle, s'agenouille à ses côtés et hésite devant son mouvement de recul. Il étend lentement le bras autour des épaules de Marie et la soulève pour la porter sur le lit. Elle ne réagit pas lorsqu'il la pose sur le matelas de duvet. Il doit lui détendre les membres, l'un après l'autre. Lorsque son regard croise celui de sa femme, la haine qu'il y lit est telle qu'un frisson de terreur le parcourt tout entier. Il se ressaisit rapidement, mais déjà il ne contrôle plus la honte qui l'étreint. Penaud, il s'approche un peu plus de Marie et la reprend dans ses bras, mouillant les cheveux sombres de ses larmes.

–Pardonnez-moi ! lui murmure-t-il en français à l'oreille.

Il n'arrive à articuler aucun autre mot. Il ne peut que serrer son épouse contre son cœur et espérer qu'elle lui pardonnera ce moment d'emportement. Il la berce maintenant tout contre lui. Tous deux pleurent, lui, de repentir, elle, d'une colère encore diffuse. Ils demeurent longtemps ainsi, sans parler, dans un silence brisé uniquement par leurs respirations saccadées.

Le soleil est déjà haut dans le ciel. L'agitation habituelle gagne les rues du village, mais tout est calme dans la chambre de l'auberge louée par Frederick. Allongée sur les couvertures, Marie dort en attendant que revienne son époux qui est allé demander de quoi manger à l'aubergiste. La jeune femme est allongée sur le dos, les cheveux défaits sur l'oreiller, sa blouse remontée jusque sous les seins. Sa jupe et son corset sont jetés sur le sol, à côté du lit. Ses souliers traînent dans un coin. Lorsque Frederick ouvre lentement la porte, c'est ainsi qu'il trouve sa femme, gracieuse et offerte. Le désir renaît en lui. Pour la deuxième fois ce matin, il s'allonge sur son épouse. Et, pour la deuxième fois ce matin, elle subit son assaut sans résister. Elle ne veut pas le décevoir une seconde fois. Elle se soumet à son désir en silence et sa hargne s'intensifie au rythme de ce corps écrasé sur le sien qui la prend sans ménagement. Cependant, la colère de Marie se dirige également contre elle-même. Elle aurait dû prévoir ce qui arriverait après ces quelques minutes passées avec Jean Rousselle. Elle se sent même coupable, pas tellement de ce qu'elle a fait, mais plutôt de ce qu'elle a ressenti en sa présence. Elle se donne donc à son mari dans le vain espoir d'obtenir ainsi son pardon pour une faute qu'elle ne peut lui avouer.

C'est elle qui s'éveille la première, après la somnolence qui suit l'amour. Frederick est allongé à ses côtés, la tête au creux de son épaule. Marie caresse ses cheveux humides. Elle veut oublier ce qui s'est produit ce matin. La lumière de midi filtre à travers les rideaux, baignant la chambre d'un éclairage voluptueux. La jeune femme ne bouge pas, elle profite de cet instant de répit pour faire le point. Elle sait de quoi son mari parlait lorsqu'il l'a traitée de putain. Il n'y a aucun doute là-dessus. Quelqu'un a probablement aperçu Jean qui la raccompagnait du jardin, et il s'est empressé d'en informer l'officier. Ce n'est pas tellement le fait d'avoir été surprise en compagnie d'un autre homme qui trouble Marie. C'est plutôt la réaction de Frederick. Il avait le droit d'avoir des doutes, d'être en colère même. Mais comment a-t-il pu s'emporter au point de la frapper ? C'est cet élément qu'elle devra clarifier dès qu'il s'éveillera. Heureusement pour eux, le régiment ne quitte Albany que dans deux jours. Ils auront certainement le temps de régler cette dispute avant de reprendre la route. La route. Rien que d'y penser, Marie est déjà fatiguée. Elle referme les yeux et s'endort profondément, malgré le soleil qui darde ses rayons sur le lit.

Lorsqu'elle s'éveille, Frederick est déjà prêt à partir. Il a revêtu son uniforme et se tient près de la porte. Il la regardait dormir. Marie jette un œil par la fenêtre. Le soleil n'y est plus visible directement, il doit bien être deux ou trois heures. Elle s'assoit dans son lit et sourit à son époux.

–Vous partez déjà ? demande-t-elle, un sourire taquin sur les lèvres.

–Il me faut retourner à mon devoir. Je suis déjà en retard.

Marie s'attendait à cette réponse, mais elle est tout de même déçue. Il faut absolument qu'ils se parlent. Elle tire donc sur le drap, l'enroule autour de son corps et se dirige vers lui. Il fait un pas en arrière, hésitant.

–Non, Marie. Pas maintenant. Il faut vraiment que je parte.

Le ton est ferme, mais le regard traduit l'indécision. Si Marie perçoit la faiblesse de son époux, elle n'en profite pas. Elle le prend par la main et l'entraîne près du lit. Frederick ne dit mot, incapable de rien refuser à cette femme qu'il idolâtre. Elle le laisse au pied du lit et va s'asseoir sur la chaise, tout à côté.

–Vous devez m'expliquer ce qui s'est passé ce matin, commence-t-elle sur un ton très doux. Pourquoi ces fausses accusations ?

–Un de mes hommes est revenu de la ville tard hier soir. Pendant que je le réprimandais, il m'a affirmé vous avoir vue avec un autre homme, un Sauvage, un de ceux qui servent d'éclaireurs à Abercromby.

–Il s'agit de Jean Rousselle, précise la jeune femme. Je voyageais en sa compagnie à bord de la *Fortune*. Il passait tout près du jardin quand je l'ai reconnu. Je vous ferai remarquer qu'il ne s'agit pas d'un Sauvage. Son père est un important marchand de Louisbourg et un fidèle correspondant de mon père. Mais là n'est pas la méprise. Il m'a raccompagnée parce que je me suis fait surprendre par l'obscurité. Il a refusé de me laisser rentrer seule, avec tous ces soldats en ville. Pouvez-vous lui en vouloir ?

Frederick demeure muet, étonné des explications de sa femme. Il voudrait y ajouter foi. Il cherche en lui les mots qui rassureraient Marie quant à un nouveau débordement de colère. Il ne trouve que de plates excuses.

–Je vous demande pardon, Marie. Je ne comprends pas ce qui m'est arrivé. Je vous imaginais dans les bras d'un autre et cette pensée m'était insupportable. Je sais que ma rage était bien injustifiée et je vous promets de ne plus jamais m'emporter de la sorte.

Son ton est convaincant et Marie ne demande qu'à le croire. Elle le regarde se diriger vers la porte, l'ouvrir, puis attendre un quelconque geste de sa part.

–Je vous pardonne, murmure-t-elle, du bout des lèvres.

–Merci. Je viendrai vous prendre demain matin, de très bonne heure. Soyez prête et, surtout, dormez bien cette nuit. Au revoir !

Frederick quitte la pièce sans se retourner. Dans son esprit, le doute persiste. Le soldat lui a mentionné que l'homme en question baisait les doigts de sa femme. Ce geste ! Quel affront ! Il faudra qu'il surveille son épouse plus étroitement. Ce guide, tout métis ou sauvage qu'il soit, fait route avec eux. Frederick devra simplement être plus vigilant. Dès qu'il se met en selle, une pensée lui vient. Toute cette agitation lui a fait oublier un déjeuner important. Il devra en rendre compte à ses supérieurs. Cette perspective ne l'enchante guère. Il éperonne sa monture qui part au galop. La course fera sortir ce qui lui reste de rage au fond du cœur.

Marie demeure quelques instants à la fenêtre à regarder son mari disparaître au bout de la rue. Elle est perplexe face à ce qui vient d'arriver. Certes, ce qu'elle a dit au sujet de Jean Rousselle est vrai, mais elle n'a pas dit toute la vérité. Bien qu'elle pense qu'il est préférable de ne pas avouer à son mari le trouble que lui cause un autre homme, il lui faut être honnête avec elle-même. Jean Rousselle lui a baisé la main et ce geste était lourd de sens. Un passant aurait peut-être simplement trouvé le Sauvage très civilisé. Dans le cas de Jean Rousselle, Marie ne doute pas qu'il y ait eu un message dissimulé. Elle refuse, par contre, de laisser ce détail empoisonner sa vie avec Frederick.

Elle ramasse ses vêtements et entreprend de s'habiller. Elle se dirige ensuite vers le miroir. Ce qu'elle y aperçoit la terrifie plus encore que la perspective de revoir Jean Rousselle. Sur sa joue gauche, meurtrie par la main de Frederick, une plaque rouge commence à brunir. La marque restera certainement visible plusieurs jours. Un instant, Marie est prête à s'abandonner aux larmes qui montent. Elle se ressaisit au dernier instant. Il n'est pas question de laisser quiconque voir cette preuve de son déshonneur. Elle sort son sac de toilette et poudre soigneusement son visage. Elle ajuste ensuite son bonnet blanc qu'elle recouvre d'un voile léger mais opaque. Le tissu dissimule assez bien l'empreinte de la violence de son époux. Marie pourra ainsi sortir et se promener dans la ville. Elle veut prendre l'air. Dans la pièce flottent les odeurs de leurs ébats amoureux, et Marie en a soudain la nausée. Le soleil est encore haut quand elle quitte l'auberge en se faisant à elle-même la promesse de revenir avant qu'il ne décline.

Vers la fin du mois de mai, l'armée anglaise, partie de New York à bord de bateaux et de barges, se dirige désormais vers le nord à pied, à cheval, dans des chariots tirés par des bœufs. Les milles qui séparent Albany du fort Edward sont les plus laborieux de tout le trajet. La route est difficile, les moustiques envahissants et la chaleur intense. Le détachement dans lequel se trouve Marie n'a quitté Albany que depuis quelques jours et, déjà, la jeune femme est épuisée. Tout son corps souffre de ce voyage qui a repris de plus belle. Son dos lui fait mal et ses fesses sont engourdies. Marie est donc heureuse d'apprendre, ce jour-là, qu'on commencera à monter le camp dans une heure environ.

Malgré les excuses de Frederick, Marie sent que quelque chose s'est brisé entre eux. Quelque chose d'invisible, mais qu'on peut percevoir au ton qu'a pris Frederick pour lui annoncer ce matin qu'il ne pourrait la revoir aujourd'hui et qu'elle devrait voyager avec les femmes des autres officiers, au centre de la colonne. Cela n'a nullement gêné Marie, et c'est bien pour cette raison qu'elle s'inquiète. Depuis qu'ils ont quitté Albany, elle n'a pas envie de voir son époux. Elle n'a rien à cacher, rien à justifier, aucun geste inconvenant à se reprocher, mais elle n'a pas l'esprit tranquille. Elle se sent aussi l'objet de curiosité de la part de ses compagnes de route. Elle reste donc à l'écart, essayant de les tenir à distance.

À la fin du jour, l'armée fait halte. Le campement ressemble à un damier grandeur nature. Il s'étend vers le nord, en direction de l'ennemi. Les différents bivouacs des régiments forment une multitude de quartiers aux rues étroites bordées de tentes de toile de différentes grandeurs. Plus on va vers le nord, plus les tentes sont petites. Elles abritent les simples soldats. Les tentes des officiers, installées le plus loin possible de l'ennemi, sont plus spacieuses. On aurait un curieux effet de perspective si l'on pouvait observer ces installations du haut d'une montagne.

Marie lève les yeux. Autour d'elle, il n'y a plus de montagnes. Elles ont disparu pendant la journée, au fur et à mesure que les régiments grimpaient les collines. L'armée se trouve donc désormais sur un plateau au sommet. Marie a l'impression d'avoir changé de pays, d'être passée dans un autre monde. Mais cela ne dure que le temps de chercher un paysage au loin. Car, tout près, la forêt est la même. Les arbres s'élancent vers le ciel, plus hauts que ceux de New York. C'est à croire que personne n'a jamais foulé le sol de ces bois. De chaque côté de la route, les sous-bois sont denses et les fougères et autres arbustes entraveraient le chemin de quiconque voudrait s'y aventurer. Mais, juste au-dessus, les troncs sont dénudés, laissant l'œil plonger à l'intérieur de la forêt. Malgré la douleur de son corps et le harcèlement des insectes, Marie savoure ce moment de sérénité. Elle en demeure surprise. Même si sa vie n'a jamais été des plus mondaines, jamais elle n'aurait cru qu'un jour elle admirerait ce paysage d'Amérique. Les émotions qu'elle ressent face à ce territoire encore vierge la troublent un instant, le temps qu'elle se ressaisisse et qu'elle se souvienne de ce qu'elle est. Elle hoche la tête pour chasser le nuage qui lui embrouille encore un peu l'esprit et elle pénètre dans le campement que les soldats achèvent d'installer.

Lorsque Frederick la rejoint dans la tente, un peu avant la tombée de la nuit, il remarque le malaise qui habite sa femme. Un remords l'envahit brusquement quand Marie retire le voile qui dissimule l'ecchymose. Mais ce repentir s'évanouit aussitôt quand il repense aux circonstances qui l'ont poussé à agir. Il décide de n'en faire aucun cas. « Elle devra tout simplement s'y faire », songe-t-il avec amertume.

Sans prononcer une parole, il récupère les documents qu'il est venu chercher et il la laisse seule, de nouveau. Marie savait qu'il en serait ainsi, mais n'en est pas moins déçue. Comme Frederick sort de la tente, la jeune femme plisse les yeux et lui jette un regard réprobateur. Elle lève le menton, replace le voile fermement par-dessus son bonnet et le fixe de manière qu'il couvre la partie meurtrie de son visage. Puis, comme par défi, elle sort et fait quelques pas dans l'allée qui longe sa tente. Un peu à l'écart, les chevaux et les bœufs broutent dans leurs enclos. Marie se dirige vers eux sans réfléchir. Elle s'éloigne du brouhaha du camp, et le calme qui l'entoure soudain apaise un peu sa colère. Près de la clôture, elle s'arrête et ne pense à rien. Elle tente simplement de discipliner ses émotions. Elle ferme les yeux, respire à fond et écoute le silence relatif qui règne dans cette partie du camp. Les odeurs ne sont pas ce qu'il y a de plus agréable, mais elles sont familières et rassurantes. Elle soupire bruyamment, bien malgré elle. Un mouvement tout proche la met sur ses gardes. Elle n'a pas le temps d'ouvrir les yeux qu'une voix s'élève à ses côtés.

–Excusez-moi, dit Jean Rousselle, en français. Je crois bien que je vous ai fait peur sans le vouloir. Je vous ai vue vous éloigner. Ce n'est pas très prudent, madame.

–Je voulais…

Marie ne sait plus très bien pour quelle raison elle a quitté sa tente pour venir si près des animaux. Elle se souvient en revanche très bien de ce qui lui est arrivé la dernière fois qu'elle s'est trouvée en compagnie du jeune Métis. Elle esquisse un sourire et hausse les épaules.

–Vous avez raison, conclut-elle. Merci.

Elle tourne les talons et s'élance en direction du bivouac. Pris au dépourvu, Jean a tout juste le temps de lui saisir le bras pour la retenir. Il ne peut pas la laisser partir, pas maintenant. Il a envie de lui parler, ne serait-ce qu'un court instant.

–S'il vous plaît ! Restez… juste un instant.

Son ton est doux et chargé d'émotion. Marie se retourne, émue. Le léger voile, que la brusquerie des derniers mouvements a détaché du bonnet, glisse et laisse apparaître la trace laissée par la gifle de Frederick.

–C'est votre mari qui… ? murmure-t-il, médusé.

Il ne peut croire ce qu'il voit. Déjà, Marie a remis en place le tissu qui dissimule son secret.

–Non, coupe-t-elle. Je suis tombée de cheval aujourd'hui. S'il vous plaît, laissez-moi partir.

Elle tente de dégager son bras encore prisonnier de la main de l'homme. Ce seul contact suffit à la troubler, et elle ne résiste pas lorsque Jean resserre son étreinte. Résignée, elle le supplie simplement du regard, taisant la honte qui l'afflige.

Jean lâche enfin prise, ébranlé par ce qu'il vient de découvrir. Marie fuit immédiatement, d'un pas pressé. L'homme la regarde s'éloigner, torturé par le remords. Il n'a aucun doute sur l'origine de la marque que porte le visage de Marie. L'empreinte des doigts y est facilement visible. Il en connaît également la cause. Quelqu'un aura certainement rapporté à Frederick Winters leur rencontre dans le jardin de l'auberge, à Albany.

« Quel joli cœur tu fais ! rage-t-il contre lui-même. Tu la savais mariée et tu t'es tout de même amusé à lui faire la cour, ouvertement et en public. Vois ce qui lui est arrivé par ta faute ! »

Son ton est sans pitié. L'humiliation dont la jeune femme a été victime lui ronge les entrailles. C'est lui qui a causé tout cela. Pire encore ! Ce soir, en la retenant plus longtemps, il lui a peut-être causé encore du tort. Il s'en veut terriblement. Il regarde autour de lui. Personne dans les environs. Mais le camp est tout proche. Malgré la pénombre grandissante, un soldat aurait facilement pu les apercevoir. Soudain, une autre question lui vient à l'esprit. « Que fait-elle mariée à un homme qui la traite de la sorte ? »

Il ne peut répondre à cette énigme. La dame de Beauchêne qu'il connaissait était fière et noble. Elle ne se serait certainement pas abaissée à ce point si elle avait su. Mais encore, sa situation était peut-être aussi précaire que la sienne. Elle a peut-être agi en désespoir de cause. Insidieusement, une pensée fait surface, un reproche qu'il croyait enfoui très loin en lui-même. Mme de Beauchêne lui avait été confiée. C'était à lui de veiller sur elle. Pourquoi alors s'amuse-t-il à la séduire ? Pourquoi alors lui cause-t-il autant d'ennuis ? Il n'a pas la réponse à ces questions, mais une excuse qui sied très bien à sa conduite. Si Mme de Beauchêne s'est remariée, elle n'est plus sous sa responsabilité. Elle a elle-même confié son sort à un autre homme et elle est elle-même garante de son destin.

Même si cette dernière observation allège sa conscience, elle ne la laisse toutefois pas entièrement sans tache. Jean Rousselle repousse le sentiment de culpabilité naissant. Bientôt, il sera très loin d'ici et fort occupé, trop occupé pour imaginer ce qu'il aurait pu faire pour cette femme.

« Il me faut agir ce soir, demain au plus tard, si je veux profiter de la lumière de la lune. Sinon, je me perdrai inévitablement. »

Jean n'ose imaginer ce qui arriverait si les Anglais réussissaient à le reprendre après sa fuite. Il chasse ces pensées de son esprit. Marie a disparu depuis longtemps. Il fait presque noir. Il est temps pour lui de regagner sa tente. Il s'éloigne à grands pas. « Demain, songe-t-il. Je partirai demain. »

Fier de sa décision, il marche dans la nuit, gonflant la poitrine. À sa gauche, un bruit de vaisselle qui s'écrase sur le sol attire son attention. Il tourne la tête dans cette direction à la recherche de la source de ce tumulte. Ce moment d'inattention l'empêche de voir l'obstacle devant lui. Son pied droit s'accroche à la racine d'une souche et le jeune Métis trébuche. Il s'étend de tout son long sur le sol et sa tête heurte violemment une pierre ronde. Il lui faut quelques minutes pour reprendre ses esprits. Une entaille d'un pouce lui sillonne le front. Du sang coule lentement près de son œil gauche. Il l'essuie, humilié. Heureusement, il fait trop noir pour que quelqu'un ait pu être témoin de l'incident. Il faudra qu'il en tire une leçon. Il est parfois trop sûr de lui.

De son côté, Marie atteint sa tente, essoufflée. Elle a marché très vite, trop vite. Elle a eu peur que Jean Rousselle ne change d'avis et décide de la suivre.

Elle n'ose imaginer ce qui aurait pu arriver. En levant la toile qui sert de porte, la jeune femme reste figée sur place. Frederick se tient devant elle, l'air courroucé.

–Où étiez-vous? demande-t-il, sa rage à peine contenue.

Elle hésite à lui dire la vérité, de peur de l'exaspérer.

–Je suis allée… Je suis allée me promener près des enclos. J'avais besoin…

Elle n'a pas le temps de terminer sa phrase. Le poing qui lui brise la joue la projette sur le sol. Dans sa chute, elle heurte la table, qui se renverse avec fracas.

–Je vous ai vue, hurle-t-il. Je vous ai vue avec lui. Putain!

L'homme s'apprête à la frapper de nouveau lorsqu'il se rend compte qu'elle gît, inconsciente, le visage ensanglanté. Il s'aperçoit soudain de la gravité de son geste et sa fureur se dissipe d'un coup. Il s'agenouille près de Marie, la soulève et la pose sur le lit.

–Mon Dieu, qu'est-ce que j'ai fait?

Devant l'inertie de sa femme, il est pris de panique. Il lui tâte le poignet à la recherche de quelque signe de vie. La jeune femme ne remue plus, elle respire à peine. Il la prend dans ses bras et la berce doucement. Il lui parle en français.

–Pardonne-moi, Marie. Reviens, allons, réveille-toi.

Sa voix est entrecoupée de sanglots. Il enfouit son front dans la chevelure sombre et pleure tout son soûl. Il la presse sur son cœur, lui caresse les cheveux, essuie sa joue maculée avec son mouchoir. Rien n'y fait. Marie demeure inerte dans ses bras. Il craint brusquement le pire.

–Allez, reviens, Marie. Reviens-moi ! Je ne veux pas te perdre.

Son ton est autoritaire, mais rassurant. La jeune femme ouvre péniblement les yeux et a un mouvement de recul en se rappelant ses derniers instants de conscience.

–Chut ! Ne t'en fais pas. C'est fini.

Il la berce toujours, la serrant plus fort contre son torse. Marie referme les yeux et sanglote silencieusement. Tant de souffrance en elle, autant dans son cœur que dans son corps meurtri. Son visage est si douloureux !

–Pourquoi ? demande-t-elle avec peine.

Frederick ne sait que répondre. Ce qui, plus tôt, lui apparaissait comme une raison suffisante pour corriger sa femme lui semble maintenant bien dérisoire à côté de ce déferlement de violence. Il cherche en lui les véritables motivations de son geste et n'en trouve aucune qu'il soit capable d'avouer à sa femme. La jalousie lui paraît plus honteuse que le geste lui-même. Il se contente de baiser la meurtrissure qui défigure Marie.

–Pardonnez-moi, répète-t-il en vain, reprenant à son insu le vouvoiement habituel.

Marie n'a pas envie de pardonner, elle n'a pas envie d'y songer non plus. Elle ne veut que dormir. Elle est fatiguée, épuisée de tant d'agitation. Tout tourne autour d'elle. Elle sent le souffle de Frederick sur son visage, mais elle n'arrive pas à se rappeler l'endroit où elle se trouve. Il fait si noir ! Elle s'endort dans les bras de son époux. Ce dernier voit dans ce geste d'abandon le pardon souhaité. Il repose Marie dans son lit et s'allonge près d'elle. Il succombe au sommeil, réconforté par l'indulgence de sa femme.

*

Accroupi sur un énorme rocher, presque au milieu des rapides, Jean met la dernière main aux préparatifs de son évasion. Le grondement de l'eau couvre aisément le tumulte du camp avoisinant, et même celui du fort Edward, encore plus proche. Ce ronronnement presque régulier le réconforte.

Il a réussi à se procurer de la graisse d'ours, ce qui lui sera très utile pour éloigner les moustiques. Car il doit bien l'admettre, sa fuite en forêt ne sera pas une partie de plaisir. Mais cela ne le décourage pas. Depuis quelques semaines, sir James, son maître, n'a pas été très prudent en lui donnant accès aux cartes et aux plans nécessaires pour les partis d'éclaireurs. Jean a eu l'œil rapide et il s'est trouvé assez habile pendant ces expéditions. Les quelques connaissances qu'il a acquises au cours de ses séjours chez sa mère lui reviennent par bribes, mais avec une netteté surprenante.

Quand il en a eu l'occasion, il a mémorisé la carte du territoire entourant le lac Saint-Sacrement. Il sait que le lac se trouve au nord de sa position actuelle. Pour cette raison, l'armée britannique a remonté l'Hudson jusqu'au fort Edward. Or, à cet endroit, le fleuve pique vers l'ouest. Les militaires devront donc continuer à travers les bois, sur une route cahoteuse, jusqu'aux ruines du fort William Henry, en bordure du lac Saint-Sacrement. À l'autre bout du lac se trouve une rivière qui conduit directement à Carillon. Jean sait que son chemin sera plus difficile que celui des Anglais. Pour rejoindre le fort français sans se faire rattraper, il devra éviter les sentiers et passer par la forêt.

–C'est pour ce soir, murmure-t-il en se frottant les mains. Demain, je serai libre!

Il regarde ses mains avec dégoût. « Elles étaient si blanches, si parfaitement lisses », se dit-il, déçu de sa nouvelle apparence.

Il se penche au-dessus de l'eau, espérant y apercevoir son visage, mais les remous sont semblables à de la mélasse que l'on fouetterait et qui ferait de l'écume. Il cherche son reflet un moment. En fait, il n'a pas besoin de se voir. Il sait son visage si manifestement sauvage. Ses traits sont tirés; il ne pourrait désormais plus affirmer qu'il est français sans que les gens en doutent. Comme il en doute lui-même à présent! Il était si fier de lui, avant. Maintenant, il ne souhaite qu'une chose: rentrer à Louisbourg et reprendre sa place auprès de son père.

–Que tout ce qui dérange ma vie, tout ce qui me force à remettre en question ce que je suis s'évanouisse devant moi! hurle-t-il. Et je jure devant Dieu que jamais plus je ne quitterai Louisbourg. J'épouserai une fille de la place et j'aurai des enfants. Et… plus *jamais* je ne porterai un tel accoutrement!

En prononçant le mot *jamais*, Jean ressent comme un pincement au cœur. Il se lève brutalement et rejoint la rive en sautant d'une pierre à une autre. Des hommes viennent à sa rencontre. On s'adresse à lui en anglais, ce qui l'exaspère, mais il se retient de le manifester. Il suit ses compagnons éclaireurs. Une dernière fois, il va aller à la rencontre de l'armée française. Une dernière fois, il va trahir les siens.

« Patience, Jean, se dit-il pour se convaincre que ce qu'il fait est acceptable. Patience, dans quelques jours, tu apporteras de précieux renseignements à cette armée que tu trahis depuis des semaines. Tu seras pardonné. »

*

La soirée est douce pour les soldats qui s'affairent à établir le camp en bordure du fort Edward. De toutes les colonies anglaises, les différents régiments de l'armée britannique convergent vers ce lieu pour ne former qu'une seule et même force. S'étendant toujours vers le nord, vers l'ennemi, les différents campements couvrent autant de terrain qu'une petite ville. Dans le fort, sur les hauteurs d'un bastion, Marie examine le paysage. Cette armée nombreuse s'apprête à fondre sur un minuscule fort français.

–Que d'hommes pour combattre une si petite garnison ! soupire-t-elle. Ce sera un massacre ! Qui aurait cru qu'un jour les colonies britanniques se regrouperaient ?

Marie grimace. Sa joue lui fait encore mal. Et la cicatrice ne semble pas vouloir se refermer. Elle n'a vraiment aucun moyen de se soigner, si ce n'est de l'eau et quelques mouchoirs. Et il n'est pas question de solliciter l'aide du médecin ou de qui que ce soit. Sans y réfléchir, elle passe un doigt sur la marque qui sillonne sa joue.

« Pourvu que cela ne laisse pas de cicatrice », songe-t-elle en replaçant son voile du mieux qu'elle le peut.

Il lui faut à tout prix éviter de déclencher la colère de son époux. Elle ne pourra survivre très longtemps à ce traitement. Mieux vaut surveiller ses gestes et ses paroles. Maintenant, chaque fois qu'il la regarde trop longtemps, Marie sent naître un frisson au bas de son dos. Au moment où elle tente de tourner ses pensées vers autre chose, une voix familière se fait entendre, provoquant en elle un élan de panique.

–Madame de Beauchêne, murmure Jean Rousselle.

Le jeune homme se tient à quelques pas d'elle. Il lui parle doucement, mais Marie recule, envahie par la pensée de la réaction de son mari. Elle cherche partout autour d'elle le témoin qui causera sa perte. Pas âme qui vive, mais, dans le clair-obscur grandissant, quelqu'un pourrait l'espionner. Elle s'affole.

–Ne... ne vous approchez pas! s'écrie-t-elle. Allez-vous-en! Je ne peux... je ne veux p...

Les mots sortent de sa bouche en un flot pressé. La terreur est si manifeste dans ses yeux que Jean demeure un instant figé, conscient d'être la cause de tant d'agitation. Lentement, il s'avance encore et fait une pause, assez loin toutefois pour ne pas l'effrayer davantage. Marie jette la tête en arrière dans le vain espoir d'échapper à celui qui veut s'approcher d'elle. À ce moment, Jean tend doucement le bras et repousse du bout des doigts le léger tissu qui couvre le visage de Marie. Celle-ci gémit de se savoir ainsi dévoilée. Dans le regard de l'homme, elle peut lire le dégoût et l'horreur que lui inspire ce qu'il voit. Quand il prend la parole, sa voix est étouffée par un remords qui refait surface.

–J'aurais voulu croire que cela ne vous arriverait plus. Je l'ai souhaité si ardemment. Vous ne devez pas rester ici.

En prononçant ces mots, Jean se rend tout juste compte de ce qu'il veut dire réellement. Il réfléchit à peine. Cette décision est la plus rapide qu'il ait prise de sa vie. Il sait que c'est la bonne. Il n'hésite pas.

–Venez avec moi ! déclare-t-il d'un coup. Je pars ce soir, quand tous dormiront. Venez avec moi !

–Partez, vous dis-je ! répète Marie, sourde à la demande de son interlocuteur. Vous ne me causez que des ennuis. Laissez-moi seule ! Mon mari ne va pas tarder à revenir.

–Vous n'avez pas à endurer cela, lui répond Jean, sans tenir compte du peu d'effet de ses paroles sur la jeune femme.

Il a décidé de la sauver malgré elle. Il n'écoute pas ce qu'elle lui dit. Il lui explique son plan.

–Rejoignez-moi dans une heure, près des enclos, au bord de l'eau. Je vous y attendrai. N'apportez qu'un léger bagage, la route sera difficile.

Devant l'inertie de Marie, Jean reprend ce qu'il vient de dire, mais la jeune femme ne réagit toujours pas.

–Vous m'écoutez ? demande-t-il, à bout de patience.

–Je ne peux pas vous suivre... Frederick me pourchasserait... Il est jaloux... Il me traquerait jusqu'à l'autre bout du monde.

Marie a parlé d'une voix saccadée, hoquetant entre chaque phrase. Des élancements lui traversent la joue, comme si son corps lui envoyait un signal d'alarme. Elle hoche la tête de droite à gauche.

–Laissez-moi ! répète-t-elle. Je ne partirai pas avec vous. Si mon mari apprenait que je vous ai vu, c'en serait fait de moi. Je ne veux pas risquer de le contrarier encore une fois. Partez !

La jeune femme est remplie d'une telle épouvante que rien ne saurait la ramener à la raison. Jean comprend qu'elle est en grand désarroi, que son esprit est obnubilé par la peur. Avant de la quitter, il lui réexplique son plan et ajoute :

–Je vous attendrai une heure. Si vous vous décidez, je serai sur la grève. Pensez-y ! Souvenez-vous de ce que vous étiez avant d'être Mrs Winters. Souvenez-vous de la fière Mme de Beauchêne ! Voulez-vous toujours revoir votre fille ? Tenez-vous à lui imposer cet homme violent comme père ?

Il se tait, attendant une réaction à ces paroles provocantes. Rien ne vient. Marie le regarde fixement, mais ne marque aucun intérêt pour ce que Jean lui propose. Voyant l'inutilité de ses exhortations, le jeune homme l'abandonne à ses craintes.

–Je vous attendrai une heure, répète-t-il en s'éloignant d'un pas décidé.

La nuit est totale. Si la jeune femme ne vient pas, il ne pourra plus rien pour elle. Jean se dirige vers la sortie du fort. Déjà, on a allumé les torches. Il lève les yeux et implore le Ciel : « Mon Dieu, faites qu'elle vienne. »

Le jeune Rousselle a quitté le fort depuis une quinzaine de minutes. Marie se tient toujours au même endroit, mais son esprit est plus calme. Les paroles du Métis ont eu beaucoup d'effet sur elle, beaucoup plus qu'il ne l'a cru ; sa peur irraisonnée de son mari lui semble soudain ridicule.

« Pourquoi rester ? »

Elle ne trouve à cette question aucune autre réponse que celle qu'elle a donnée à Jean. Frederick serait fou de rage et il la poursuivrait jusqu'à ce qu'il la reprenne. Cette perspective l'effraie, tout comme celle de se retrouver seule avec lui et de devoir affronter une autre crise de jalousie et de violence. Marie réfléchit rapidement. Frederick ne va pas tarder à revenir. Quelqu'un l'aura certainement prévenu de sa rencontre avec Jean. Il lui faut absolument fuir. Elle a un peu moins d'une heure pour se préparer et quitter le camp. Elle jette un coup d'œil autour d'elle. Personne ne l'observe. Pour ne pas attirer l'attention, elle se dirige nonchalamment vers la sortie du fort. Les gardes la saluent lorsqu'elle passe à proximité. Elle conserve son sang-froid, plus que jamais.

« Revoilà Mme de Beauchêne, se dit-elle avec fierté. Mme de Beauchêne, celle qui fut, jadis, la digne épouse du chevalier de Beauchêne. »

Un sourire se dessine sur ses lèvres à cette évocation. Elle se rappelle la fantaisie de sa fille. Cette pensée lui donne le courage qui lui manquait pour prendre sa résolution. Elle redresse les épaules, l'air digne.

« Lorsque Frederick verra que j'ai quitté le fort à son insu, il sera furieux. Mais je serai déjà loin. »

Si cette idée la rassure, la crainte de revoir son époux resurgit à chaque rencontre, au moindre obstacle: un soldat à saluer, une tente à contourner. À tout instant, elle s'attend à tomber sur Frederick. Elle tremble comme une feuille. Il fait noir, très noir, ce qui avive la peur qui l'étreint. Elle s'efforce de se ressaisir, lève le menton, plus brave que jamais. Elle reconnaît de loin l'emplacement de sa tente. Elle l'atteint rapidement, sans encombre.

À l'intérieur, elle allume une lampe et ramasse tout ce qui lui semble utile: ruban, couteau, jupon, bas, blouse et jupe de rechange. Elle hésite en voyant son livre sur la table. « Ce serait trop lourd, conclut-elle, et beaucoup trop encombrant. »

À regret, elle consent à s'en séparer, malgré les lettres qu'il contient. Elle jette ce qu'elle a dans les bras sur une couverture qu'elle ferme avec un lacet de corset. Cela fait, elle se redresse et parcourt la tente du regard. Tout semble exactement comme elle l'a vu en entrant. Un problème se pose toutefois. Comment sortir du camp avec ce bagage ? La jeune femme s'assoit sur le bord du lit et réfléchit. Le moyen qui lui vient à l'esprit n'est peut-être pas le plus élégant, mais il sera certainement le plus efficace. Elle ouvre son paquet et en ressort le couteau qu'elle y avait mis. Elle relève ensuite jupe et jupons, qu'elle retient du menton, et, au moyen du couteau, coupe les liens qui retiennent un des paniers qu'elle porte de chaque côté pour élargir ses hanches. « Pour une fois que la mode est utile ! »

Elle installe le sac de fortune à la place du panier, sur sa hanche, en se servant du lacet comme attache. Le tout ne semble pas très solide, mais l'assemblage tiendra certainement le temps de rejoindre Jean Rousselle. Là, il sera toujours temps d'aviser à la meilleure manière de transporter toutes ces choses. Elle laisse retomber ses jupons et sa jupe. L'effet est remarquable : rien n'y paraît. Elle se rassoit sur le bord du lit et enlève ses souliers. Ses chevilles sont encore enflées par la marche de la journée. Il faut absolument qu'elle trouve une paire de chaussures plus confortables, plus pratiques. Comme elle s'apprête à se relever pour fouiller dans son coffre, la toile de la porte s'écarte violemment.

–Que faites-vous ici ? demande Frederick avec colère. Je vous avais demandé de m'attendre à l'intérieur du fort.

Prise au dépourvu, Marie réagit rapidement. Elle prend un de ses pieds entre ses mains et commence à le masser.

–Je n'en pouvais plus, explique-t-elle. Après cette journée de marche, vous auriez dû vous douter que je serais épuisée. Je vous ai attendu longtemps. Comme vous ne reveniez pas, je suis venue me préparer pour la nuit. Je tombe de fatigue.

Elle relève légèrement sa jupe et défait délicatement la jarretière qui retient un de ses bas. Elle roule ensuite ce dernier, lentement, de manière à exciter le désir de son époux. Elle le regarde avec un sourire complice et lui tend la main pour qu'il vienne la rejoindre. La colère de Frederick s'apaise d'un coup.

–Pas ce soir, Mary, répond-il sans enthousiasme. Il faut absolument que je dorme. Je... je dois rencontrer des gens importants demain, des officiers d'autres régiments. Nous élaborerons une stratégie offensive et je dois *absolument* avoir l'esprit reposé.

Frederick met l'accent sur le mot *absolument*, qu'il articule à outrance. Il ferme les panneaux de toile qui servent de porte et commence à se déshabiller, heureux de voir que l'escapade de sa femme n'avait rien d'inconvenant ni d'adultère. Il s'assoit de son côté du lit et retire ses bottes, qui retombent sur le sol. Il se relève, ôte le reste de son uniforme et se couche, ne portant, comme à son habitude, que sa chemise. Il se glisse sous les couvertures, se tourne sur le côté.

–Bonne nuit, Mary.

Marie n'a pas quitté son époux des yeux, notant à quel point il est fatigué. « Avec de la chance, il s'endormira très vite », songe-t-elle.

Elle remarque les bottes qui traînent près du lit. Elle se lève et ramasse les vêtements que Frederick a laissés épars sur le sol. Elle plie chacun d'eux, feignant d'apporter un grand soin à ses gestes. Elle se penche ensuite, saisit les bottes et les place au bout du lit, à portée de la main.

« Lorsqu'il dormira profondément, ce sera le temps de..., songe la jeune femme, les yeux rivés sur les bottes. C'est cela que je porterai. Même trop grandes, ces bottes seront certainement plus confortables que mes délicats souliers. J'enfilerai une autre paire de bas. Cela devrait suffire. »

Marie est fière de son plan. Avec précaution, elle commence à se déshabiller, elle aussi. Elle s'efforce de ne pas se trahir et laisse tomber doucement, avec la jupe, le précieux paquet. Elle plie chacun de ses vêtements, qu'elle place près du lit. Lorsqu'elle prendra la fuite, elle n'allumera pas la lampe. Il faudra qu'elle trouve rapidement ce qu'elle cherche. Une question la tracasse : Jean sera-t-il encore là lorsqu'elle rejoindra les enclos ? Plus de trois quarts d'heure ont dû passer depuis qu'ils se sont quittés. Encore quelques minutes et Frederick devrait être profondément endormi. Marie éteint la lampe et s'allonge pour la dernière fois auprès de Frederick Winters. Elle reconnaît son odeur, la forme de son corps contre son dos, ses cheveux qui lui chatouillent la nuque. Une larme lui pique l'œil, le temps d'un regret. Cet homme a été violent envers elle, mais il lui a aussi montré beaucoup de tendresse. Il l'aime vraiment, et cette constatation trouble Marie quelques secondes. Elle se retourne et dépose un baiser sur la joue de son mari. Ce dernier ne remue pas. Elle lui souffle à l'oreille :

–Bonne nuit, Frederick.

Aucune réaction. Le sommeil a pris possession de Frederick. C'est le temps d'agir. Marie se relève, doucement. Elle saisit ses vêtements et se rhabille sans faire de bruit. Elle accroche à sa taille le panier alourdi par son ballot. Lorsqu'elle est prête, elle chausse ses souliers et prend les bottes de Frederick dans ses mains. Elle s'arrête, un remords lui noue la gorge. Elle hésite. Sa disparition ne va-t-elle pas lui causer bien du chagrin ? Une autre larme coule de ses yeux et descend sur la plaie qu'elle a toujours vive sur le visage. La brûlure est faible, mais suffisante pour lui rappeler les raisons qui la poussent à s'enfuir. Elle écarte le panneau de toile et sort dans la nuit.

Jean est caché derrière un des canots abandonnés sur le rivage. Il glisse l'embarcation sur l'eau, s'apprête à partir, puis se ravise. Il la ramène sur la grève, pour la quatrième fois ! Il sait qu'il doit partir, mais il ne s'y résout pas.

« Pourquoi est-ce que je l'attends ? se demande-t-il avec impatience. Elle est probablement au lit avec son mari et… »

Pourtant, il attend. L'heure est passée depuis longtemps, mais, par moments, il a le sentiment que la dame de Beauchêne viendra le rejoindre. La lune est déjà haute dans le ciel. Pourvu qu'il puisse profiter de sa lumière pour se guider, du moins durant les premières heures de sa fuite. Lorsqu'il saura où il va, il n'aura qu'à suivre son instinct et à laisser la lune toujours dans son dos, d'abord plus à droite et plus tard plus à gauche. Cette stratégie est risquée, mais il n'a pas le choix. Et puis, avec une femme, il faudra qu'il prenne le chemin le plus sûr. Il ne voudrait pas l'entraîner dans une situation plus embarrassante que celle qu'elle connaît déjà. Cette pensée sème le doute en lui. A-t-il bien fait de lui proposer de partir avec lui ? Peut-être l'encombrera-t-elle au point de faire échouer sa tentative d'évasion. Il chasse ces questions de son esprit. Il faut qu'il ait confiance en lui. Tout son projet en dépend.

Un bruit attire son attention. Deux soldats viennent fumer leur pipe, tout près. Ils bavardent à voix basse. Jean s'écrase autant qu'il peut, tentant de se fondre dans la nuit.

« Si tu peux les voir, c'est qu'ils peuvent te voir. Tu veux profiter de la pleine lune, elle peut également te nuire. »

Ces remontrances, il se les adresse mentalement. Il tâche de se faire aussi discret que le canot qui le dissimule. Lorsque, enfin, les hommes s'éloignent, il libère l'air qu'il retenait dans ses poumons. Le danger est grand, ce serait de la folie que d'attendre plus longtemps. Il repousse le canot dans la rivière.

Marie avance dans le camp, terrifiée. Si un soldat l'intercepte, que dira-t-elle ? Elle n'en a aucune idée. Elle dissimule des vêtements sous ses jupes, elle tient une paire de bottes d'homme dans ses mains. Il est très tard et elle se promène seule dans un camp où grouillent des hommes en mal de femmes. Elle demeure constamment aux aguets, craignant d'être aperçue par quelque garde trop zélé qui donnerait l'alarme. Son pied fait craquer une branche. Elle s'arrête. Rien. Elle tourne la tête dans toutes les directions. Personne aux alentours. Les soldats qu'elle ne peut qu'entendre ne semblent pas alertés. Elle reprend sa route ; lorsqu'elle atteint la grève et longe le bord de l'eau, elle est morte d'inquiétude.

« Où est-il ? »

Et s'il était parti sans elle ? Elle n'a pas montré beaucoup d'intérêt lorsqu'il lui a proposé de le suivre. S'il était déjà loin, que ferait-elle ? Comment revenir à la tente ? La décision qu'elle a prise est irréversible ; il est évident que quelqu'un finira par la remarquer si elle continue d'aller et venir dans le camp. Il est si tard. Le jeune Rousselle ne l'a certainement pas attendue. Elle sent le désespoir la gagner peu à peu. Elle le repousse avec vigueur. « Pas maintenant, se dit-elle fermement. Cherchons d'abord ! »

Lorsqu'elle aperçoit le canot, un peu plus loin devant elle, elle est vaguement rassurée. Mais le jeune homme n'est pas là. Y avait-il deux canots ? En aurait-il laissé un à cet endroit pour elle ? Elle ne sait pas ramer. Elle ne le lui a pas dit. Prise de panique, elle accélère le pas. Elle ne regarde pas où elle met les pieds et glisse sur un caillou gluant. Dans sa chute, elle pousse un petit cri de surprise qui s'évanouit dès qu'elle touche le sol. Elle demeure par terre, immobile, terrifiée à l'idée que quelqu'un l'ait entendue. Rien ne bouge. Elle reste allongée quelques minutes pour s'en assurer, puis elle se relève, les pieds dans l'eau. Elle est à moitié trempée. Ses jupes sont alourdies et elle est transie de froid tout à coup. Découragée, elle ne sait plus ce qu'il convient de faire.

« Il est évident qu'il est parti, conclut-elle. J'ai été sotte de croire qu'il m'attendrait. J'ai mis trop de temps à quitter la tente. »

Elle s'apprête à s'en retourner lorsqu'elle discerne une ombre près du canot. Elle marche dans cette direction, enhardie par ce qu'elle croit avoir vu.

Jean vient de se lever. Il était toujours caché derrière le canot. Il n'a pu se résoudre à abandonner la jeune femme. Il est resté figé sur place en entendant le gémissement. Quand il a vu la silhouette qui s'allongeait sur la grève, il a reconnu Marie et son ample jupe traînant sur le sol. « Il faudra remédier à ce handicap », songe-t-il, pratique.

Il s'avance pour se rendre bien visible à la dame qui approche. Dans la lumière de la lune, il ressemble à une statue d'argent.

–Madame de Beauchêne, souffle-t-il. Par ici !

Quand elle est certaine que c'est lui, Marie pousse un soupir de soulagement, qu'elle regrette aussitôt. Elle s'arrête de nouveau, se retourne pour s'assurer qu'elle n'a pas attiré l'attention des soldats. Rien. Aucun bruit, aucun mouvement dans sa direction. Elle reprend sa marche vers le Métis. Quand elle est à portée de voix, Jean lui indique l'avant du canot en lui ordonnant :

–Embarquez !

Marie obéit, épuisée par la tension des derniers instants. Elle s'assoit et dépose sans faire de bruit les bottes au fond du canot. Puis, sans un mot, Jean pousse l'embarcation le plus loin possible de la grève et monte à son tour. Il commence immédiatement à ramer. Le canot glisse en amont sous la lumière de la lune ronde. En toute autre circonstance, ce moment aurait pu être délicieux. Dans la situation actuelle, il est critique. Tous deux sont tendus et muets ; le silence est essentiel à la réussite de leur projet. Marie se retourne au bout d'une minute et observe, avec un pincement au cœur, le camp qu'ils viennent de déserter. Elle secoue la tête et regarde ensuite droit en avant, refusant de se laisser aller à quelque attendrissement. Telle une flaque d'huile, l'eau s'étend devant le canot où seul le reflet de la lune ondule.

Ce calme ne dure pas. Un peu plus loin, le cours d'eau est presque innavigable à cause des rapides. Jean dirige l'embarcation vers le rivage, à sa droite. Quand elle sent la terre ferme sous la coque, Marie comprend qu'il lui faut débarquer ; elle s'exécute en silence, empoignant au passage les bottes volées. Jean met les pieds dans l'eau et repousse le canot dans le courant pour éviter que l'on ne découvre trop facilement l'endroit où ils ont mis pied à terre. L'embarcation redescend et se dirige lentement vers le camp. Jean prend ensuite la main de Marie et l'entraîne à sa suite, pénétrant dans la forêt. Pour la jeune femme, il s'agit de l'endroit le plus obscur qu'elle ait jamais vu de sa vie. Elle ne distingue pas le moindre objet, que ce soit sa propre main ou les arbres qui se trouvent à proximité. Elle suit Jean ; leur progression est difficile.

–Nous devons parcourir la plus grande distance possible pendant la nuit, murmure le jeune homme.

–C'est loin ?

–Il nous faudra au moins deux jours pour nous rendre à l'emplacement du fort William Henry. C'est qu'il ne s'agit pas de terrain plat, comme ici. Vous vous êtes rendu compte, je n'en doute pas, que nous avons atteint un plateau, depuis Albany. En partant d'ici, il faudra descendre ces montagnes et en gravir d'autres. Nous devons nous rendre sur le bord du lac Saint-Sacrement, et ce avant les Anglais.

Le silence revient dans la forêt. Lorsqu'ils atteignent une petite clairière, Marie s'arrête brusquement, s'assoit par terre et enlève ses chaussures. Elle enfile les bottes sous le regard approbateur du jeune Métis. Dans la faible lueur qui parvient jusqu'au sol et avec l'air triomphant qu'elle affiche lorsqu'elle se relève, Jean la trouve tout simplement éblouissante. Il remarque alors un détail.

–Où se trouve votre bagage ? demande-t-il, craignant que la jeune femme ne l'ait oublié sur la berge près du camp. N'aviez-vous que ces bottes ?

–Tout est ici, dit-elle en lui désignant les rondeurs de ses hanches. Je ne voulais pas qu'on s'aperçoive que je transportais tant de choses. On aurait pu vouloir m'arrêter.

Jean sourit devant l'ingéniosité de sa compagne. Elle a plus d'audace qu'il ne le pensait. Le voyage sera peut-être moins ardu qu'il ne l'a d'abord craint. Il lui prend de nouveau la main et tous deux entreprennent de se frayer un chemin dans les bois, au travers des arbustes et des fougères, mais aussi au milieu des moustiques et de l'humidité. Marie suit, se laissant guider par les mouvements de l'ombre qui la précède.

Pour Jean, s'orienter dans les bois n'est pas une mince affaire. Il doit s'arrêter souvent, chercher la lune pour s'assurer qu'elle est bel et bien derrière lui. Il a hâte d'atteindre la route des Anglais. Même s'ils ne l'empruntent pas, ils sauront au moins qu'ils vont dans la bonne direction. Par moments, Jean recommence à douter de ses propres capacités, mais il garde pour lui ces inquiétudes bien légitimes.

Derrière lui, Marie ne se plaint pas. Elle est consciente du danger, mais surtout des risques que Jean prend en l'emmenant avec lui. Deux choses l'intriguent. Pourquoi l'emmène-t-il ? Et pourquoi persiste-t-il à l'appeler Mme de Beauchêne, même après qu'elle lui a dit qu'elle s'était remariée ? Ces deux questions gardent l'esprit de Marie fort occupé. Elle invente des raisons, trouve des explications toutes plus farfelues les unes que les autres. Tout cela pour ne pas songer aux dangers immédiats : les Anglais, les Indiens et les animaux sauvages. Elle revoit son voyage en mer. Le calme du jeune Rousselle au moment de l'abordage. Elle lui trouve aujourd'hui de bien grandes qualités, plus encore qu'au cours de leurs conversations quotidiennes sur la *Fortune*.

Au bout d'une heure de marche, Jean entend derrière lui la respiration irrégulière de sa compagne. Il s'arrête et s'approche de Marie qui ne dit toujours pas un mot.

–Vous êtes fatiguée ? demande-t-il, sans arrogance ni arrière-pensée aucune.

–Pas trop, répond la jeune femme, encore essoufflée. Mais j'ai beaucoup de mal à respirer à ce rythme…

Elle hésite à poursuivre, consciente que la décence ne lui permet pas de s'exprimer librement. Jean comprend vite ce qui entrave la respiration de la jeune femme. Il choisit toutefois ses mots pour ne pas l'offenser.

–Votre corset est peut-être trop serré. Relâchez-le quelque peu. Vous verrez la différence.

La réplique de Marie ne tarde pas et le ton est cinglant. Elle s'élance dans la forêt sans se soucier de la direction qu'elle prend en disant:

–Il est très bien comme il est! Je vous prierai de ne pas vous préoccuper de mes vêtements.

Jean regrette son indiscrétion. Il comprend les réserves de la dame et sa volonté de ne pas manquer aux règles de la bienséance en dépit des circonstances. Bien qu'il soit persuadé qu'un corset moins serré serait tout aussi convenable et beaucoup plus pratique, il n'insiste pas et reprend la route. Après tout, c'est tant pis pour elle si elle refuse de se mettre plus à l'aise.

Au bout d'une autre heure de marche, malgré tout l'orgueil et le courage dont Marie voudrait faire preuve, elle est à bout de forces. C'est même avec peine qu'elle demande un répit.

–S'il vous plaît... monsieur Rousselle... arrêtons-nous un instant.

Dès que Jean ralentit, Marie s'effondre sur le sol, épuisée. Sa respiration est courte et ses membres retombent mollement de chaque côté de son corps. Jean s'approche d'elle, décidé à la faire fléchir au sujet de son corset.

–Vous devez m'écouter, dit-il. Votre corset vous étouffe. Il est certainement parfait pour les salons ou les promenades en grande compagnie, mais vous devez le relâcher pour continuer le voyage. Sinon, vous tomberez d'épuisement bien avant que nous ayons atteint le lac.

Sa voix est pleine de sympathie. Marie lève les yeux et acquiesce de la tête. Même si Jean voit à peine ce dernier geste, il comprend qu'il a gagné. Par pudeur, il lui tourne le dos pour ne pas la voir délacer le vêtement. Il n'entend que le son du lacet qui glisse dans les œillets. Ce bruit le trouble plus qu'il ne le faudrait. Dans un excès d'impatience, il se retourne, disposé à repartir.

–Prête ? demande-t-il avec empressement.

–Je sais que nous devons avancer le plus possible cette nuit, explique Marie, mais je dois me reposer. Mes jambes n'en peuvent plus d'avancer avec une telle hâte.

Elle ne voulait pas se plaindre, mais sa voix a pris un son nasillard malgré elle. Elle frotte ses chevilles dans l'espoir d'atténuer la douleur qu'elle y ressent. Devant le silence persistant de Jean qui hésite entre la pitié et l'urgence de progresser, Marie se relève, résignée.

–Je suis prête.

Le reste de la nuit passe lentement. Jean accorde à sa compagne une pause toutes les heures environ, mais ces haltes sont de courte durée. L'obligation de s'éloigner des Anglais le leur impose autant que les moustiques qui dévorent Marie dès qu'elle cesse d'avancer. Ils croisent la route au milieu de la nuit, mais continuent à travers bois. Jean s'assure que personne n'est en vue avant d'y faire passer Marie. Lentement, la lumière du jour naissant envahit la forêt. Jean est heureux de voir enfin plus clair devant lui, mais il est plus soucieux que jamais. Sans la lune pour se guider, il devra se fier au soleil. Or, avec tous ces arbres qui l'entourent, il n'a aucune idée de l'endroit où l'astre se lèvera. Tant que le ciel sera noir, il ne saura pas quelle direction emprunter. Il décide donc de s'arrêter plus longtemps.

–Essayez de dormir, suggère-t-il à Marie lorsqu'ils font une ultime pause.

–Combien de temps avons-nous? demande la jeune femme en s'allongeant dans les feuilles.

–Nous allons rester ici quelque temps, peut-être une heure ou deux.

Il arrête là les explications. De toute manière, qu'elle sache combien de temps elle dormira ne changera rien. Jean place son ballot sous sa tête en guise d'oreiller. En le voyant faire, Marie décide de l'imiter. Elle lui tourne le dos, soulève ses jupes et détache de sa taille les liens qui y retiennent le précieux paquet et l'unique panier. Elle repousse ensuite ses jupons sans se rendre compte qu'ils sont désormais beaucoup plus longs. Elle dépose le petit sac sur le sol, y appuie la tête et replie les genoux sous sa jupe. Elle s'endort immédiatement.

Jean s'est détourné pour éviter d'observer la jeune femme à la dérobée. Il ferme les yeux et tente vainement de dormir. La chose est impossible avec cette femme à proximité et tous les tourments qui vont et viennent dans sa tête. Il revoit les jupes qui se lèvent, il imagine les chevilles qui se dévoilent. Enfin, il soupire bruyamment, se redresse et s'assoit. Il prend un bâton et entreprend de dessiner la carte à laquelle il se réfère de mémoire depuis leur départ. « Aussi bien planifier le reste du voyage puisque je n'arrive pas à fermer l'œil », songe-t-il, en colère contre lui-même.

Moins d'une heure plus tard, il décide de réveiller Marie, et c'est à grand-peine qu'il y parvient. La jeune femme refuse d'ouvrir les yeux, répétant qu'il est trop tôt. Elle dort trop profondément pour que la douceur la tire de son état. Il la prend donc par les épaules et la secoue en prononçant son nom.

–Madame de Beauchêne! Madame de Beauchêne! Il est temps de repartir. Il fait jour. Allez! Réveillez-vous!

L'esprit toujours engourdi, Marie réagit en entendant son nom. Mais la réaction n'est pas celle à laquelle Jean s'attendait.

–Pourquoi persistez-vous à m'appeler Mme de Beauchêne? Je suis remariée depuis plus de six mois. Je suis Mrs Winters. Comprenez-vous? Mrs Winters!

Le ton est agressif et l'attitude dénote une telle arrogance que Jean retire ses bras et laisse la jeune femme retomber sur le sol.

–Voulez-vous vraiment que je vous appelle Mrs Winters alors que nous approchons du territoire français? lance-t-il amèrement. Je ne suis pas convaincu que ce soit la meilleure idée que vous ayez eue.

Marie reste interdite. Elle n'avait pas pensé à cela. Elle regrette ses paroles. Ces mots «Je suis Mrs Winters», ce sont ceux qu'elle se répétait depuis la veille, comme une fixation, pour échapper à la peur qu'elle sentait grandissante. Mais maintenant, en ce matin brumeux, ils perdent tout leur sens.

–Vous avez raison, murmure-t-elle doucement pour clore le sujet. Merci de m'y faire penser.

Elle se redresse sur les avant-bras et accepte la main que lui tend le Métis pour l'aider à se relever. Ce bref contact les met mal à l'aise tous les deux, et c'est avec empressement qu'ils se repoussent dès que Marie est sur pied.

–Merci.

Là s'arrête la conversation. D'ailleurs, Jean a bien d'autres préoccupations. Des nuages épais cachent le soleil et il sera plus difficile de s'orienter. Le jeune homme marche devant Marie. L'air sûr de lui, mais, à l'intérieur, il est préoccupé et anxieux. Il avance dans la direction qu'il croit être la bonne et prie Dieu d'avoir raison.

Au bout de quelques heures, Marie n'en peut plus. Elle marche sur le bord de sa jupe, trébuche et s'écroule. En touchant le sol, elle donne violemment de la tête contre une souche. Alerté par le bruit de la chute, Jean se retourne et accourt à ses côtés pour la découvrir inerte. Du sang coule abondamment à travers son bonnet maculé de boue et la plaie sur sa joue s'est rouverte. Il cherche autour de lui un bout de tissu pour éponger le sang. Il ne trouve rien qui soit assez propre. Il remonte alors la jupe de Marie et déchire un pan d'un de ses jupons. Il enlève le bonnet, éponge la tête de la jeune femme et constate une légère entaille sur le haut du crâne, sous l'abondante chevelure. Il lui soulève la tête et lui place son ballot sous la nuque. Il prend ensuite un autre bout du jupon et part en quête d'un quelconque ruisseau dans les environs. Il n'y en a aucun à proximité. Se rappelant les leçons apprises au village de sa mère, il entreprend de recueillir la rosée du matin qui perle sur les feuilles autour de lui, puis revient essuyer la blessure sur la joue de Marie. Elle saigne légèrement, mais elle guérira si rien d'autre ne lui arrive. Lorsqu'il a terminé, il s'allonge près d'elle et se rapproche pour la garder au chaud. Il attendra un peu avant d'essayer de la ranimer. Ce repos ne peut que leur être bénéfique. Il observe les épais nuages qui masquent toujours le soleil.

« Au point où nous en sommes, songe-t-il, rien de pire ne pourrait nous arriver. À part, évidemment, d'être surpris par une patrouille de reconnaissance. Et même dans ce cas… »

Jean n'a pas le temps de réfléchir plus longuement. Le sommeil s'empare de lui et il s'y abandonne totalement.

*

– Puisque je vous dis qu'elle a disparu. À mon réveil, elle n'était plus là. Elle a été enlevée pendant son sommeil. Vous devez faire quelque chose, général !

Frederick Winters voudrait s'exprimer avec plus de conviction. Mais il n'est pas certain lui-même des circonstances entourant la disparition de sa femme. Et il omet volontairement certains détails, comme les querelles des dernières semaines ainsi que les châtiments corporels qu'il lui a infligés. Il néglige également de mentionner que ses bottes ont disparu, elles aussi.

Assis derrière son large bureau, dans le bâtiment réservé aux officiers d'état-major, le général Abercromby semble se soucier bien peu des problèmes conjugaux du lieutenant Winters. Il prépare une bataille qu'il désire à tout prix gagner. À ses yeux, la disparition de l'épouse d'un de ses hommes est sans intérêt. Il tente néanmoins de cacher son indifférence le mieux possible, mais ne peut réprimer un bâillement lorsque Frederick se met à parler de ce Sauvage qu'il a aperçu auprès de sa femme.

–Deux fois, général, explique-t-il. Deux fois je l'ai vu parler à ma femme. Je n'ose imaginer ce qu'il a pu tenter d'autre.

La voix de Frederick est chargée de rage. Son visage est rouge et il ne retient aucune insulte à l'endroit de celui qui, hurle-t-il, lui a volé sa femme.

–C'est un Sauvage. Un dénommé Rousselle. Il doit servir d'éclaireur. Qui donc a des éclaireurs sauvages qui parlent français ? Ça ne doit pas être difficile à trouver, dans ce campement !

Abercromby ne sait trop quoi penser de cet homme jaloux qui veut que l'on procède à une fouille dans tout le camp. Il lève le doigt à l'intention d'un de ses subalternes, lequel se penche dans sa direction. Le général lui murmure quelque chose à l'oreille ; l'autre lui répond de la même manière. Lorsque Abercromby reprend la parole, c'est avec l'autorité de celui qui n'a pas l'intention d'en entendre davantage.

–Sir James est l'homme à qui vous devez vous adresser. Tenez-moi au courant.

Ce disant, il signifie à son interlocuteur que l'entretien est terminé. Frederick, déçu du manque de compassion manifeste de son supérieur, tourne les talons. Comme il pose la main sur la poignée de la porte, celle-ci s'ouvre et un homme dont l'uniforme est celui d'un officier de la milice coloniale entre dans la pièce. Tous les hommes présents se taisent instantanément. La surprise est totale. C'est Abercromby qui parle le premier.

–Sir James, vous arrivez à point ! Le lieutenant Winters s'apprêtait justement à vous rendre visite. Vous lui épargnez ce déplacement. Messieurs, si vous voulez bien tenir votre conversation dans le bureau d'à côté, j'ai d'autres obligations.

Abercromby ne laisse à personne le temps de répondre. Il fait signe d'ouvrir la porte à un de ses hommes, qui obéit immédiatement. Frederick se dirige vers la sortie qu'on lui indique avec si peu de ménagement lorsqu'il est frappé de stupeur par ce qu'il entend.

–Général, lance James Erickson sans montrer le moindre empressement à quitter les lieux, général, je suis venu vous informer de la désertion d'un de mes éclaireurs.

À ces mots, Abercromby lève la tête, l'air inquiet. Son attention est maintenant entièrement tournée vers cette affaire. Il fait le lien très rapidement entre la femme de Winters et l'éclaireur d'Erickson, et cette soudaine coïncidence lui paraît de mauvais augure.

–Votre homme ne se nommerait-il pas Rousselle ? demande-t-il, soucieux.

–En effet, répond l'officier de milice, étonné que la nouvelle soit parvenue si rapidement à son supérieur. C'est un prisonnier que j'utilise depuis peu pour faire de la reconnaissance. À vrai dire, c'est un Métis, un Français de Louisbourg, paraît-il. Je croyais l'avoir bien en main, mais il m'a fait faux bond cette nuit.

Dans la pièce règne un silence de mort. Personne n'ose le rompre, de peur de devoir tirer les conclusions qui s'imposent. C'est le général qui, après un raclement de gorge, prend le premier la parole. Avant même qu'il ait prononcé un mot, chacun sait déjà ce qu'il va dire.

–Je crains bien, sir James, que votre homme ne soit parti en compagnie de la très charmante Mrs Winters, qui a, figurez-vous, disparu également cette nuit. Cela nous fait donc deux désertions. Quelqu'un a-t-il une idée de la direction qu'ils auraient pu prendre ?

Winters est bouche bée, le visage défait. Il n'arrive pas à y croire. Sa femme l'a quitté. Elle ne s'est pas réfugiée dans quelque autre endroit du camp, elle est bel et bien partie. Il cherche en vain un siège où s'asseoir avant de s'écrouler. Son regard erre sur les meubles, puis se pose sur les hommes qui l'entourent. Il se rend compte à quel point il doit paraître ridicule à leurs yeux. Il se ressaisit enfin et s'adresse à Erickson sur un ton agressif.

–Saviez-vous que votre Sauvage faisait la cour à ma femme ?

Avant de répondre, Erickson jette un coup d'œil au général pour être certain que ce dernier l'écoute.

–Depuis qu'il est à mon service, je n'ai cessé d'espérer trouver moyen de le contrôler. Je voulais m'assurer qu'il reviendrait toujours au camp, quelle que soit la mission que je lui confierais. Après que nous avons atteint Albany et que je l'ai aperçu en compagnie de votre épouse, je l'ai fait suivre lorsqu'il ne partait pas en forêt. J'ai découvert son attachement à Mrs Winters. C'était probablement naïf de ma part, mais c'est là-dessus que je comptais pour qu'il s'acquitte sans bavures de ses missions de reconnaissance en territoire français. Si votre femme, lieutenant, a également disparu, nul doute qu'elle est, en ce moment, avec lui, et qu'ils se dirigent vers Carillon.

Ce que Winters refusait d'admettre depuis l'arrivée d'Erickson le frappe maintenant comme une gifle en plein visage. Sa femme est partie avec un autre homme et fait route vers le fort ennemi. Que pourrait-il y avoir de pire ? Sa femme est à la fois adultère et traîtresse. L'humiliation est si intolérable que Frederick quitte précipitamment la pièce. Les autres le regardent s'éloigner sans un mot. Aucun ne voudrait être à sa place. Abercromby mesure rapidement la gravité de la situation.

–Sir James, demande-t-il sur un ton un peu trop hautain, d'après vous, à quelle heure nos deux tourtereaux nous ont-ils faussé compagnie ?

Erickson n'apprécie guère que son supérieur affiche si ouvertement le mépris qu'il a pour la milice coloniale. Il répond toutefois sans arrogance, mais la colère monte en lui, et les insinuations dont il émaille son propos ne représentent qu'un centième de ce qu'il réprime.

–S'ils ont profité de la lune presque pleine, ils sont certainement partis dès la tombée de la nuit. Vous devriez interroger vos gardes, ils ont sûrement vu quelque chose. Une dame qui se balade en pleine nuit, de surcroît en compagnie d'un Sauvage, ça ne passe pas inaperçu, tout de même !

Abercromby demeure silencieux. Il réfléchit à ce qu'Erickson vient de dire. Si les fuyards sont partis la veille, ils sont sans doute très loin maintenant. Il est presque dix heures. S'ils ont emprunté la route, ils seront faciles à rattraper. Il suffit d'envoyer une patrouille à leur recherche. Il ne faut absolument pas qu'ils atteignent Carillon et donnent l'alerte avant que les derniers préparatifs de l'attaque ne soient terminés. Il est impératif que les Français ne demandent pas de renforts. Abercromby compte sur l'effet de surprise pour réussir l'opération.

–Nous allons envoyer des hommes sur la route, dit-il enfin. Il est impensable qu'ils aient pris par le bois. Surtout pas une femme. Votre esclave connaît-il bien la région ?

–Général..., répond Erickson en hésitant, général, c'était un éclaireur fort compétent... Il a probablement eu accès aux cartes... Et je l'ai envoyé en avant si souvent qu'il est certainement très à l'aise dans cette forêt. N'oubliez pas que c'est un Sauvage... Mais, comme vous dites, Mrs Winters est maintenant avec lui. Elle le ralentira et l'empêchera probablement de passer par le bois. S'ils ont pris la route, vous les rejoindrez rapidement avec les chevaux. Je vous conseille de viser le nord, vous ne pouvez vous tromper. Commencez donc par la route et vous verrez.

Abercromby n'apprécie pas le ton de l'officier qui se tient devant lui, mais l'heure n'est pas à l'analyse de propos insidieux. Il réglera ça plus tard. Pour le moment, il faut retrouver les fugitifs.

*

Lorsque Jean et Marie reprennent leur marche, il est presque midi. Ils ont faim et soif, mais le repos qu'ils se sont accordé leur a fait grand bien. Jean, qui marche toujours en avant, a ralenti le pas par rapport à la veille. Il veut éviter à tout prix que sa compagne ne s'écroule de nouveau.

« Lentement, mais sûrement, se répète-t-il chaque fois qu'il regarde la position du soleil. Le temps passe, mais nous avançons tout de même. »

Vers le milieu de l'après-midi, ils arrivent à un petit ruisseau, où ils s'arrêtent pour une pause. Jean arbore un sourire qui déconcerte Marie. Pendant qu'il change le bandage qu'il lui a fait autour de la tête, la jeune femme en profite pour lui demander ce qui le réjouit à ce point.

–C'est que, voyez-vous, avec ce ruisseau, nous venons de trouver le moyen le plus direct de nous rendre au lac Saint-Sacrement. En quittant le fort Edward, nous avons franchi la limite des eaux de l'Hudson.

Devant le regard perplexe de la jeune femme, le jeune homme trace sur le sol une ligne à angle droit représentant l'Hudson et un cercle pour le lac Saint-Sacrement. Il ajoute un troisième trait qui passe entre les deux premiers.

–Vous voyez, les montagnes guident les eaux vers deux vallées différentes : celle de l'Hudson, au sud, et celle du Richelieu, au nord. Or c'est dans cette direction que coulent les eaux du lac Saint-Sacrement. En suivant ce ruisseau, nous atteindrons nécessairement le lac. Il faudra parfois marcher directement dans l'eau, mais au moins nous serons certains d'être dans la bonne direction.

Marie est surprise devant les connaissances de son compagnon de voyage. Son sens pratique et sa grande capacité d'adaptation font de lui le guide parfait pour une expédition comme la leur. Elle s'étonne de la confiance que lui inspire désormais cet homme à l'apparence si repoussante. Sa peau est gluante, comme celle des Sauvages. Cela devrait la dégoûter et, pourtant, ce détail la laisse indifférente. Elle ne le voit plus comme avant. Un profond respect l'incline à présent à écouter ce qu'il dit et à suivre ses conseils.

Lorsqu'il s'allonge sur le sol pour prendre un peu de repos avant de repartir, elle l'imite et se couche sur le dos pour admirer les arbres au-dessus de leurs têtes. Ils sont si hauts qu'elle en a le vertige et elle ne peut qu'admirer leur beauté, encore une fois. Quand elle tourne la tête pour observer Jean, elle constate qu'il la fixe avec une grande attention.

–Vous avez changé, lui dit-il d'un ton ironique. On dirait presque que vous vous habituez à la forêt. C'est agréable de voir que vous semblez plus à l'aise.

–Vous avez changé, vous aussi, lui répond-elle sur le même ton. Où est passé le marchand de Louisbourg, très à la mode, qui se préparait à faire une grande traite de morue ?

Jean ne répond pas. Il lui sourit, se recouche sur le dos et ferme les yeux. Il faut qu'il se concentre très fort pour ne pas céder au désir de prendre cette femme dans ses bras. Il respire profondément ; ce geste trompe Marie qui y voit le signal de la fin de leur conversation et de l'heure du repos. Elle ferme également les yeux, mais, incapable de dormir, elle s'assoit aussitôt. Elle retire ses bottes et se masse les pieds avec vigueur. Ils sont douloureux et enflés. Du sang a traversé le bas de son pied droit et Marie réfléchit au moyen de régler ce problème.

–Vos bottes sont trop grandes. Il faudrait que vous mettiez une autre paire de bas.

–J'en porte déjà deux paires, répond la jeune femme sans quitter ses pieds des yeux. Ce sont les seules que j'avais.

Jean Rousselle a parlé sans ouvrir les yeux. Il devine les moindres gestes de la femme assise si près de lui. Il sait depuis longtemps qu'elle a mal aux pieds, mais il attendait qu'elle manifeste une quelconque intention d'y remédier. Il l'entend également qui se gratte. Les morsures des moustiques deviennent insupportables. Il lui propose donc son aide.

–Dans mon ballot, j'ai de la graisse d'ours. J'ai réussi à en acheter au vivandier, il y a quelques semaines, en prévision de... Cette espèce de colle a une texture exécrable et une odeur encore pire, mais c'est le meilleur moyen pour éloigner les insectes et éviter de se faire dévorer par le fait même. Voulez-vous l'essayer ?

Marie se surprend elle-même en acceptant l'offre. Elle prend dans sa main la pâte épaisse qu'elle étend sur son visage et son cou. Elle se retourne ensuite et, après avoir relevé ses jupes, elle en étend sur ses cuisses boursouflées par les piqûres. Ce geste trouble encore davantage Jean Rousselle, qui se lève d'un bond et prétend aller chercher de quoi manger pour s'éloigner au plus vite de l'objet de son désir. Lorsqu'il est à une bonne distance, Marie sort son couteau et coupe un bon pied de tissu dans le bas de ses jupons et de sa jupe.

« Au moins, cela facilitera la marche », se dit-elle avec amertume.

Elle enroule ensuite les bandelettes autour de ses pieds, pour rendre les bottes plus confortables. Quand elle a terminé, elle les enfile et fait quelques pas pour vérifier l'efficacité de son arrangement. Le résultat est extraordinaire. Non seulement ses jupes ne la gênent plus, mais c'est comme si elle enfonçait ses orteils dans un épais tapis. Debout, les mains sur les hanches, elle regarde ses pieds, l'air incrédule.

C'est dans cette position que Jean la trouve. Il est complètement bouleversé par ce qu'il voit. Autrefois si fière et si hautaine, Mme de Beauchêne porte maintenant une robe si courte qu'elle découvre ses chevilles. Cela l'affole un instant, malgré les bottes qui les dissimulent partiellement, mais il se ressaisit et fait mine d'ignorer le détail affriolant. Il tend ses mains vides et hausse les épaules en disant:

–Je n'ai rien trouvé. Comme nous longerons le ruisseau, je tenterai de pêcher. Au moins pouvons-nous espérer avoir du poisson pour souper.

Sur ce, il dépasse la jeune femme et reprend la marche. Marie le suit en silence. Au-dessus de leurs têtes, les nuages deviennent de plus en plus noirs; au loin, trop loin pour qu'ils puissent l'entendre, le tonnerre gronde, annonçant l'orage qui approche.

Le soleil a probablement déjà disparu derrière les montagnes lorsque Jean et Marie atteignent le lac. Il fait sombre et l'air est lourd, malgré le vent qui retourne les feuilles des arbres. Jean devine qu'il va pleuvoir avant qu'ils puissent entreprendre leur périlleuse navigation. Le jeune homme se tient sur la plage, le regard perdu vers les collines qui ceinturent le lac.

–Nous dormirons ici cette nuit, décrète-t-il. Il fait trop noir pour chercher un canot.

–Vous avez caché un canot à cet endroit? demande Marie, ahurie.

Étonné par la question, Jean se retourne pour faire face à la jeune femme. Il avait presque oublié les origines nobles de sa compagne. Il est évident qu'elle ne connaît pas les usages des bois, il aurait dû s'en douter.

–Il y a toujours des canots sur le bord des cours d'eau, explique-t-il avec une pointe d'impatience. Il suffit de chercher.

Sans plus d'explications, il s'éloigne vers l'est sous le regard intrigué de la jeune femme. Elle le suit des yeux un instant, mais son attention revient aux débris calcinés à sa droite. Ce sont les ruines du fort William Henry, incendié par Montcalm l'année précédente. Le sable mélangé à la cendre assombrit le paysage. Dans les décombres, quelques poutres tiennent encore debout, tels des fantômes du passé se remémorant la gloire de l'ancienne fortification britannique. Marie s'attarde encore quelques minutes devant ces ombres menaçantes avant de rattraper Jean, une centaine de pieds plus loin.

–Où allons-nous ? demande-t-elle, vexée d'être ignorée de la sorte. Et comment est-il possible qu'il y ait des canots sur le bord de tous les cours d'eau ? Dieu y pourvoirait-il ?

Le cynisme de ce commentaire pique à vif le Métis qui s'arrête brusquement et fait volte-face. Il répond à la première question sans tenir compte de la deuxième.

–La nuit va tomber d'ici une heure. De plus, il va bientôt pleuvoir. Nous allons trouver un endroit pour nous mettre à l'abri.

Marie observe un instant le ciel ombragé. Persuadée de la nécessité de se réfugier quelque part avant la pluie, elle n'abandonne pourtant pas la question des canots. Elle insiste.

–Je suis d'accord pour la pluie, mais les canots ?

–C'est la coutume ! lance Jean avec brusquerie.

Marie demeure perplexe. Cependant, elle se rend compte que Jean n'est pas du tout disposé à lui donner des explications. Elle hausse les épaules et lui emboîte le pas en se disant qu'il sera toujours temps de revenir à la charge.

Le jeune homme est fort préoccupé. Cette pluie qui s'annonce dérange ses plans. De temps en temps, il sent le frétillement des truites qu'il tient sur son épaule, dans un autre bout des jupons de Marie.

« D'abord l'abri. Ensuite, le repas », se dit-il.

Le Métis a beau scruter l'orée du bois il ne voit rien qui puisse servir de refuge. Il quitte donc la grève pour s'enfoncer plus avant dans la forêt, Marie toujours sur les talons. Il s'arrête bientôt tout d'un coup, tend l'oreille, la main levée, ordonnant le silence. La jeune femme doit s'immobiliser brusquement pour éviter de foncer sur lui. Elle ne peut cependant retenir sa main qui va se poser sur l'épaule libre de Jean. Ce geste lui permet de garder son équilibre, mais il crée entre eux une sorte d'intimité. Ils demeurent un court instant dans cette position, Jean immobile, fixant les bois, Marie appuyée sur son épaule. Lorsque, enfin, Jean secoue la tête pour signifier qu'il s'agissait d'une fausse alerte, ils se remettent en mouvement, conscients du léger malaise qui s'installe entre eux. Jean refuse toutefois de se laisser distraire par quoi que ce soit étant donné l'urgence de la situation. Il pousse soudain un cri de triomphe. Devant lui se dresse une petite colline qu'il escalade aisément. Marie demeure en bas à le regarder faire. Le jeune homme disparaît de l'autre côté, puis réapparaît tout en haut.

–Nous allons dormir ici, explique-t-il. C'est une ancienne redoute, absolument invisible de tous les côtés, sauf du sud. Si nous nous construisons un abri à l'intérieur, nous serons en sécurité. Ensuite, nous pourrons manger.

Marie approuve de la tête. Son estomac crie famine depuis plusieurs heures, mais plus encore depuis qu'ils ont ces poissons à portée de la main. Elle aide donc à la préparation du campement pour la nuit. Elle ramasse d'abord des branches assez longues, déjà tombées au sol, et repère ensuite les pins géants les plus proches pour construire l'abri. Elle ne dit pas un mot, obéissant aux ordres, suivant à la lettre les instructions de Jean. Bientôt, elle se retrouve assise à ses côtés, à dévorer leurs prises du jour et à admirer leur abri de fortune. La texture du poisson cru est dégoûtante, mais ni l'un ni l'autre ne s'en plaint.

Cachés par les murs de la redoute, les fugitifs sont merveilleusement bien dissimulés dans la nature. Jamais personne ne les trouverait en pleine nuit, et ce malgré la proximité de l'ancien fort anglais. Il suffira de partir dès le lever du jour. Jean inspire profondément. Il adore l'odeur de la forêt composée de celles des feuilles mortes, des aiguilles de conifères et de la mousse humide. Il a une pensée pour sa mère : elle serait fière de lui si elle pouvait voir comme il se débrouille bien. Il ne croyait pas avoir tant de souvenirs de ses journées au village micmac. Serein, il reporte son attention sur les bruits de la forêt.

Devant le mutisme de son compagnon, Marie ne dit mot. De toute façon, elle n'est pas d'humeur à converser. Comme lui, elle savoure cet instant de paix. Elle ignore pourquoi elle se sent si détendue, mais elle accepte l'instant présent sans s'interroger. Un silence exempt de toute tension remplit l'espace autour d'eux. Pendant plusieurs minutes, Jean et Marie demeurent ainsi, paisibles, mais épuisés. Soudain, un frisson parcourt le dos de la jeune femme, qui se rend alors compte que l'air s'est refroidi. La moite chaleur du jour a fait place à une humidité glaciale qui la laisse bientôt transie. Jean remarque l'inconfort de sa compagne. Il ressent lui aussi le froid de la nuit.

–Allons dormir, ordonne-t-il. Il est tard et nous devons partir à l'aube si nous ne voulons pas qu'on nous rattrape.

Marie ne peut qu'être d'accord avec son guide. D'ailleurs, la pluie commence à tomber. Dans quelques minutes, ils seront trempés s'ils ne se mettent pas à l'abri. Elle examine le refuge qu'ils ont aménagé pour la nuit. Sur le sol s'étend un étroit lit de brindilles. Au-dessus, des rameaux de pin sont déployés sur une charpente de branchages entrelacés. Le tout est appuyé d'un côté sur le sol. De l'autre, cette structure en pente est soutenue par deux pieux enfoncés dans la terre.

Jean se glisse sous le toit de fortune. Il se colle le plus possible au mur incliné de manière à laisser beaucoup d'espace pour Marie. Cette dernière hésite un instant à le suivre. En toute autre circonstance, il aurait été plus qu'inconvenant qu'elle se couche aussi près d'un homme qui n'est pas son mari. Mais, dans la situation actuelle, elle doit passer outre à la bienséance. La pluie redouble d'intensité, poussant la jeune femme à agir rapidement. Elle s'allonge à son tour sur le coussin de brindilles, beaucoup trop proche du jeune homme. En voulant s'en éloigner un peu, elle se retrouve sous l'averse, car, dans l'obscurité grandissante, elle ne distingue plus les contours du toit. Elle se rapproche donc de Jean et pose la tête sur le ballot qui lui sert d'oreiller depuis le début de l'expédition. Elle garde le silence, plus mal à l'aise que jamais.

Jean éprouve lui aussi de la gêne. Ce contact a rallumé en lui le désir qu'il refoule depuis le début de leur aventure. Il sent contre son visage la douceur des cheveux décoiffés de Marie. Elle dégage une odeur aussi âcre que la sienne, mais, en cet instant d'étroite intimité, elle lui semble enivrante. Il inspire profondément, conscient de chacune des parties de son corps qui effleurent la jeune femme. C'est ainsi que, dans l'obscurité maintenant totale, il perçoit tout à coup le tremblement qui s'empare du corps de Marie.

–Vous avez froid? lui demande-t-il timidement.

La jeune femme ne dit pas un mot, mais elle hoche la tête. Elle a aussi froid que peur, mais elle ne pourrait l'admettre ouvertement. Le bras de Jean se glisse autour de sa taille. Il la soulève doucement et l'attire fermement vers lui. Une grande chaleur l'envahit. La pluie est loin d'elle maintenant et, malgré l'humidité qui la transit encore, elle éprouve un grand bien-être. Elle appuie sa tête contre le menton du jeune homme. Elle sent son souffle sur sa nuque. Elle frissonne de nouveau et Jean se rapproche un peu plus. Son haleine dans le cou de Marie. Elle a une pensée pour Charles, puis pour Frederick. Elle prend alors conscience de son état de faiblesse: elle céderait aisément à cet homme, s'il insistait. Mais ce dernier ne fait que la tenir bien serrée contre lui pour la garder au chaud. Là s'arrête leur étreinte. Elle ferme les yeux et essaie de contenir l'émotion qui grandit en elle.

–D'où viennent les canots? demande-t-elle pour diriger son attention sur autre chose.

Jean respire profondément avant de répondre, comme si, pour donner cette explication, il avait besoin de la plus grande concentration.

–L'Hudson, le lac Saint-Sacrement, le lac Champlain et la rivière Richelieu forment une sorte de route qui permet de traverser une partie du pays et de rejoindre le Saint-Laurent.

Il lui souffle ces mots directement à l'oreille. Elle est si proche qu'il n'arrive pas à penser à autre chose qu'à elle, qu'à son corps collé au sien. Il s'efforce de ne pas bouger. Il ne voudrait pas qu'elle puisse sentir le désir qui se dresse au bas de son ventre. Il s'efforce aussi de se rappeler qui elle est. C'est à peine suffisant pour qu'il se calme, un peu. Il poursuit son explication.

–Comme les explorateurs et les Sauvages ne font de portage que sur de très courtes distances, ils abandonnent les canots au bord des cours d'eau et les dissimulent sous des branches. Quand ils repassent par là, ils reprennent leurs embarcations. Ils savent toutefois que d'autres les utiliseront peut-être et ne se gênent pas pour emprunter celles qu'ils trouvent sur quelque lac ou en bordure d'une rivière. C'est toujours un coup de chance! Mais, comme je vous l'ai dit, c'est une sorte de coutume. Il suffit de chercher un amas de branchages d'une assez bonne dimension. Si la chance est avec nous, il y en aura un!

Jean s'arrête et écoute attentivement. Il cherche à percevoir le bruit de la respiration de Marie à travers le grondement de la pluie. Son souffle est régulier; elle s'est endormie. Il est soulagé. S'il avait perçu le moindre signe, le moindre geste invitant, il l'aurait prise. Mais elle dort maintenant et il peut faire de même. Il ferme les yeux et la rejoint en rêve.

Dans cet univers-là, la jeune femme s'offre à lui et il ne contient plus le désir qu'il éprouve pour elle. Sous les branches de pin, leurs corps réagissent à ces rêves mouvementés; ils se cabrent et se collent l'un à l'autre plus encore, mais le sommeil les empêche d'en être conscients. La pluie tombe sur leur abri, cependant cette eau ne réussit pas à éteindre le feu qui brûle en eux.

Aux petites heures du matin, Jean et Marie sont déjà sur la plage. Ils sont en quête du tas de branches qui indiquerait la présence de canots. Marie fouille les endroits plus sombres à l'orée du bois, Jean explore les alentours du fort. Ils se parlent moins encore que la veille, mais il s'est établi entre eux une communion qui se passe très bien de mots. Un regard, un geste, cela leur suffit désormais.

–J'ai trouvé, dit calmement Marie.

Jean a sursauté en entendant la voix de la jeune femme dans son dos. Il la croyait plus éloignée. Elle se tient droite, fière de sa découverte. Jean la félicite et la suit vers l'orée de la forêt, à l'est de la plage. Lorsqu'ils atteignent l'amoncellement recherché, il enlève les branches sèches, délicatement. Trois canots, apparemment en excellente condition, s'y trouvent renversés.

–Comme s'ils nous attendaient, dit-il simplement.

Marie l'aide à tirer l'une des embarcations sur la rive. Jean revient ensuite près des deux autres et, ayant ramassé une grosse pierre, se met à les fracasser. Il frappe jusqu'à ce qu'il ait fait un énorme trou au centre de chacune des coques. Marie l'observe sans dire un mot. Il sera toujours temps, plus tard, de poser la question qui lui brûle les lèvres.

Le canot s'éloigne de la grève et glisse doucement sur l'eau calme. Marie sent que son esprit est aussi paisible que ce lac. Aucune vague, aucun remous. Elle ferme les yeux et se laisse porter par la brise légère qui souffle dans ses cheveux défaits. Cette sensation est délicieuse.

Jean rame doucement. Plus rien ne presse à présent. Les Anglais sont certainement tout près, mais ils ne les rejoindront plus maintenant qu'ils avancent rapidement.

« Encore deux jours et nous aurons atteint Carillon, songe-t-il. Et Marie reprendra sa place… et moi, la mienne. »

Cette pensée lui noue la gorge. Il pose les yeux sur la jeune femme assise devant lui. Elle a l'air si sereine, comme en harmonie avec ce qui l'entoure. Ce matin, elle n'a pas remis le bonnet qui lui couvrait la tête jusqu'alors. Sa sombre chevelure lui tombe au bas des reins. Un instant, Jean a envie d'y glisser les doigts. Il retient son geste, mais il imagine aisément la douceur de cette caresse contre sa main. Il frissonne malgré la tiédeur de l'aube, se ressaisit et fixe l'horizon montagneux. Le lac pique vers l'ouest un peu plus loin. Jean ne peut apercevoir qu'une multitude de petites îles qu'ils dépasseront très bientôt. Par la suite, ils auront disparu du champ de vision des Anglais qui pourraient les observer depuis les ruines de William Henry.

Marie garde les yeux fermés, elle pourrait presque se rendormir. Elle se laisse bercer par les mouvements de l'embarcation. L'odeur de la forêt parvient de la rive, suave. Tout à coup, elle ouvre les yeux, paniquée. Ses jambes baignent dans plusieurs pouces d'eau. Elle se retourne d'un coup. Jean rame toujours en fixant l'horizon; la rage se lit sur son visage. Marie jette alors un coup d'œil sur le rivage qui disparaît au loin. Lorsque ses yeux reviennent à Jean, ce dernier la regarde également.

–Mauvaise décision, dit-il simplement.

La jeune femme perçoit le regret, le remords dans la voix de Jean Rousselle. Ils auraient dû vérifier le canot avant de détruire les deux autres. Il est trop tard maintenant. Marie cherche près d'elle un objet avec lequel elle pourrait écoper. Elle ne trouve rien. Elle s'aperçoit toutefois que l'embarcation se dirige vers la berge. Elle attend donc.

Jean est furieux contre lui-même. Il aurait dû prévoir ce qui leur arrive. Maintenant, il leur faudra s'arrêter très souvent pour vider l'eau. Les dents serrées, il rame, et chaque mouvement le soulage d'une tension grandissante; il faudra plusieurs jours pour atteindre Carillon.

*

Frederick descend de sa monture et pose le pied sur le sable mouillé de la plage. Un espoir l'habite. Sa femme et le Sauvage sont certainement passés par ici. La pluie de la nuit a effacé les traces qu'ils auraient pu laisser, mais l'un des soldats vient de crier qu'il a découvert quelque chose. Winters marche d'un pas rapide dans sa direction. Il se retrouve devant une colline au milieu de la forêt. Le cri provient de l'autre côté. Impatient, il escalade le monticule. Là-haut, ce qu'il voit le comble d'allégresse. L'espace découvert est piétiné. Au centre, presque intact, se dresse un abri exigu. Frederick refuse pour le moment de prêter une attention trop grande à l'étroitesse du refuge. Il se concentre plutôt sur ce que ce dernier représente: c'est une preuve de leur passage. Les fugitifs ne sont certainement pas loin.

Un sourire méchant erre sur ses lèvres. Il n'a pas encore décidé de ce qu'il fera lorsqu'il les retrouvera. Il fera certainement fusiller le Sauvage, mais, pour ce qui est de sa femme, il refuse de trop y réfléchir. Malgré la rage qui le tenaille depuis la désertion de son épouse, il ne peut imaginer comment la punir. Il l'aime encore, il n'en est que trop conscient. Frederick hoche la tête en direction du soldat et tend l'oreille. Un autre homme a trouvé quelque chose. Il redescend la colline et se dirige vers les ruines du fort. À l'est de la plage, plusieurs soldats forment un cercle. Frederick, saisi d'un fol espoir, s'élance, court presque. Lorsqu'il rejoint le groupe, il fige sur place. L'espoir s'évanouit, une douleur lui transperce le cœur. Deux canots gisent là, éventrés. Il comprend alors que sa femme est déjà loin, à bord d'un troisième canot, en compagnie de Jean Rousselle. Tout est fini !

Il se retourne et se dirige vers le lac. Là, il observe l'horizon, les îles et les montagnes. Nul canot, nulle femme. Il demeure ainsi longtemps, à tenter d'accepter la perte irrémédiable qu'il vient de subir. À la folle furie qui l'a submergé au fort Edward a succédé une tristesse lucide, remplie de remords. Il glisse sa main sous son justaucorps, jusqu'à sa chemise. Il sent, collé sur sa poitrine, le livre de sa femme, chargé de lettres pour son enfant. Il caresse lentement la couverture lisse, comme s'il s'agissait du dos de Marie.

« Je n'aurais jamais dû la frapper. »

*

Sur le bord du lac, à environ une demi-lieue au nord des ruines du fort William Henry, Marie et Jean renversent leur canot. Le trou est assez grand. Comment ont-ils pu ne pas le voir en mettant l'embarcation à l'eau ? Jean s'assoit en tailleur sur le sable et réfléchit longuement en contemplant la coque percée. Il sent le découragement s'emparer de lui, car le trou est si grand qu'il ne pourra jamais le réparer avec de la gomme de sapin. Il se lève d'un bond et s'enfonce dans la forêt, abandonnant Marie près de l'embarcation.

La jeune femme ne le quitte pas des yeux. Elle le voit chercher entre les troncs, se pencher, ramasser quelque chose, le rejeter sur le sol et chercher de nouveau. Elle attend sans dire un mot. Puis, elle porte son regard sur le lac. Aucune vague ne vient en briser la surface. Il ne vente plus.

–Prenez ça, ordonne Jean qui vient de surgir derrière elle. Vous tâcherez d'évacuer le plus d'eau possible.

Poussant un soupir de résignation, il lui tend un bout d'écorce creux. Il retourne ensuite lentement le canot, le fait pivoter et attend que la jeune femme y monte. Il fait de même et le canot quitte la berge. Jean sait qu'il devra accoster de nouveau dans moins d'une heure.

Les jours passent et la routine s'installe. Les fuyards naviguent sur le lac en remontant vers le nord. Ils doivent s'arrêter souvent pour vider l'eau que Marie arrive rarement à évacuer seule avec l'écorce. À la fin de chaque journée, un peu avant l'obscurité, ils rejoignent le bord. Jean pêche ou chasse pendant que Marie monte l'abri. Épuisés, ils s'endorment côte à côte, sans plus de gêne.

Au bout de plusieurs jours, ils atteignent enfin l'extrémité nord du lac. Il est tard et Jean décide de monter le camp à l'embouchure d'une rivière.

–Carillon se trouve en aval de cette rivière, à l'endroit où elle se jette dans le lac Champlain, lance-t-il pour informer sa compagne.

À la tombée de la nuit, ils avalent leur repas avec frénésie. Ce soir, le poisson est cuit. Si loin des Anglais, il est désormais raisonnable de faire un feu. Jean est heureux; la deuxième étape de leur expédition est franchie. Reste maintenant à descendre la rivière. Cela ne lui semble pas une tâche ardue.

Ce soir-là, Jean et Marie sont plus proches qu'avant, leurs corps plus serrés, leurs pensées plus complices. Mais une certaine nostalgie se mêle à la joie d'être enfin sur le point d'atteindre leur but, car chacun se rend compte qu'il leur reste bien peu de temps à vivre de cette manière.

Chapitre V

Le jour n'est pas encore levé. L'aube dessine, au-delà des montagnes, un mince filet bleuté. Au bord du lac Saint-Sacrement, à quelques centaines de pieds à peine de l'embouchure de la rivière La Chute, Jean et Marie dorment toujours profondément. Soudain, une branche craque. Un buisson tremble. Des feuilles s'écartent pour laisser apparaître une tache écarlate, égarée dans la nature. Personne ne s'en aperçoit.

Absorbé dans son rêve, Jean ne répond pas à la poussée qui s'exerce contre son épaule. Sous l'abri, il tient fermement dans ses bras sa compagne de voyage. Tous deux sont immobiles, prisonniers du sommeil.

Lorsque la pression se fait plus insistante sur son épaule, Jean ouvre les yeux. La peur s'empare de lui. À quelques pouces de son nez sont pointés des canons de fusil. Un instant, il croit que les Anglais les ont rattrapés. Mais la panique s'intensifie lorsqu'il aperçoit les hommes matachiés* de rouge qui tiennent ces armes. Il n'a pas le temps de crier, un Indien l'empoigne durement pour le mettre debout, accrochant au passage l'un des pieux qui retient l'abri. Une partie de

* Matachié: Peint (en parlant du corps et du visage).

la structure s'effondre dans un fracas qui réveille Marie. La jeune femme, l'œil hagard, pousse un hurlement d'épouvante. Elle tente de reculer plus loin sous les branches, sans se rendre compte que tout s'est écroulé. Un des hommes la saisit et la force à se lever.

–Lâchez-la ! hurle Jean en s'élançant vers celui qui immobilise Marie.

Il s'arrête net lorsque le canon d'un fusil apparaît devant ses yeux. Il toise l'homme qui le menace.

–Vous n'avez pas besoin de lui faire du mal, dit-il avec arrogance. Nous allons vous suivre, docilement, ajoute-t-il plus calmement.

Il ne sait d'où lui viennent ces paroles si sages. Malgré la bonne volonté dont il fait preuve, les Indiens lui saisissent violemment les bras. Sans ménagement, ils lui attachent les poignets et le cou. Un autre fait de même avec Marie. Personne ne prête attention à leurs protestations.

–Parlez-vous français ? demande Jean, au bord du désespoir.

Devant le mutisme de ses agresseurs, il poursuit :

–*Do you speak English ?*

Aucune réponse, aucun regard. Il fait des tentatives dans les langues autochtones qu'il connaît. Toujours pas de réponse. On les pousse simplement en direction de la rivière. Inquiet, Jean s'interroge alors sur les origines de ces hommes. S'agit-il d'Abénaquis, d'Outaouais ? Si c'est le cas, ils n'ont rien à craindre, car on les mènera aux Français. Ces nations sont leurs alliées. Mais, dans le cas contraire… Jean aime mieux ne pas y penser. Il se retourne et son regard s'attarde sur Marie qui marche juste derrière lui. Elle a l'air terrifiée. Il lui souffle quelques paroles qui se veulent rassurantes.

–Ce sont certainement des alliés pour se trouver si près de Carillon et…

Un de ses geôliers tire trop fort sur la corde qui le retient. Jean trébuche. Il tente de reprendre son équilibre, mais, malgré tous ses efforts, il bascule sur le sol. Il se remet promptement debout et, désinvolte, se tourne de nouveau vers Marie.

–À l'évidence, ils vont être assez brutaux, l'avise-t-il. Soyez obéissante, surtout pas de gestes brusques. Ils pourraient voir cela comme une provocation.

La troupe s'arrête au bord de la rivière. Deux canots y sont accostés, tout près de celui des captifs. Un Indien s'approche de Marie et prend une mèche de ses cheveux qu'il laisse glisser entre ses doigts. Horrifiée, la jeune femme veut reculer, mais l'homme la retient fermement par la chevelure. Puis, du bout de son arme, il la pousse vers un des canots. Il se tourne vers les autres et entreprend avec eux une discussion animée. Nulle traduction n'est nécessaire. Il est évident que l'homme désire garder Marie près de lui. Ses compagnons ne semblent pas d'accord et ils parlementent en montrant du doigt l'aval de la rivière.

Lorsque, enfin, les ravisseurs se calment, Mme de Beauchêne est menée au canot de celui qui s'intéresse à elle. Elle résiste un instant tandis qu'on tire sur ses poignets. Puis, admettant son impuissance, elle s'assoit dans le canot, malgré la peur qui grandit en elle. Pendant qu'elle s'éloigne de Jean, ce dernier se rend compte qu'il est en train de la perdre. Il s'avance dans sa direction, mais s'immobilise en apercevant les fusils de nouveau dirigés sur lui. En silence, il revient sur ses pas. Il désire à tout prix éviter un affrontement.

Résigné, il prend place dans l'embarcation où on le pousse, sans toutefois quitter des yeux le canot qui s'éloigne déjà de la rive avec Marie à son bord.

Celle-ci refuse de songer à ce qui l'attend. Elle reste tranquille, car elle ne veut pas donner à ce Sauvage une raison supplémentaire de la maltraiter. Elle se rappelle les paroles de Jean : « Soyez obéissante. » En conséquence, elle se montre patiente. Les canots descendent la rivière dans un courant de plus en plus rapide.

En tournant la tête, elle peut apercevoir Jean, assis au milieu de l'autre embarcation. Son regard la suit sans relâche, un regard calme, comme pour donner l'exemple. Marie l'imite donc. Le bruit de la rivière est assourdissant. Elle se concentre sur ce grondement, tentant d'oublier, pour l'instant, son avenir incertain. Comme elle n'y parvient pas, elle essaie de comprendre les intentions de son geôlier.

« Que signifiait ce geste dans mes cheveux ? » se demande-t-elle avec angoisse.

Elle a entendu si souvent les histoires d'horreur qu'on raconte au sujet des Sauvages qui « lèvent la chevelure » de leur ennemi en guise de trophée ! Elle prie pour que ce ne soit pas ce qu'il compte faire d'elle. À la dérobée, elle observe son agresseur : le regard est dur, les manières sont frustes, la peau est recouverte d'une peinture couleur de sang. Elle se souvient d'avoir été effrayée par l'accoutrement de Jean lorsqu'elle l'a aperçu à Albany. Or le Métis n'avait, en fait, rien d'un Sauvage si elle le compare à cet homme. Leurs costumes sont assez semblables, certes, mais les manières françaises et l'éducation de Jean en disent plus long que ses vêtements.

Près d'une heure plus tard, les canots se dirigent vers la rive. Marie est inquiète. Il n'y a pas de fort, seulement une forêt profonde. Le grondement de la rivière est plus puissant qu'auparavant. On n'entend rien d'autre. Lorsque l'embarcation touche le sol, Marie attend qu'on lui fasse signe pour se lever et mettre pied à terre. Son gardien l'empoigne par le bras et la tire fermement pour qu'elle le suive. La jeune femme ne peut s'empêcher de regarder en arrière. Elle cherche dans le regard de Jean un quelconque encouragement. Le Métis a pris un air plus serein.

« Que se passe-t-il ? se demande-t-elle. Pourquoi a-t-il l'air si calme ? Nous sommes toujours prisonniers. »

Contrairement à Marie, Jean commence à comprendre ce qui se passe : leurs agresseurs les conduisent aux Français, il en est presque convaincu maintenant. Il reconnaît la topographie de la région et il sait pourquoi les canots ont dû quitter la rivière. Il y a une chute en aval ! Sir Erickson l'avait mis en garde lorsqu'il avait parlé de cette partie de la route.

Le terrain descend en pente abrupte. Le groupe a accéléré le pas et les prisonniers ont peine à suivre. Jean ne quitte pas Marie du regard. Elle a de la difficulté à maintenir ce rythme, elle aussi. Il la voit soudain trébucher, se faire relever violemment, se faire pousser de nouveau et trébucher une seconde fois.

–Ce n'est pas nécessaire de la traiter de la sorte, hurle-t-il, hors de lui.

–Reste tranquille ! lui ordonne celui qui lui sert de geôlier.

Ces Sauvages parlent donc français. Jean fixe l'homme droit dans les yeux, incline la tête en signe de soumission et recommence à marcher, soulagé. Il voudrait avertir Marie de ce qui vient de se confirmer dans son esprit, la réconforter, mais il n'en fait rien. Il y a beaucoup trop de bruit.

Environ mille pieds plus loin, le terrain est moins abrupt. Le groupe se dirige de nouveau vers la rivière. Les oreilles de Marie bourdonnent et elle devrait crier pour se faire entendre. Ce qu'elle voit soudain l'éblouit.

Une masse d'eau se précipite du haut d'une falaise, coule ensuite en pente douce sur quelques dizaines de pieds, puis se jette à nouveau dans le vide pour atteindre enfin la rivière qui s'éloigne plus bas, vers l'est. L'ensemble doit avoir une hauteur d'environ cent cinquante pieds et produit plus de bruit que la place du marché de Québec. Au-dessus de chaque chute s'élève un fin nuage rosé qui scintille dans la lumière, conférant à l'endroit un aspect irréel. La jeune femme garde les yeux fixés sur ce joli spectacle, mais sa contemplation ne dure que l'espace d'un instant. Les ravisseurs ne laissent pas le temps à leurs prisonniers d'admirer davantage le paysage, ils tirent sur leurs liens et tous empruntent un petit sentier qui longe le bord de l'eau.

Le bruit se fait désormais moins assourdissant. Le terrain est aussi plus praticable. Marie réussit à maintenir le rythme et à demeurer debout, malgré la fatigue grandissante et la chaleur devenue presque suffocante. Elle sait que Jean suit, à une certaine distance derrière elle. Elle voudrait se retourner, être éclairée sur ce qui se passe. Vont-ils vraiment à Carillon ? Comment le savoir ? Elle ne peut que l'espérer.

Lorsque le terrain devient trop marécageux, le groupe quitte de nouveau le bord de la rivière et plonge en pleine forêt. La jeune femme s'inquiète pendant plusieurs minutes, mais ils atteignent enfin ce qui lui semble être une clairière. À ce moment, Jean et Marie aperçoivent, au loin, le fort de madriers qui s'élève tout près du lac. Il s'est écoulé plus d'une semaine depuis qu'ils ont quitté le fort Edward. Après tout ce temps passé en pleine nature, le bâtiment leur apparaît comme un château gigantesque. Sans s'en rendre compte, ils ralentissent le pas, épuisés et las, mais heureux d'avoir enfin atteint leur but. Leurs geôliers ne l'entendent pas ainsi. Sans ménagement, ils les poussent pour qu'ils marchent plus vite. Jean et Marie vacillent, puis s'étalent de tout leur long sur le sol boueux. On les relève, encore une fois, et ils doivent reprendre leur marche forcée.

Le groupe se dirige vers les berges du lac, où se tiennent plusieurs officiers qui conversent en regardant la montagne sur leur droite. L'un d'eux se tourne dans leur direction et quitte les autres en apercevant les prisonniers. Les Sauvages s'arrêtent soudain et un seul d'entre eux s'avance. Il rejoint en quelques enjambées l'officier venu à sa rencontre. Les deux hommes discutent. Jean est trop loin pour comprendre ce qu'ils se disent. Il bouille d'impatience. Lorsque, enfin, l'officier se rapproche d'eux, Jean ouvre la bouche pour parler, mais l'homme prend la parole le premier. Croyant avoir affaire à des prisonniers britanniques, il s'adresse aux captifs en anglais.

–*Who are you?* demande-t-il en les dévisageant avec dégoût.

–Nous sommes français, répond Jean avec empressement. De Louisbourg, précise-t-il avec fierté.

Les yeux de l'officier s'écarquillent de surprise. Il examine plus attentivement ce « Sauvage » qui parle si bien sa langue. Au bout d'un instant, il se tourne vers les geôliers. Il entame avec eux une conversation animée. Il est évident qu'ils négocient. Pour Jean et Marie, cette attente paraît interminable. Quand, après plusieurs minutes, tous semblent d'accord, les ravisseurs s'éloignent, abandonnant leurs prisonniers.

L'officier fait alors quelques pas vers Marie. Celle-ci prend soudain conscience de son état pitoyable : ses vêtements sont déchirés, ses cheveux défaits, sa peau gluante de graisse d'ours et de boue ; il y a aussi cette cicatrice qui lui sillonne la joue et qui la défigure. Décidément, elle doit faire peur. Malgré ce qu'elle ressent, Mme de Beauchêne demeure digne et soutient le regard du militaire. Comme à regret, ce dernier revient à Jean, qui entreprend d'expliquer leur présence en pleine forêt.

–Nous étions passagers à bord d'un navire français faisant route vers les Antilles. Nous avons été capturés en pleine mer, il y a un an.

Il poursuit le récit de leurs aventures, oubliant volontairement de mentionner le mariage de sa compagne d'infortune. Il dit simplement qu'elle était la servante d'un officier britannique qui l'a maltraitée. Jean n'a pas terminé son histoire que l'officier français lui coupe la parole.

–Je suis le colonel de Bourlamaque, dit-il sur un ton très doux. Ce fort est sous mon commandement. Soyez les bienvenus.

Il marque une pause et regarde les nouveaux venus avec sympathie.

–Mais venez donc à l'intérieur, poursuit l'homme toujours aussi gentiment. Vous pourrez vous y laver et enfiler des vêtements propres. Vous continuerez ensuite votre récit autour d'un bon repas. Venez!

Ce disant, il désigne l'entrée du fort, à une cinquantaine de pieds sur leur gauche. Il fait quelques pas, s'arrête et se retourne. Les deux réfugiés ne bougent toujours pas. Ils semblent au bord de l'épuisement. Bourlamaque leur sourit et se dirige malgré tout vers le fort, rejoignant les autres officiers qui pénètrent maintenant à l'intérieur.

–Prenez votre temps, lance-t-il en s'éloignant. Je vais faire préparer votre logement. Je vous verrai plus tard.

Jean et Marie ont peine à croire que leur aventure prend fin de cette manière. Ils ont affronté tant de périls. Il est évident que leur intimité sera désormais rompue. Jean pose les yeux sur sa compagne. Elle fait peine à voir, mais il la trouve toujours aussi belle: son regard rayonne de tout le courage dont elle a fait preuve et de la fierté d'avoir enfin réussi. Il sent qu'il la perd, lentement, bien qu'elle n'ait jamais vraiment été à lui.

Marie ne sait que dire ni que faire. Elle a envie d'un bon bain chaud, elle voudrait suivre cet officier qui s'éloigne; pourtant, elle ne fait pas le moindre geste dans sa direction. Lorsqu'elle tourne la tête vers Jean, elle voit qu'il la fixe. Elle se sent très proche de lui, un peu complice. Ils ont réussi! Ils se sourient et Jean offre son bras à la jeune femme.

–Madame, dit-il solennellement, me ferez-vous l'honneur de m'accompagner dans cette vaste demeure?

Marie sourit, lui prend le bras. Mais, avant de s'élancer vers la porte grande ouverte, elle admire un instant le lac Champlain sur sa droite: le soleil y allume des milliers de feux, comme autant de diamants qui scintillent.

–C'est vraiment une très belle journée, murmure Jean, s'efforçant de demeurer souriant.

Sa voix est triste. Il pressent ce qui va arriver, ce qui devait inévitablement arriver. Tous deux se tournent et marchent enfin vers la porte, hésitent un instant, puis la franchissent d'un pas mal assuré. Ce moment marque la fin de cette intimité volée au monde, de cette complicité illicite qui les unissait.

*

On crie, on hurle tout autour. Marie a beau chercher, elle ne voit pas qui essaie de l'effrayer. La forêt est sombre, il fait presque nuit. Derrière elle, des pas pressés l'avertissent de l'arrivée de l'ennemi. Elle se relève, mais, par mégarde, marche sur le bas de sa jupe, qui cède et se déchire. Marie tombe de nouveau de tout son long dans le sous-bois au sol recouvert d'épines séchées. Des mains vigoureuses lui enserrent le cou, la tiennent par-derrière. Elle n'arrive plus à respirer. Elle tente de se libérer, de crier. Impossible. L'agresseur est trop fort. Pourtant, Marie veut savoir qui l'attaque de la sorte. Elle tire, pousse, essaie de se retourner, de voir son ennemi en face. Elle lève la main droite et agrippe le poignet qui lui emprisonne la nuque. Ses doigts glissent sur la peau en sueur. Elle ne se décourage pas. Elle n'a pas l'intention de céder. Elle force son bras à remonter plus haut, vers l'épaule de l'homme. Elle finit par atteindre un vêtement. Ce résultat lui donne une énergie supplémentaire. Elle se glisse sous le corps de son agresseur en tirant sur la manche qu'elle tient toujours. Lorsque la couleur du vêtement apparaît, Marie s'immobilise. C'est un uniforme d'officier anglais.

Haletante, la jeune femme ouvre les yeux. Elle s'attend à distinguer le ciel, par-delà la cime des arbres. Une émotion lui tord l'estomac. Des larmes lui viennent aux yeux. Elle n'est ni déçue ni heureuse de ne voir que le plafond de la chambre. À peine se sent-elle rassurée. Autour d'elle, les murs, les meubles, rien n'est familier. La pièce est obscure, seule une lueur orangée pénètre par la minuscule fenêtre du fond. Puis, Marie se souvient de l'endroit où elle se trouve et chasse le rêve qui lui a causé tant d'émoi.

Depuis trois jours, elle a rejoint la civilisation. Cela lui fait un drôle d'effet, comme si elle était à la fois chez elle mais étrangère à ce milieu. M. de Bourlamaque a été bien aimable avec elle. Et pourtant, elle sent partout de la réticence. On l'accueille au fort parce qu'elle y a trouvé refuge, mais tout le monde est mal à l'aise. Les Français sont en état d'alerte.

C'est que les informations qu'elle et Jean ont rapportées du camp ennemi font craindre le pire. Il n'y a que très peu de soldats à Carillon. Si les Anglais attaquaient maintenant, M. de Bourlamaque devrait rapidement rendre les armes, sinon l'ennemi ferait un massacre. De plus, l'état de santé de tous ces Français est bien différent de celui des Anglais qui remontent par le lac Saint-Sacrement. Tout le monde a faim. Bien que le repas qu'on lui a servi ait été assez frugal, Marie a conscience d'en avoir reçu plus que la plupart des soldats. Les Anglais ne le savent pas, mais la famine pourrait être leur meilleure alliée.

Si la chose était possible, Marie fuirait, à n'en pas douter. Mais la perspective de se retrouver de nouveau en pleine forêt ne la réjouit guère. Elle attend donc, comme les quelques habitants du petit village construit à côté du fort, la suite des événements. Bourlamaque a annoncé l'arrivée imminente de renforts, sous le commandement du marquis de Montcalm. Marie espère vraiment que cet homme sera accompagné d'une forte armée en meilleure condition.

Vers trois heures de l'après-midi, la jeune femme se rend au village jouxtant le fort. Elle suit le sentier qui mène au bord du lac. À sa droite, quelques maisons de bois défraîchies; à sa gauche, un terrain découvert où se dresse, tout au bout, le bâtiment servant d'hôpital; plus au nord, un immense entrepôt. Elle descend la pente douce jusqu'au quai.

Le soleil est haut dans le ciel et la jeune femme, debout sur la rive, n'arrive pas à fixer l'horizon tant elle est aveuglée. Elle ferme les yeux et inspire profondément. Son corps est comme engourdi. Soudain, sans qu'elle l'ait évoquée, l'image de Frederick se dessine dans son esprit et s'immisce partout en elle. Elle peut presque sentir son odeur, la chaleur de sa peau, la douceur de ses caresses. Elle tressaille en pensant à certaines nuits torrides où leur union a eu un sens plus particulier. Elle se sent faiblir. Puis, elle se souvient de la douleur, de l'humiliation. Du bout des doigts, elle effleure la marque sur son visage. Le souvenir des colères de Frederick la harcèle aujourd'hui avec plus d'intensité.

« Comment ai-je pu être aussi aveugle ? » se demande-t-elle.

Elle ouvre les yeux et cherche un signe de l'arrivée des Anglais. Elle ne voit rien d'autre que le calme de la forêt. Contrairement aux habitants du fort, ce qu'elle craint, elle, ce n'est pas tant l'armée que l'apparition soudaine de Frederick, furieux qu'elle l'ait ainsi abandonné. Marie a peur de le voir surgir dans sa chambre, la nuit, malgré la présence des soldats qui montent la garde. Cependant, ce n'est pas son seul souci.

« Si quelqu'un apprenait que je suis mariée à l'un des officiers qui commandent la force ennemie !... Que ferait-on de moi ? Croirait-on que je suis une espionne ? »

Ces questions viennent accroître l'angoisse qui l'habite. Elle les chasse en dirigeant son attention vers le paysage. Sur sa droite, les montagnes s'élèvent, tel un mur entre elle et Frederick. À leur pied, un marais s'étend paresseusement jusqu'à la rivière. Elle se souvient de l'avoir longé au cours de sa marche forcée avec les Indiens. La rivière coule ensuite doucement jusqu'au pied du fort, où elle se jette dans le lac Champlain. Ce dernier s'étire loin vers le sud, mais il remonte également vers le nord en passant à l'est du fort. Tout autour, des montagnes, toujours des montagnes. Elles semblent vouloir protéger le minuscule avant-poste français du reste du monde, comme si sa présence en cet endroit inhabité devait rester éternellement secrète.

Marie se sent seule, plus seule que jamais. Elle pense à Jean Rousselle. Malgré la petite population du fort, elle ne l'a pas revu depuis leur arrivée. Si elle est reçue avec tous les égards dus à son rang et au fait qu'elle soit une jolie femme, il n'en va pas de même pour Jean. Le Métis est plutôt perçu comme un simple habitant dont on ne fait pas de cas. C'est tout juste si on lui a permis de demeurer au fort. Marie s'inquiète du sort de son ami.

Soudain, elle entend dans le lointain, perçant le silence de la forêt, le son des tambours, du fifre et de toute une armée en marche. Un instant, son cœur cesse de battre. Il lui faut quelques secondes pour reconnaître le type d'agitation qui règne dans le village. Lorsqu'elle y perçoit une animation joyeuse, elle sourit. Les renforts arrivent.

Elle remonte rapidement le sentier et pénètre dans le fort à grands pas. Elle a l'intention d'observer l'arrivée de ces secours tant attendus. Elle gravit l'escalier qui longe un des murs et se retrouve sur l'un des bastions, à fixer le nord-est. Une centaine de barges recouvrent cette partie du lac, d'une rive à l'autre. Une armée entière! L'euphorie qui l'entoure est telle que Marie elle-même affiche un large sourire, les yeux brillants d'émotion. L'issue de la bataille vient peut-être de changer.

*

– Mon général, dans quelques heures, nous aurons les Anglais sur les bras. D'Hébercourt, que j'ai envoyé en reconnaissance, et tous nos éclaireurs s'accordent pour dire qu'il y a vingt-cinq mille hommes à la tête du lac Saint-Sacrement. Ils ont mille chevaux et une quantité de bœufs employés au transport et ils sont à la veille de lever le camp.

Bougainville écoute attentivement ce que le colonel de Bourlamaque annonce au marquis de Montcalm. Il savait les Anglais proches, mais pas à ce point.

Dans le bâtiment servant de quartier général à l'armée française, les hommes sont anxieux. Montcalm, pour sa part, est préoccupé. Malgré la demi-obscurité qui règne dans la pièce, Louis-Antoine de Bougainville observe son ami avec sympathie.

« La décision qu'il va prendre est capitale pour la survie de la colonie, pense-t-il. Espérons que son jugement sera aussi bon qu'il l'a toujours été. »

Un moment, son attention est attirée par le mouvement d'un jupon aperçu par la fenêtre. Une femme se tient appuyée au rempart, elle fixe l'ouest comme si elle pouvait voir par-delà la montagne, en amont de la rivière. Elle est trop loin pour qu'il puisse distinguer son visage, mais sa silhouette lui rappelle quelqu'un. Louis-Antoine n'oublie jamais les personnes qu'il rencontre, surtout pas les femmes. Il cherche dans sa mémoire la trace d'un souvenir, mais il ne trouve rien. Cela l'intrigue. Elle ne lui est pas inconnue et, pourtant, il ne pourrait dire quand et où il l'a rencontrée.

Il revient bien malgré lui à la conversation qui devrait lui occuper l'esprit. Le général donne déjà des instructions. Tous les militaires présents acquiescent et quittent la pièce pour exécuter les ordres. Bougainville fait de même. En passant la porte, il cherche des yeux l'ombre de la dame. Elle a disparu sans laisser de traces. À l'endroit où elle se trouvait, il n'y a qu'un milicien fumant sa pipe, adossé à la palissade.

La nuit tombe rapidement entre les montagnes. Dès que règne la pénombre, Marie va souper avec les officiers. Cette rencontre est presque devenue une habitude depuis son arrivée au fort. C'est Bourlamaque qui l'en a priée dès le début, et elle n'a pu refuser, surtout après les privations dont elle avait souffert dans la forêt. Elle traverse donc la place d'armes à la lueur des feux allumés ici et là. Elle a le cœur plus léger que dans l'après-midi. Elle sait que Jean Rousselle n'est pas convié à ce copieux repas, il ne l'est jamais, et cela la soulage un peu. Quelques heures plus tôt, ils se sont croisés sur les remparts, lors de l'arrivée des renforts. Le malaise entre eux était tel que Marie a senti le besoin de fuir presque immédiatement.

Ils n'avaient rien à se dire. Ils ne peuvent parler de leur évasion sans songer à l'intimité dans laquelle ils ont vécu pendant ces semaines. Même sur la *Fortune*, la familiarité avait fini par s'installer. Mais là, dans ce fort, au milieu de nulle part, ils n'arrivent plus à rétablir le lien. Jean a repris ses habits français et les bonnes manières qui font de lui un homme comme les autres. Cependant, il connaît tant de secrets sur elle que Marie a de la difficulté à le regarder dans les yeux. Même si elle le juge honnête, elle s'imagine parfois qu'il pourrait facilement abuser de ce qu'il sait. Mais que voulait-il, cet après-midi, sur les remparts? Il a cherché à s'approcher d'elle, à reprendre leur relation là où ils l'avaient interrompue, mais Marie a laissé un froid tangible se glisser entre eux. Sans beaucoup d'effort, elle a retrouvé son air hautain, celui d'avant, celui de la dame de Beauchêne encore troublée par la mort de son époux. Elle est redevenue, pendant quelques instants, celle qu'elle avait été avant Louisbourg. Cette attitude a indigné le jeune Métis, qui n'a pu que reprendre à son tour son air cynique. Et la conversation a dégénéré. Leur différence sociale est devenue si évidente que ni l'un ni l'autre n'a su passer outre. Ils se sont quittés sur une note discordante, et il semble à Marie qu'il sera difficile de rétablir leur amitié.

C'est pour cette raison qu'elle envisage avec soulagement ce souper avec les officiers. Cela lui changera les idées. Entre la menace que représente Frederick et l'inconfortable relation qu'elle entretient avec Jean Rousselle, Marie cherche un havre de paix, un répit. Une odeur de viande rôtie flotte partout dans le fort. Cela lui ouvre l'appétit et elle anticipe le délicieux repas. C'est donc avec une légère impatience qu'elle frappe à la porte de la résidence de M. de Bourlamaque. Un serviteur l'invite à entrer et elle pénètre dans une salle à manger éclairée par une multitude de chandeliers. Une immense table est dressée et, tout autour, des hommes richement vêtus discutent à voix forte. Ils se taisent dès qu'elle s'avance dans la pièce et se lèvent d'un même mouvement.

–Madame de Beauchêne, commence Bourlamaque, vous nous faites un grand honneur.

–C'est bien gentil à vous, commandant, de m'accueillir à votre table, répond la jeune femme.

Marie se sent dans son élément et le plaisir qu'elle ressent illumine son visage. Heureux de constater la joie de son invitée, M. de Bourlamaque se dirige avec empressement vers elle. Il lui tend un bras qu'elle accepte. En la menant à sa place, il s'arrête devant un officier d'une quarantaine d'années, abondamment décoré. Son visage est délicat et son corps dégage une assurance non feinte. L'homme fait un pas dans sa direction.

–Madame de Beauchêne, dit Bourlamaque, permettez-moi de vous présenter le général de Montcalm.

–Général ? balbutie Marie.

La jeune femme demeure un instant surprise. Elle connaît de réputation cet homme au caractère irascible, mais celui qui se tient devant elle a l'air plutôt aimable. Il s'incline poliment.

–Madame, quel plaisir de faire enfin votre connaissance. M. de Bourlamaque nous a beaucoup parlé de vous.

Marie blêmit. Ignorant l'embarras évident de la jeune femme, Montcalm poursuit :

–Vous avez fait preuve d'un grand courage en vous enfuyant d'un camp anglais. Vous avez toute mon admiration. Vous savez, j'ai autrefois bien connu le capitaine de Beauchêne.

Marie est soulagée. L'espace d'un instant, elle a craint que Bourlamaque ne leur ait décrit l'état dans lequel elle avait rejoint Carillon ; elle a eu honte d'elle, mais aussi de son compagnon de voyage. Un souvenir a remonté à sa mémoire, celui de leur image en bordure de la forêt. L'image de deux esclaves aux vêtements en lambeaux, soumis à quelques Sauvages brutaux. Elle secoue la tête pour chasser ce souvenir déplaisant et sourit largement à l'homme qui la regarde toujours avec admiration.

–Général, répète-t-elle simplement, en faisant une courte révérence pour cacher son malaise.

Bourlamaque s'avance de quelques pas, l'entraînant avec lui. Il s'arrête devant un homme à l'air candide, au visage arrondi et au regard joyeux. Il doit avoir à peu près trente ans et fixe intensément Marie dans les yeux.

–Madame de Beauchêne, je vous présente le capitaine Louis-Antoine de Bougainville.

–Madame, dit doucement le jeune homme qui, sans quitter Marie du regard, s'incline profondément.

–Capitaine.

Une bouffée de chaleur l'envahit. Le jeune homme sourit toujours, l'observant attentivement. Elle détourne les yeux, incapable de soutenir son regard. Elle esquisse un pas vers l'officier suivant qu'on lui présente immédiatement. Elle fait ainsi le tour de la table jusqu'à sa place. Bourlamaque lui tire poliment sa chaise et s'assoit à ses côtés. La conversation reprend de plus belle, probablement là où elle s'était interrompue à son entrée. Marie se laisse bercer par cette joie que tous manifestent. Il lui faut quelques minutes pour remarquer la chaise restée vide, de l'autre côté de la table. Le colonel de Bourlamaque, qui l'observait, note tout à coup son air interrogateur et inquiet. Devinant sa question, il lui dit avec empressement :

–M. Rousselle a bien voulu accepter mon invitation à souper. Le général a demandé à le rencontrer pour lui poser quelques questions sur l'armée anglaise. J'ai cru que sa présence ne manquerait pas d'animer notre repas. Il ne devrait d'ailleurs pas tarder à arriver.

Personne, hormis Bougainville, ne remarque la pâleur soudaine de Marie. Elle voudrait trouver un moyen d'échapper à la situation, mais il n'y en a pas. Lorsque la porte s'ouvre, quelques instants plus tard, et que Jean Rousselle pénètre dans la pièce, elle lui adresse un timide sourire, qui s'estompe dès que son regard croise celui de Louis-Antoine de Bougainville, assis juste en face d'elle. Il est évident que le jeune officier cherche à définir la relation qui existe entre

Jean et elle. Le fait d'être l'objet de tant de curiosité intimide Marie. Elle dirige son attention vers Jean, qui prend place assez loin d'elle, de l'autre côté de la table. On lui présente les invités bien moins officiellement qu'on l'a fait pour Marie, mais il ne semble pas se formaliser de ces manières expéditives.

« Il a l'habitude d'être ignoré », se dit Marie, pour se donner bonne conscience et faire disparaître un léger pincement au cœur.

Les hommes continuent à s'entretenir sans paraître troublés par la présence des deux retardataires. Curieusement, ils ne parlent pas de plan de bataille. Ils devisent plutôt de livres, de politique et de religion. Marie est quelque peu surprise. Elle s'attendait à une discussion toute militaire. Or ces officiers semblent prendre plaisir à sa compagnie et la font participer à leur conversation. Ils interrogent aussi Jean sur le commerce de son père, s'intéressent aux pratiques commerciales de Louisbourg, parfois différentes de celles de Québec à cause de la proximité du territoire anglais. Marie est éblouie et soulagée de ne pas avoir à donner de détails sur son séjour dans les colonies anglaises.

Chaque fois que son regard croise celui du capitaine de Bougainville, ce dernier lui sourit, et c'est elle qui doit baisser les yeux devant l'insistance du jeune homme. Marie ignore ce qui motive une telle curiosité, mais elle se promet bien de lui en toucher un mot lorsqu'elle en aura l'occasion. Le reste du repas se déroule dans une atmosphère joviale. La tension entre Jean et Marie s'estompe peu à peu et, bientôt, ils participent à la même conversation avec beaucoup d'enthousiasme.

Lorsque Bourlamaque aborde, plus tard, la question de l'éventuel assaut du fort, l'ambiance se charge d'une sorte d'énervement. Le capitaine de Bougainville profite du moment pour proposer à Marie de lui procurer une arme.

–Ainsi, conclut-il avec un accent moqueur, vous pourrez participer activement à la bataille. Après avoir entendu M. de Bourlamaque décrire ce par quoi vous êtes passée, je ne doute pas que vous aurez envie de les taquiner, ces Anglais, et ce du bout de votre arme.

Le ton léger qu'a pris Bougainville pour parler de la question délicate de la situation du fort contribue à apaiser tout le monde. Tout le monde, sauf Marie qui n'ose imaginer à quoi Bougainville fait allusion lorsqu'il dit « ce par quoi vous êtes passée ». Elle espère qu'il ne fait que tirer des conclusions de sa conversation avec le commandant. Elle doit toutefois se convaincre qu'il ne s'agit que d'un hasard, que l'officier ne sait rien d'autre que ce qui lui a été rapporté par Bourlamaque. Pourtant, lorsqu'il la regarde, Marie sent qu'il ne dit pas tout ce qu'il pense. Cela la tracasse au point de précipiter son départ.

–Je vous remercie, messieurs, pour ce délicieux repas en si bonne compagnie. Il est tard et, comme vous le savez, je dois récupérer après toutes ces nuits passées en forêt.

–Alors, bonne nuit, madame, répond Bourlamaque. Votre présence nous a été tout aussi agréable. Soyez-en assurée!

Elle se lève, et tous les hommes l'imitent. Depuis quelques minutes, Bougainville hésite. Des mots lui brûlent les lèvres. Il voudrait lui offrir de la raccompagner, mais il est intimidé par la présence de tant de témoins. Il est trop lent à se décider.

–Laissez-moi vous escorter jusqu'à votre chambre, madame.

Bougainville reste interdit, la bouche ouverte : du fond de la pièce, Jean Rousselle vient de prononcer cette phrase. Il y pensait depuis le début du souper. Il est toutefois un peu surpris de la spontanéité avec laquelle il a agi, sans même tenir compte de la présence des autres hommes dans la pièce. Il désirait simplement se retrouver seul avec Marie, pour se rapprocher, mais aussi pour s'excuser de son comportement de l'après-midi. Il ne prête aucune attention au capitaine de Bougainville, qui a tourné vers lui un regard où l'envie se mélange à la stupeur de s'être fait damer le pion. Il repousse sa chaise et feint d'ignorer la curiosité dont il est l'objet de la part de tous les hommes réunis. Il remercie simplement son hôte et se dirige vers Marie, qui est, elle aussi, médusée, ne sachant comment répondre à cette offre. Refuser serait d'une grande impolitesse. Accepter ouvre la porte à ce qu'elle redoute depuis l'après-midi : une conversation angoissante. Mais elle n'a pas le choix.

–C'est très gentil à vous, dit-elle simplement.

Elle cache alors son tourment derrière un large sourire qu'elle adresse à l'assistance. Elle pose ensuite sur Bougainville un regard où se mêlent la perplexité et l'inquiétude, puis quitte la pièce, le jeune Métis à sa suite.

Dehors, l'air est tiède, presque trop. Jean tend le bras à Marie. Elle l'accepte après une légère hésitation. Tous deux cheminent vers un bâtiment retiré, de l'autre côté du fort. Ils serpentent silencieusement entre les feux mourants. Ni l'un ni l'autre n'a envie de briser cette quiétude. Le malaise grandit, mais ils ne font rien pour le dissiper. Devant la porte de son domicile, Marie s'arrête, ouvre la bouche pour parler, mais se retient au dernier instant. Rien de ce qu'elle dirait ne pourrait effacer ce qui se tisse maintenant entre eux. Elle sourit et prononce un timide « merci » avant de disparaître derrière la porte.

Jean Rousselle demeure un instant devant l'entrée, immobile, hésitant sur la conduite à tenir. Il voulait lui parler, il n'en a rien fait. Il n'est pas fier de lui. Il tourne les talons et se dirige vers la porte du fort. Il a besoin de prendre l'air, de l'air pur, différent de celui, vicié, qui stagne à l'intérieur des murs et qui lui rappelle le souper qui vient de se terminer. Il a remarqué l'insistance des regards de Bougainville. La dame de Beauchêne se ferait donc maintenant courtiser par le jeune officier. Jean sourit.

« Pauvre lui, songe-t-il cyniquement. Il ignore que la belle est mariée. »

Une fois les portes franchies, il hâte le pas et disparaît dans l'épaisse obscurité qui règne à l'extérieur du fort, loin des feux allumés par les hommes.

*

Louisbourg.

Au réfectoire, Odélie mange distraitement. Au fond de la pièce, une religieuse fait la lecture. La fillette n'y prête pas attention. Même le bruit de la vaisselle qui s'entrechoque n'arrive pas à la tirer de sa rêverie. Odélie a trop de tracas. Elle se sent mise délibérément à l'écart, malgré toutes ces personnes qui l'entourent.

Elle sait qu'elle n'aurait pas dû écouter la conversation des religieuses, ce matin, mais ça a été plus fort qu'elle. Personne ne lui donne de nouvelles de sa mère. Pourtant, cette dernière est partie depuis presque un an. Il lui tarde de la revoir. C'est pour cette raison qu'elle épie les gens autour d'elle : elle souhaite entendre des renseignements qui feraient renaître l'espoir de revoir sa mère un jour. Elle a eu beau harceler sa tante, puis M. Rousselle lorsqu'il est venu prendre de ses nouvelles, à la mi-mai, on dirait que tous deviennent sourds et muets sitôt qu'elle aborde le sujet. Odélie s'inquiète alors davantage.

–Et s'il lui était arrivé malheur ? demande-t-elle chaque fois qu'elle en a l'occasion. Comment le saurais-je ?

Personne ne lui répond. Elle fait donc mine d'être très absorbée par ses lectures ou par son travail d'aiguille, tout en demeurant attentive à ce qui se dit autour d'elle. Et, il y a deux jours, ce qu'elle a entendu lui a fait craindre le pire.

–On a vu dix vaisseaux anglais qui, sur les neuf heures, ont tous poussé au large vers l'est. On a cru qu'ils donnaient la chasse à quelque bâtiment, mais aucun n'a été aperçu.

En s'exprimant de la sorte, M. Rousselle ignorait l'effet qu'auraient ses paroles sur Odélie. Loin d'être naïve, la fillette a vite tiré les conclusions qui s'imposaient.

–Nous sommes vraiment en guerre. Il est certainement arrivé quelque chose à maman.

Si seulement Robert venait la voir, il pourrait éclaircir tout ce mystère et forcer Antoinette à dire ce qu'elle sait. Toujours absorbée dans ses pensées, elle reste indifférente à toutes ces jeunes filles qui mangent autour d'elle. Elle réfléchit. Elle se rappelle ce qu'elle a traversé lorsqu'elle a appris la mort du Capitaine. C'était il y a deux ans, le lendemain de la visite de M. du Longpré. Marie avait fait s'asseoir sa fille dans le fauteuil préféré du Capitaine avant de lui annoncer que son père était mort. Sur le coup, Odélie n'avait pas réagi. Cependant, au cours de la nuit suivante, elle avait eu une attaque, une crise d'asthme qui l'avait gardée alitée durant plusieurs jours. Elle n'arrive toujours pas à s'expliquer ce qui l'a rendue si malade. Il ne faisait pas froid, elle ne souffrait pas des maux du pays, et pourtant, ses poumons l'ont démesurément fait souffrir.

Odélie se doute bien que c'est pour cette raison que tous restent muets au sujet de sa mère. Ils espèrent peut-être éviter ainsi qu'elle tombe malade. Elle sent pourtant la colère grandir en elle. Sa mère était censée lui écrire. Or personne ne lui a apporté de lettres. Elle veut être mise au courant de ce qui se passe ! Elle sait très bien qu'il est inutile de piquer une colère. Elle commence à connaître sa tante.

Cependant, Odélie comprend la situation. La tension est grande, dans la ville comme dans le couvent. Hier soir, elle a entendu plusieurs coups de canon en mer. Elle a eu très peur que l'attaque ne commence durant la nuit. En se levant, ce matin, elle était heureuse de constater que rien ni personne ne percerait la barrière naturelle qui recouvrait Louisbourg. Elle remercie Dieu d'avoir envoyé cette brume qui retiendra peut-être les Anglais.

Derrière elle, la voix de la religieuse qui lit toujours, mais la fillette n'écoute plus. Elle a aussi cessé de manger. Pour Odélie, ce qui est important, c'est ce qui se passe à l'extérieur des murs du couvent. Elle essaie d'écouter ce qui transpire de la ville, ce que disent les passants dans les rues. C'est peine perdue ! Comme d'habitude, trop peu de gens passent devant l'édifice des religieuses !

Durant les quelques jours qui suivent, la tension monte d'un cran à Louisbourg. On sait les Anglais prêts à attaquer. Ils narguent les habitants de la ville en naviguant à peine à un mille de la côte. Leur stratégie est évidente et elle réussit : tout le monde a peur.

Allongée dans son lit, qu'elle n'a pas quitté de la journée, Odélie sent monter en elle une nouvelle détresse respiratoire. Les angoisses successives de la fin de mai sont finalement parvenues à miner sa santé déjà fragile. Il est sept heures passées. La fillette tente de dormir, mais les coups de canon qui retentissent soudain jusqu'au couvent ne font qu'augmenter sa panique.

–Dieu, faites que je ne meure pas sans revoir maman.

Elle a prononcé cette prière sans s'en rendre compte. Elle se lève précipitamment et se dirige vers la porte. Dans le couloir, les religieuses vont et viennent. L'une d'elles s'arrête devant Odélie et lui recommande de s'habiller. Le bruit des canons s'intensifie soudain et fige tout le monde sur place. Puis, une fraction de seconde plus tard, l'agitation reprend. Les religieuses se préparent à subir l'attaque. Dans la ville, on entend un roulement de tambour obsédant.

Une fois habillée, Odélie s'assoit sur son lit. Les coups de feu et les tirs de canon ont cessé. Dans les corridors du couvent, plus personne ne circule. La fillette est au bord des larmes. Quelqu'un va-t-il lui dire ce qui se passe, ce qu'elle doit faire ? La tension est grande, elle la sent partout dans son corps. La peur aussi est là, qui lui tenaille l'estomac. Le silence qui précède ou qui suit une attaque est presque aussi inquiétant que le bruit même de la bataille. Odélie attend donc, seule. Et son attente lui semble sans fin.

Au bout de cet interminable silence, la nouvelle parvient jusqu'au couvent: ce n'était qu'une fausse alerte. La ville n'a pas été touchée par les bombes. L'alarme n'a pas duré une heure. Maintenant, chacun essaie de retourner à son ordinaire. Rue d'Orléans, les sœurs de la congrégation s'occupent de calmer les jeunes filles apeurées par tout ce tumulte.

D'un pas rapide, Antoinette longe le corridor principal et vient s'assurer qu'Odélie se remet au lit. Elle la trouve à genoux, absorbée dans une fiévreuse prière. Soudain, la petite ouvre les yeux; elle a le regard perdu d'une personne en proie à l'épouvante. Un tremblement convulsif la secoue. Dans ses poumons, le sifflement se fait de plus en plus insistant et chacune de ses respirations est plus douloureuse que la précédente. Elle voudrait avoir sa mère auprès d'elle. Antoinette s'approche de l'enfant, pose une main sur son épaule et, dans un geste plein de tendresse, l'aide à s'allonger sur le lit. Elle place alors délicatement la petite tête sur l'oreiller. L'enfant laisse couler les larmes qu'elle retient depuis trop longtemps.

–Maman, murmure-t-elle, la voix tremblante de désespoir.

Antoinette s'assoit près d'elle et lui caresse les cheveux. Puis, doucement, elle lui essuie le visage avec son mouchoir. La petite continue à pleurer à chaudes larmes. La femme cherche en elle des paroles rassurantes. Elle n'en trouve pas. Elle prend Odélie dans ses bras et la berce tendrement, jusqu'à ce qu'elle s'endorme. Dans ce geste, le plus maternel qu'elle ait jamais fait, Antoinette admet son impuissance. Elles sont désormais seules au monde, unies par les larmes et le sang.

Robert regarde sans les voir les mouvements de ses compagnons qui s'affairent à détruire toute construction pouvant servir de redoute à l'ennemi. Depuis le début de juin, sur tout le terrain défriché, des soldats mettent le feu aux maisons des habitants qui se sont réfugiés dans la ville. L'homme arrête son regard sur une des cabanes qui flambe plus facilement que les autres. Il a pensé, un jour, en bâtir une, tout juste comme celle-là, avec peu de fenêtres, mais une solide charpente. Il devra peut-être y renoncer, comme il a dû renoncer à la plupart de ses rêves!

Le soldat revient à la tâche qui devrait occuper toute son attention. Il tient dans ses mains un immense sac de toile qu'il remplit de terre. Ces sacs serviront à renforcer certaines parties des remparts et des casemates. Bientôt, les femmes et les enfants seront conduits dans cette partie creuse des fortifications. C'est là qu'ils seront le plus à l'abri. Robert pense à Antoinette et à Odélie qui doivent être terrifiées à l'intérieur du couvent. Les derniers jours n'ont pas été très paisibles, tant pour les militaires que pour les civils. Tous vivent la peur au ventre, l'âme rongée par l'angoisse. Tous redoutent l'ennemi qui tarde à attaquer. Les Anglais vont-ils réussir à percer les défenses françaises? À pénétrer dans la ville? Que va-t-il arriver si l'ennemi s'approche durant la nuit? Comment dormir dans un tel contexte?

Derrière Robert, des soldats s'occupent de raser au niveau du sol les fours à chaux. D'autres hommes, en majorité des civils, en transportent les pierres qui serviront à fortifier un autre mur. Des soldats armés guettent les environs, à la recherche du moindre signe de la part de l'ennemi.

Tout en travaillant, Robert pense à ce qui se passe autour de lui. Il a depuis longtemps compris la stratégie des officiers: tenir le plus longtemps possible. Si la chance est du côté des Français, l'attaque de Louisbourg retiendra les Anglais jusqu'à l'arrivée des renforts de France. Si ces renforts n'arrivent jamais, il faudra retarder la marche des Anglais sur Québec. Car nul n'est dupe de la stratégie anglaise. Si Louisbourg tombe, Québec tombera peu après, c'est certain. Il faut donc retenir les Anglais pour qu'ils ne puissent agir avant l'hiver. Cela donnera une année de plus à la garnison de Québec. Une année, qui devrait permettre à celle-ci de préparer une défensive solide. Robert lève la tête. Au-dessus de lui, il n'y a que des nuages gris, porteurs d'une pluie imminente.

–À Québec, le ciel est toujours bleu!

C'est Odélie qui lui a dit ça, un jour qu'elle lui parlait de ses moments de lecture sur les hauteurs du Cap-aux-Diamants.

–Comme cela doit être beau! avait répondu le soldat, rêveur.

–C'est le plus bel endroit au monde! avait conclu Odélie, la larme à l'œil.

Ce souvenir lui a fait de la peine, une peine que Robert n'a pas eu de difficulté à comprendre. Il connaît la douleur qu'on peut ressentir loin des siens, loin de la maison. Aujourd'hui, à chercher l'azur dans cette mer de grisaille, il s'imagine avec les deux dames de Beauchêne, observant le bleu du ciel de Québec.

« On y serait bien, tous les trois », se dit-il avec un soupçon de mélancolie.

En songeant ainsi à Antoinette, Robert sent une vague de chaleur l'envahir. Tout son être se réchauffe lorsque la femme se glisse dans ses pensées. Soudain, la pluie se met à tomber, une pluie fine qui trempe bientôt les ouvriers qui ont désormais peine à travailler. Ils sont glacés par cette humidité qui transperce leurs vêtements. Robert termine sa corvée. Il rejoint ensuite ceux qui transportent les pierres.

Ce soir-là, la garnison de Louisbourg est divisée en trois. Un tiers des hommes dort comme à l'habitude dans les chambrées. Un autre tiers s'y trouve également, mais les soldats s'allongent tout habillés. Les autres tentent de trouver le sommeil à l'extérieur, sur le glacis, en prévision d'une attaque de nuit. Robert est heureux d'être de ceux-là. Il a horreur des punaises qui infestent les paillasses. Il préfère la banquette du chemin couvert, et ce malgré l'humidité de la nuit. Il s'allonge donc, le dos au parapet, en souhaitant que les Anglais choisissent une autre nuit. Dans son corps, il sent les bienfaits de la guildive* qu'on leur a servie un peu plus tôt. Cette eau-de-vie le rend toujours moins pessimiste. Il ferme les yeux et s'imagine labourant la terre, jouant avec ses fils, étreignant sa femme. Le visage de l'homme est radieux, la cicatrice qui le défigurait depuis des lustres a disparu.

* Guildive : rhum.

Ce bonheur imaginaire le porte à prendre la plus folle des décisions.

–Quand cette guerre sera finie, nous commencerons une nouvelle vie, à Québec, murmure-t-il avant de s'endormir profondément, malgré la bruine qui le garde transi.

Vers quatre heures du matin, un crépitement de mitraille fend le silence, réveillant tout Louisbourg. Fusils, canons, tous les bruits d'une attaque venant de la mer assourdissent ceux qui attendaient. Un roulement de tambour retentit dans l'ensemble des bastions, des casernes. Les soldats de la garnison sont ainsi brutalement réveillés et envoyés en renfort à la Pointe-Blanche, au sud-ouest de la ville. Il fait à peine jour lorsque ces hommes atteignent enfin l'extrémité de la pointe. À ce moment, les barges anglaises tentent le débarquement et, dans la bataille qui s'ensuit, on voit autant de malheur que de bravoure. L'agitation est à son comble. Des soldats courent partout, là où le besoin de renforts se fait sentir.

Pendant toute la matinée, on cherche à contenir l'ennemi sur ses barges ; mais celles-ci atteignent une petite anse peu défendue, où les Anglais débarquent et sont impossibles à repousser. À midi, les troupes françaises se retirent finalement dans la ville, à l'intérieur des murs. Les hommes sont épuisés et découragés. Malgré tous leurs efforts, l'ennemi a réussi à prendre pied sur la grève. Il va maintenant avoir la possibilité d'attaquer Louisbourg par la terre.

Pour se donner le plus de chances possible et pour nuire à l'ennemi, on envoie un autre détachement à la Pointe-Blanche. Les officiers veulent enclouer le canon de manière que les Anglais ne puissent pas se servir de l'artillerie qui se trouve déjà sur place. Cependant, les soldats arrivent trop tard ; cette partie de la côte est désormais occupée.

Tard le soir, après cette cuisante défaite, les officiers de Louisbourg tiennent un conseil de guerre. On parle partout de la colère des capitaines des vaisseaux. On dit qu'ils désirent abandonner la garnison à son sort. Tout au long de cette assemblée, les rumeurs circulent dans la ville.

Robert est assis sur une barque renversée, sur le bord de la baie. Il observe le ciel et fume sa pipe en silence, loin du tumulte. Malgré le calme étrange qui l'habite, il se sent amer. À la fin de l'après-midi, en revenant de la mission à la Pointe-Blanche, il s'est rendu chez Daniel Rousselle pour s'informer de la santé d'Odélie. Le vieux marchand n'avait que de mauvaises nouvelles pour lui.

–De la ville, on n'a entendu qu'un feu de mousqueterie, a précisé le marchand.

La santé d'Odélie a pâti de cette incertitude qui règne au couvent comme ailleurs dans Louisbourg. Antoinette s'occupe d'elle comme elle le peut. Le médecin a bien fait quelques visites, mais sans succès. Odélie ne se remet pas. Robert est attristé par cette nouvelle. Pendant les dernières semaines, il aurait voulu aller voir la petite, mais ses journées étaient trop chargées. Il n'arrivait jamais à quitter son poste. Et, maintenant qu'il le pourrait, la nuit est tombée et l'enfant dort probablement depuis longtemps. Il faudra qu'il s'organise. Si seulement le couvent n'était pas si loin des casernes ou des postes de garde ! Mais la résidence des religieuses se trouve en plein milieu de la ville. Lorsque Louisbourg était en paix, Robert avait tout son temps pour sillonner les rues dans l'espoir de voir Antoinette et sa nièce. Mais à présent, il n'a que quelques minutes de répit par jour. C'est insuffisant pour qu'il se rende si loin.

Soudain, des voix le tirent de ses réflexions. Des hommes approchent de l'eau. Ils sont en colère. Robert éteint sa pipe et se fait discret.

« Inutile de devenir la cible de leur furie », songe-t-il en se dissimulant derrière la barque.

Ils sont tout près. Robert se rend compte qu'il s'agit d'officiers. Ils sont quatre ou cinq et conversent à voix forte, mais Robert n'entend leurs propos que lorsqu'ils ne contiennent plus leur rage.

–Ils ne peuvent pas nous forcer à demeurer dans la rade, commente un des officiers. C'est nous faire prendre des risques inutiles !

–Ils peuvent nous forcer à rester, mais pas à leur prêter main-forte ! réplique un autre, d'un ton colérique.

–Nous pourrions sauver nos navires au lieu de nous faire massacrer comme le reste de la population ! ajoute un troisième.

La conversation se poursuit, à la faveur de laquelle les interlocuteurs se soulagent de leur frustration. Des éclats de voix hargneux parviennent à Robert par bribes, mais il comprend aisément le sens de ces protestations. Leurs navires sont cloués au port, cibles faciles pour l'ennemi. Pourtant, ils pourraient voguer vers la France en toute sécurité. Les officiers se sont mis à fumer, dans le noir. Pendant un court instant, ils lui semblent plus calmes. Robert étire le cou. Il ne peut voir leurs visages dans l'obscurité, mais il reconnaît la voix de ceux qui se plaignent ainsi.

–Vous avez raison ! s'exclame soudain l'un d'eux, toujours en rogne. Nous ne les secourrons pas. Ils finiront bien par nous laisser partir si nous ne leur sommes d'aucune utilité !

Sur ces paroles, les cinq hommes se quittent et se dirigent vers les petites embarcations qui les conduisent ensuite sur leurs bâtiments respectifs. Robert demeure un instant dans sa cachette, il attend que tous se soient suffisamment éloignés. Il se lève, lentement, et regagne les quartiers des soldats pour la nuit.

« La situation est pire que ce que je pensais », songe-t-il, plus inquiet que jamais.

*

Tandis qu'une nuit noire répand son manteau opaque sur la ville, un calme relatif s'installe dans Louisbourg. Les incendies allumés durant la journée ont tous été éteints. L'armée française goûte un répit à peine satisfaisant. Depuis quelque temps, les bombes pleuvent sur la ville, de jour comme de nuit. Peu de gens profitent du sommeil. La peur les tient éveillés plus longtemps et, lorsqu'ils dorment enfin, l'angoisse transforme leurs rêves en cauchemars. Ce mal affecte tant les civils que les militaires. Chacun reste tapi dans un coin, à prier pour que cette épreuve finisse au plus tôt, pour que les Anglais se décident à partir, pour que les renforts arrivent, pour que l'hiver soit précoce.

Robert quitte son poste sur la pointe des pieds. Il se faufile dans le brouillard, parmi les soldats endormis sur le sol. Son cœur bat à tout rompre. Hier, il a vu le vieux Rousselle, qui lui a dit qu'Odélie était au plus mal. Le soldat n'en peut plus de demeurer à l'écart. Il doit savoir !

« Il ne faut pas qu'elle retombe aussi malade que l'hiver dernier ! » songe-t-il en se glissant le long du mur de pierre.

Sans faire de bruit, il se dirige vers les casemates, sous le rempart du bastion du Roy. Les femmes et les enfants y sont rassemblés depuis que les bombardements ont commencé. On les protège tant bien que mal. Il y a quelques jours, une femme, qui tentait de retourner à sa demeure chercher quelque objet personnel, a eu le corps sectionné en deux par un boulet de canon tombé sur sa route. Cette mort violente a vite dissipé toute envie de se promener dans les rues de la ville. Les dangers d'une telle sortie découragent même les plus hardis.

« Au moins, se dit Robert avec ironie, malade comme elle l'est, Odélie demeure plus facile à surveiller ! Quoique, le jour, avec toutes ces bombes lancées par les batteries anglaises, ce genre d'expédition ne soit guère attrayant. Mais on ne sait jamais à quoi s'attendre avec cette gamine ! »

Malgré l'angoisse du siège qui devrait lui serrer la gorge, le soldat esquisse un timide sourire qui traduit mal les sentiments qui se bousculent soudain dans son cœur et dans sa tête. La maladie d'Odélie est une bien piètre excuse pour rendre visite à Antoinette. Il ne l'a pas revue depuis le début des bombardements. Mais, même avant, il était si occupé par les préparatifs de défense qu'il n'arrivait pas à trouver une minute pour aller la voir. Il ignore si les demoiselles de Beauchêne pensent encore à lui. Il n'est même pas sûr des sentiments de la tante. Il sait seulement qu'il est en vie et que son cœur bat pour cette femme qui porte le voile.

Robert se rend compte qu'il n'a plus son aplomb habituel. C'est d'un pas incertain qu'il se rend auprès de celle qu'il aime, mais il n'en peut plus. Il doit savoir. L'aime-t-elle, elle aussi ? Il est persuadé qu'il le lira dans son regard lorsqu'elle comprendra les risques qu'il a pris pour être auprès d'elle, ne serait-ce que quelques minutes. Robert traverse la cour du bastion sans bruit. Il ne sait ce qu'il craint le plus, une attaque surprise de la part des Anglais ou l'indifférence d'Antoinette.

Parvenu à l'entrée du bâtiment qui sert de refuge, il n'a aucune difficulté à franchir le poste de garde. À l'intérieur, il fait encore plus noir que dehors, mais ses yeux sont déjà accoutumés à l'obscurité. Robert découvre les femmes endormies, couchées sur le sol ou assises le dos contre le mur. C'est à grand-peine qu'il scrute le visage de chacune. Entre elles, plusieurs enfants dorment d'un sommeil agité. L'homme avance prudemment parmi les corps immobiles. C'est loin de la porte, allongée près du mur du fond, qu'il trouve enfin celle qu'il cherchait. Il s'approche d'elle en enjambant un fragile bambin de trois ou quatre ans, isolé, enroulé dans une couverture miteuse.

Une toux sèche et douloureuse résonne dans la pièce. Juste à côté d'Antoinette, Odélie semble dormir. Elle tient contre elle la poupée qu'il lui a offerte pendant l'hiver. Cela lui fait chaud au cœur. Puis, Robert entend le bruit de sa respiration difficile. Il se souvient de la nuit de leur première rencontre. Cette impuissance face à la maladie le met chaque fois hors de lui.

Une nouvelle quinte de toux remplit la salle, mais personne ne se réveille. Robert tourne légèrement la tête et observe, attendri, la tante qui semble dormir. Il distingue à peine son visage dans la nuit. Le soldat s'agenouille près d'elle et pose une main sur son épaule.

–Antoinette, murmure-t-il, la voix chargée de tendresse.

Antoinette ouvre les yeux sans sursauter : elle ne dormait pas. Robert retire sa main. La femme sourit en le reconnaissant et se relève pour s'asseoir plus correctement.

–J'ai réussi à quitter mon poste pour quelques minutes, souffle-t-il. Je suis venu prendre de vos nouvelles.

L'émotion lui noue la gorge et il détourne la tête pour fixer son attention sur Odélie.

–Comment va-t-elle ? demande-t-il d'une voix à peine audible.

–Son état empire de jour en jour !

Antoinette a pris un ton trop dur. Elle en est consciente et le regrette immédiatement. Mais il est trop tard. Robert est vexé. Elle l'a bien vu dans son mouvement de recul. Elle ne voulait pas être brutale. Elle ne sait comment se rattraper. Elle poursuit simplement.

–C'est la fumée. Je crains fort qu'elle ne résiste pas longtemps à toutes ces bombes qui tombent sur la ville chaque jour, enflammant tout sur leur passage.

Son ton s'est radouci. Robert s'est rapproché insensiblement d'elle pendant la conversation. Est-ce parce qu'il n'entend pas ce qu'elle dit ? Parle-t-elle à voix si basse ? Antoinette ne saurait le dire, mais elle apprécie le léger frôlement lorsqu'il tente de se maintenir en équilibre, accroupi à ses côtés.

–J'ai peur, Robert, réussit-elle à articuler, la voix tremblante. Quand tout cela va-t-il cesser ?

C'est la première fois qu'elle l'appelle par son prénom. L'homme est touché par tant d'intimité et de confiance. Il n'a malheureusement aucune réponse à fournir. Il veut se rapprocher et prendre cette femme dans ses bras, la réconforter, lui murmurer des paroles rassurantes à l'oreille. Il s'incline vers elle, mais un bruit venant de l'entrée l'empêche de poursuivre son geste. Dans l'obscurité suffocante de l'endroit, quelqu'un surveille leurs moindres gestes.

Le soldat se lève alors lentement, presse de la main l'épaule de la religieuse en guise de réconfort. Dès qu'elle sent la chaleur qui transperce sa robe, Antoinette frissonne, ferme les yeux et ne retient pas sa propre main qui va se poser sur celle de l'homme. Ils demeurent ainsi un trop court instant, immobiles. Puis, le bruit se fait de nouveau entendre, près de l'entrée, et Robert abandonne à regret l'épaule de la femme. Il recule d'un pas et rajuste son uniforme.

–Il faut que je reparte, murmure-t-il, embarrassé.

–Merci…, dit timidement Antoinette. C'était fort courageux de prendre un tel risque.

Robert ne sait trop si la dame parle des dangers d'une promenade nocturne dans une ville assiégée ou si elle fait allusion aux sentiments qu'il n'ose lui avouer, mais que trahit chacun de ses gestes. Il sourit, conscient que personne ne peut lire la joie sur son visage.

–Je reviendrai, déclare-t-il simplement avant de faire demi-tour pour s'éloigner.

Antoinette demeure un instant à fixer la porte derrière laquelle Robert a disparu. Elle pose sa main à l'endroit où il a mis la sienne quelques secondes plus tôt. Elle ferme de nouveau les yeux. Elle peut sentir la pression insistante, la chaleur, l'émotion. Un bien-être l'envahit. Elle caresse de l'autre main les cheveux épars d'Odélie qui dort toujours à côté d'elle. Ensuite, elle se recouche, plus près de la fillette qu'auparavant. Elle revoit le visage de l'homme, son sourire, son regard moqueur.

–Quand cette guerre sera finie…

Et elle s'endort sur cette pensée.

*

Robert achève son tour de garde à la porte Dauphine. Habituellement, de cet endroit, on peut apercevoir l'ennemi qui s'affaire à bâtir une redoute, de l'autre côté, dans le fond de la baie. On peut également voir la batterie anglaise à la tour du fanal. Mais aujourd'hui, c'est le néant. On ne distingue que le voile blanc que la mer a laissé traîner sur la côte. Après trois semaines de siège, cette trêve imposée par la nature est un véritable soulagement.

Robert est anxieux. Une rumeur circule dans la ville. Il paraît que les navires ancrés dans la rade se préparent à partir pour la France. Si cette information est vraie, c'est le moyen qu'il attendait pour faire sortir Antoinette et Odélie de la ville assiégée. Il empruntera l'argent nécessaire pour payer leur passage. Plusieurs personnes lui sont redevables de certains services rendus. Elles ne pourront lui refuser cette faveur. Pour l'instant, il lui tarde de vérifier l'exactitude de ce qui lui a été raconté. Si tout se confirme, il devra inviter les dames de Beauchêne à se préparer pour ce voyage.

« Souhaitons que ni l'une ni l'autre ne souffre du mal de mer ! » songe-t-il avec une ironie mêlée d'inquiétude.

À la nuit tombée, Antoinette et Odélie avancent dans l'obscurité. La fillette suit sa tante de très près. Elle a peur. À la fin de l'après-midi, la religieuse lui a demandé de ramasser ses affaires et de garder près d'elle le bagage qu'elle avait apporté dans la casemate. Odélie a obéi.

Sa tante et elle ont quitté les casemates en silence, sans attirer l'attention des autres religieuses qui dormaient près de l'entrée. Le soldat qui monte la garde les a saluées de la tête, comme s'il approuvait leur fuite. Il avait probablement été averti qu'elles sortiraient au coucher du soleil. Elles se dirigent maintenant vers le port. Odélie craint les bombardements, le feu, les bâtiments en ruine qui s'effondrent. Elles longent le mur de fortifications et se fondent dans la nuit. Pour l'occasion, Antoinette a recouvert les épaules de sa nièce de son propre manteau de religieuse, sombre et quelconque. Quant à elle, elle porte son costume noir habituel.

Lorsqu'elles atteignent le quai, Antoinette s'arrête. Dans la rade, à une centaine de pieds de la berge, plusieurs hommes s'affairent sur le pont d'un navire. Ils ne font presque pas de bruit. La religieuse les a remarqués à la danse de leurs silhouettes dans la lumière vacillante des torches. Ce n'est cependant pas ce qu'elle cherche. Ses yeux fouillent alors la plage. C'est là qu'elle aperçoit, plus près, mais presque invisible dans l'obscurité, le soldat qui les attend. Il n'est pas seul. Trois ou quatre hommes discutent à voix basse autour de lui près d'une barque. Robert ne participe pas à leur conversation. Il semble lui aussi sonder la pénombre. Quand il finit par les reconnaître, il fait signe à Antoinette d'attendre quelques minutes. Puis, sans attirer l'attention des autres hommes présents, il lui désigne une maison dans l'ombre, à une cinquantaine de pieds du quai. Antoinette et Odélie longent alors le bâtiment en se faisant le plus discrètes possible. Lorsqu'elles sont assez près, il leur fait signe de ne plus bouger, de se dissimuler le long du mur. Il s'approche ensuite de l'un des officiers, celui qui semble diriger l'attroupement. Comme il ouvre la bouche, un soldat arrive en courant.

–Attendez, messieurs, annonce-t-il d'une voix puissante. J'ai de nouveaux ordres.

Dès qu'elle l'aperçoit, Antoinette pousse Odélie dans le renfoncement de la porte. Puis, elle essaie de comprendre ce qui vient de se produire. Les hommes parlent fort, mais leurs propos ne parviennent que par bribes jusqu'à ses oreilles.

–C'est inacceptable, hurle soudain l'un des hommes.

–Mais... intolérable..., dit un autre.

–Il n'est pas question que nous restions ici une seule journée de plus! proteste un troisième homme. La décision était prise. Nous devions partir cette nuit et nous partirons.

Au moment où l'homme termine sa phase, le messager prononce quelques mots qui laissent les autres muets. Les minutes qui s'écoulent encore semblent des heures à Antoinette et à sa nièce, toujours dans l'ombre du renfoncement.

Ensuite, tous les plans basculent. Un jeune mousse monte à bord d'une barque, rame jusqu'au navire le plus proche. Il grimpe à l'échelle et disparaît dans l'obscurité. Sur le bateau, des ordres sont criés. Tous les mouvements sont suspendus. Plus personne ne bouge. Antoinette peut presque entendre les soupirs de déception des matelots.

Son regard revient sur la plage. Les hommes se sont dispersés. La religieuse cherche Robert. Il a également disparu. Un moment, elle s'inquiète. Puis, elle entend des pas dans la rue, près d'elle. Elle se retourne et voit Robert qui les rejoint. Il a dû contourner le bâtiment pour ne pas attirer l'attention sur elles. Malgré l'obscurité qui règne à cet endroit, Antoinette devine le dépit sur le visage du soldat.

–Ils ne partiront pas ce soir, dit-il avec résignation. Un contrordre est arrivé au moment où tout le monde s'apprêtait à monter à bord. Encore quelques secondes et vous auriez été assises dans la barque.

–Où allons-nous ? demande Odélie, à voix très basse.

Le caporal baisse les yeux et pose une main pleine de tendresse sur la tête de la fillette. Puis, il remarque le manteau dont elle est couverte. Il revient alors à la tante et dit simplement :

–Vous n'irez nulle part, à ce qu'il me semble.

Une quinte de toux sèche secoue brusquement la fillette. Celle-ci met la main devant sa bouche pour en étouffer le bruit, consciente du danger.

–Ne t'en fais pas, ajoute l'homme, rassurant. Ces navires finiront bien par partir. Et je te promets que vous serez à bord lorsqu'ils le feront.

Il offre son bras à Antoinette et tous trois quittent le port. Quelques minutes plus tard, ils atteignent le corps de garde du bastion du Roy, qu'ils franchissent sans difficulté. Robert accompagne la femme et la fillette jusqu'à l'entrée des casemates. Juste avant de les quitter, il se tourne vers Antoinette.

–Gardez votre bagage prêt, dit-il doucement. Ce n'est qu'une question de jours. On s'apprête à couler des bâtiments à l'entrée de la baie. Il est certain que les capitaines des navires voudront partir avant d'être retenus prisonniers par ce barrage.

Sur ce, il passe la main sur le bonnet de la fillette et tourne les talons. Il s'éloigne dans le noir, aussi aisément que le ferait un chat. Antoinette et sa nièce le regardent un instant, puis font demi-tour et passent la porte de leur refuge sans attirer l'attention.

Elles retournent à l'endroit où elles se trouvaient une heure auparavant, au milieu des autres femmes et enfants de Louisbourg. Elles s'allongent l'une contre l'autre. Odélie s'endort immédiatement. Antoinette demeure un instant éveillée, à réfléchir à tout ce qu'elle vient de vivre. Les dangers qui l'entourent la rendent presque insensible aux autres menaces. Elle n'a plus peur de ce qui pourrait lui arriver si on apprenait ce qu'elle ressent, ce à quoi elle rêve. Elle n'éprouve plus de culpabilité d'avoir des sentiments pour un homme aussi courageux que Robert. Vivre avec la peur au ventre, depuis presque un mois, a fait d'elle une femme différente.

Cette nuit-là, malgré les bombardements ponctués de quelques brefs moments de répit, la religieuse dort comme une enfant. Elle tient fermement sa nièce dans ses bras. Toutes deux semblent confiantes, en dépit du vacarme et de l'incendie allumé par les bombes à quelques centaines de pieds seulement des casemates.

*

– On va enfin couler quelques navires à l'entrée de la baie, explique Robert comme s'il s'adressait à lui-même. En fermant ainsi le port, les membres du conseil de guerre pensent pouvoir faire en sorte que les Anglais n'y pénètrent plus. L'ennui, c'est qu'en procédant ainsi ils vont également empêcher la sortie des bâtiments français qui sont encore ancrés dans la rade. C'est évident qu'on a besoin de tous les hommes disponibles, mais ceux qui viennent de ces vaisseaux ne nous sont pas d'un grand secours. Si les Anglais décidaient de donner l'assaut la nuit, ce serait certainement un massacre.

Robert tire une longue bouffée de sa pipe. Dans sa voix, il laisse paraître, bien malgré lui, sa désapprobation, son inquiétude, mais aussi une partie de sa rage. Antoinette commence à connaître cet homme aux manières brusques, mais à l'esprit droit. Elle acquiesce d'un mouvement de tête et le laisse poursuivre sa réflexion jusqu'au bout.

–Au lieu de nous aider, ils nous nuisent. Aujourd'hui, nous nous attendions à recevoir un coup de main pour charger de pierres un des navires à couler. Eh bien, personne n'est venu nous prêter main-forte. Nous avons peiné tout le jour et lorsque, enfin, on nous a envoyé du renfort, ces hommes sont arrivés ivres morts.

Il marque une pause et tire une autre bouffée de sa pipe avant de conclure :

–Sans leur aide, il nous faudra encore plusieurs jours pour remplir ces bâtiments. C'est de la mauvaise volonté de leur part de faire autant d'obstruction. Le pire, c'est que jamais le conseil de guerre ne leur permettra de nous abandonner. C'est pourtant ce que souhaitent les capitaines. Au fond, je ne sais que penser. Je voudrais qu'ils partent, car je vous ferais partir avec eux. Je serais rassuré. D'un autre côté, s'ils nous faussent compagnie, nous manquerons d'hommes pour défendre la ville.

Robert a haussé le ton. Il se rend compte qu'il commence à attirer l'attention des personnes qui prennent l'air dans la cour du bastion. Il inspire profondément et secoue sa pipe sur le mur auquel il est appuyé depuis plus d'une heure. Il regarde attentivement Antoinette. Il voulait simplement lui parler, lui parler de lui-même, d'eux, en fait. Au lieu de cela, il s'est laissé emporter par la colère et il le regrette amèrement. Il voudrait ravaler ce qu'il vient de dire ou bien le formuler autrement.

Antoinette l'écoute patiemment. Il ne voit aucun jugement dans ses yeux. Il n'y perçoit que compréhension et sympathie. Le regard de l'homme glisse jusqu'à Odélie, qui joue à colin-maillard avec d'autres enfants, à quelques pas d'eux. Au centre d'un groupe de petites filles, elle tourne sur elle-même, les yeux bandés. Elle s'arrête d'un coup et tente de toucher l'une des autres fillettes. Elle avance à tâtons, recule, fait quelques pas de côté, les bras à l'horizontale, à la recherche d'un vêtement, d'une main. Des éclats de rire égaient la cour. On oublierait presque la guerre. Robert imagine la scène telle que la verrait un spectateur à l'entrée du bastion. N'étaient leurs vêtements respectifs et l'odeur de soufre qui flotte sur la ville, ils pourraient prétendre être une famille heureuse, faisant une promenade comme c'était coutume il n'y a pas si longtemps pour de nombreuses familles de Louisbourg. Il sourit à cette image et adresse à Antoinette un regard plein de tendresse.

–Si cette guerre peut finir, murmure-t-il.

Il fixe intensément la religieuse. Son visage si délicat est baigné par la lumière du midi. Ses yeux brillent plus qu'à l'habitude. Elle rougit et détourne la tête devant le regard insistant du soldat. Elle cherche dans son esprit quelque chose à dire. Elle ne trouve rien. Elle se tait donc. Tous deux savourent le silence qui suit. Au bout de plusieurs longues minutes, un tambour se fait entendre.

–Ça recommence, lance Robert, une note de lassitude dans la voix.

D'un mouvement de tête, il salue sa compagne, s'élance à pas rapides et traverse la cour. Il disparaît bientôt derrière la petite cabane servant de corps de garde.

Odélie a l'impression de revivre la même scène qu'il y a trois jours. La seule différence, c'est que, cette fois, elle sait où elle va. Dans l'obscurité, elle suit sa tante de très près. Même si elle lui tient la main, elle a peur de la perdre.

« Il ne faut surtout pas manquer le bateau, songe-t-elle. C'est certain qu'il ne m'attendra pas. »

Cette réflexion l'aide à garder la cadence. Elle redoute d'être abandonnée dans la ville alors que tous ceux qu'elle aime seraient à bord de ce navire qui s'apprête à franchir le blocus des Anglais. Curieusement, la pensée de traverser la ligne ennemie ne l'effraie pas du tout. Elle n'a aucune idée du danger qu'il y a à passer en pleine nuit aussi près d'un vaisseau armé.

Elle écoute les bruits de la ville. Plus rien n'est semblable à sa première nuit à Louisbourg. Les chiens ne hurlent plus, les gens ne crient plus de leurs fenêtres. Tout est silencieux. Même l'odeur est différente. Les relents de poisson ont disparu. Il n'y a plus que l'odeur du feu qui attaque une maison par nuit. Les murs se sont également transformés. À sa gauche, une large brèche éventre le rempart, fruit des bombardements des derniers jours.

Dans le port, il y a toujours aussi peu de lumière. Seule une torche dans la main d'un homme éclaire la grève. Cette fois, dès qu'il les aperçoit, Robert s'avance vers elles.

–Enfin vous voilà! lance-t-il simplement. La barque va partir d'une minute à l'autre. Elle vous attendait.

Il les guide vers l'embarcation. Antoinette cherche les officiers présents lors de leur tentative précédente. N'en voyant aucun, elle interroge Robert.

–Ce n'est pas le même bateau, répond-il en hésitant, mais c'est tout de même un bâtiment qui quitte la ville. D'ailleurs, ajoute-t-il pour se reprendre, ce navire se rend à Québec, il n'est pas équipé pour traverser l'Atlantique. Ça n'en sera que moins long pour vous.

–Où est-il? demande Antoinette, scrutant la baie avec attention.

–Derrière le *Célèbre*, répond le soldat en montrant du doigt le gros navire devant eux. Vous serez très bien à bord, ne vous en faites pas.

–Comment ça, vous ? coupe Odélie, la voix étranglée par l'inquiétude. Tu ne viens pas avec nous ?

Robert et Antoinette se retournent pour observer ce petit être affolé qui vient de comprendre ce qui l'attend.

–Vous partez, toi et ta tante, Odélie. Vous serez plus en sécurité à Québec. Là-bas, il n'y a pas de maisons en flammes, pas de bombes. Tu iras mieux.

–Je ne veux pas te laisser ici ! s'écrie-t-elle brusquement avant de se jeter dans ses bras.

Robert glisse une main sur le bonnet blanc de l'enfant. Il caresse un instant la petite tête appuyée sur son abdomen. Puis, il la repousse gentiment, lui prend le menton entre ses mains et lui parle doucement.

–Je vous rejoindrai, promet-il. Lorsque nous aurons repoussé les Anglais, je prendrai le premier bateau en direction de Québec.

Il fait une pause et essuie du bout des doigts les larmes qui coulent sur les joues d'Odélie.

–Allons, ne pleure pas. Je te promets de vous y retrouver. Qui sait ? Si nous recevons les renforts de France que nous attendons, je serai peut-être à Québec avant vous.

Devant le désarroi manifeste de l'enfant, Robert précise :

–Tu sais, vous allez prendre un bien petit bateau. Beaucoup plus petit que celui sur lequel tu es venue jusqu'ici avec ta maman. Moi, j'embarquerai sur un gros navire, avec de grosses voiles. J'irai plus vite. Surveille le fleuve, tu me verras certainement vous dépasser.

Odélie, calmée par ces paroles, sourit à la perspective de cette course sur le Saint-Laurent. Fier de ce succès, Robert installe la fillette dans la barque. Il se retourne pour aider la tante à faire de même. Mais, devant la tristesse qu'il lit dans son regard, il retient son geste. Il se redresse devant elle et fouille dans une poche à la recherche d'un mouchoir pour essuyer les joues de la religieuse. Il n'en trouve pas. Il lève la main et caresse le visage d'Antoinette. Celle-ci incline la tête pour l'appuyer sur la paume de l'homme.

–Ne vous inquiétez pas, répète Robert, la gorge nouée par l'émotion.

Puis, sans avertissement, il s'avance vers elle, la prend dans ses bras et la presse sur son cœur. Antoinette se blottit contre l'homme, appuie sa tête sur son épaule et fond en larmes. Ni l'un ni l'autre ne prête attention aux occupants de la barque qui les regardent à la lueur de la torche d'un air réprobateur. Après une étreinte qui leur semble à tous deux trop courte, Robert recule légèrement, se préparant à se séparer de la femme qu'il tient encore dans ses bras. N'arrivant pas à contrôler son désir, il l'attire de nouveau contre lui et l'embrasse avec fougue. Antoinette ne répond pas tout de suite à son baiser, le premier de sa vie. Lorsqu'elle le fait, elle n'entend pas les murmures des autres passagers qui s'offusquent maintenant d'un tel geste de la part d'une religieuse. Antoinette est tout entière à cet instant, sur une plage isolée, dans la nuit noire, aux abords d'une ville assiégée. Elle oublie tout, ne pense plus qu'à ce moment, le plus merveilleux de son existence.

Enfin, au bout de plusieurs longues minutes, ils s'écartent l'un de l'autre. Robert prend la main d'Antoinette et l'aide à monter dans la barque. Il ne la quitte pas des yeux. Le sourire qui illumine son visage a complètement effacé la cicatrice. Il ne la sent plus, Antoinette ne la voit plus. Ils ne sont plus que deux âmes qui veulent s'unir. Leurs regards demeurent accrochés l'un à l'autre, leurs corps souffrent de l'éloignement qui augmente à mesure que la petite embarcation s'écarte de la rive.

Après quelques instants, Robert ne distingue presque plus la femme assise bien droite dans la barque et qui fixe la berge avec intensité. Cette femme sourit, il le devine plus qu'il ne le voit. Sa nièce s'est collée contre elle. Antoinette a passé un bras autour du petit corps. Elle a la certitude que sa vie ne sera plus jamais la même.

Elle imagine leurs retrouvailles, leur mariage, leur vie simple. Pour la première fois de son existence, elle se voit heureuse. Elle anticipe même la naissance d'un premier bébé. Quel bonheur ce sera de mettre au monde l'enfant de l'homme qu'elle aime ! Il lui sourit certainement, maintenant, mais elle ne discerne plus qu'une ombre sur la plage. La torche à la main, le jeune soldat s'est retiré dès que l'embarcation a quitté la rive. Antoinette ne voit pas le visage de Robert, mais elle sait qu'il la regarde, qu'il est heureux, lui aussi.

L'homme demeure debout, un instant, les yeux rivés sur celle qui disparaît dans la nuit. Il regarde disparaître ce qu'il a de plus précieux : une petite fille qu'il aime comme la sienne, une femme qu'il veut faire sienne. Elle l'a compris, il le sait. Elle l'attendra, pour l'épouser, il en est convaincu. Ils auront un destin, un avenir ensemble. Robert trouve étrange d'être venu à l'autre bout du monde, dans ce pays désolé, pour rencontrer cette femme qui ressent pour lui ce qu'aucune autre n'a ressenti auparavant. Et il trouve difficile, maintenant qu'il la sait pour lui, d'être séparé d'elle par la guerre.

Bientôt, il ne voit plus que le sillage laissé par l'embarcation. Son regard fouille vainement les ténèbres devant lui. Il s'assoit sur le sable et scrute la surface de l'eau, à la recherche des vagues envoyées par la barque. Il tente de remonter jusqu'à leur source, malgré l'obscurité, comme si toutes les manifestations de la présence de la femme la rapprochaient de lui. Il savoure la paix intérieure que lui donne la certitude de se savoir aimé d'elle.

Antoinette n'aperçoit de lumière que celle des quelques flambeaux qui brûlent plus loin dans la ville. Le reste est noir, complètement noir. Elle imagine son bien-aimé remontant maintenant les rues sombres. Elle le voit presque s'éloigner en direction du bastion du Roy. Il pense certainement encore à elle, en cet instant, même si la barque est maintenant loin des quais.

La minuscule embarcation est sur le point de passer derrière l'un des vaisseaux ancrés lorsque, soudain, des coups de tonnerre retentissent dans toute la baie. Une pluie de bombes incendiaires s'abat alors sur la ville. Les quais, la plage, les maisons qui longent le port, tout est balayé par les explosions qui incendient tout ce qui peut l'être.

Dans la barque, on a cessé de ramer. Un cri déchirant s'élève dans la nuit. À la lueur des feux qui ravagent la ville, Odélie vient d'apercevoir le corps démembré de son ami, allongé sur la plage. Telle une masse inerte, une partie du corps de Robert gît sur le sol dans une tache sombre qui va en s'agrandissant.

La terreur rend la fillette hystérique. Elle crie, elle hurle, s'accroche à la barque, puis s'effondre en larmes dans les jupes de sa tante. Cette dernière est pétrifiée d'horreur. Robert ne s'était pas éloigné, comme elle l'avait cru. Il était resté là, à la regarder partir, à l'imaginer dans la nuit. Il la cherchait dans l'obscurité. À présent, les morceaux de son corps jonchent le sable de la plage. Tous leurs rêves de bonheur se sont évanouis. Elle sent la vie l'abandonner. Elle voudrait sauter à l'eau, rejoindre son bien-aimé dans la mort, mais le petit être fragile qui pleure contre ses genoux la secoue de ses sanglots. Elle devient soudain étrangère à tout ce qui se déroule autour d'elle. La barque a dépassé le gros vaisseau et se dirige vers un autre, plus petit, puis sort de la rade. On ne voit plus la plage, mais cela n'a plus d'importance. Une promesse a été brisée.

*

Allongé sur un lit étroit, Jean garde les yeux fermés. Il sent que, dehors, il fait presque nuit. Dans le bâtiment en retrait du fort, sur le bord du lac, les quelques femmes qui habitent encore Carillon soignent les soldats blessés au cours de l'escarmouche de l'après-midi. L'hôpital de pierre est imprégné de sang et de douleur.

Sa poitrine lui fait mal. Il se souvient d'une balle. Oui, c'était certainement une balle. Puis, tout tourne. Il ne peut fuir devant les images qui l'assaillent. Autour de lui, des cris, des plaintes, mais il reconnaît aussi l'odeur des corps sans vie. Jean revoit les événements de la journée. Il faisait partie d'un détachement envoyé en reconnaissance. Il se souvient de la disparition, en pleine forêt, des Sauvages qui étaient leurs alliés. Les militaires ainsi abandonnés se sont alors égarés dans la montagne. Puis, il y a eu l'apparition surprise de la colonne anglaise qui marchait vers Carillon. S'est ensuivi un feu de mousqueterie étourdissant. Tout cela s'est passé si vite. Jean n'a pu que faire comme les autres: épauler, tirer et se mettre à l'abri. De tous les côtés, les balles sifflaient, les hommes tombaient. Il se rappelle avoir trébuché sur un corps étendu sur le sol. Il lui a semblé reconnaître un officier anglais, mais, dans sa hâte, il n'a pas pris le temps de bien examiner l'homme gisant à ses pieds; il fallait battre en retraite.

Lorsque, presque par hasard, les Français en déroute ont atteint la rivière, ils ont aperçu les grenadiers qui venaient à leur rescousse. Jean s'est jeté à l'eau et, comme plusieurs soldats, a nagé jusqu'à l'autre rive, où il s'est effondré. Des hommes grands et forts l'ont traîné à l'abri. À partir de là, ses souvenirs sont flous, presque absents.

Jean se sent soudain las et fatigué. Dans l'obscurité grandissante, il aperçoit des silhouettes de femmes qui vont et viennent, s'occupant des blessés à la lueur d'une torche. Un nouvel élancement lui transperce la poitrine. Il soulève le bras pour atteindre la source de cette douleur. C'est plus qu'il n'en peut supporter. Il n'a pas le temps de voir l'ombre qui s'approche de son lit. Il s'évanouit.

En reconnaissant l'homme allongé sur la paillasse, Marie est saisie d'un bref tremblement. Elle s'agenouille à ses côtés, lui éponge le front. Elle est un instant soulagée; il ne fait pas de fièvre. L'inquiétude la gagne de nouveau quand elle retire la chemise de Jean. Elle prend un linge et, délicatement, nettoie le sang qui lui couvre le flanc, en s'efforçant de contourner la blessure. Le médecin ne tarde pas à venir la rejoindre auprès du blessé. Après un rapide examen, il donne ses instructions.

–La balle n'a fait que l'effleurer. Nettoyez la plaie, pansez-la, et je le ferai transporter à l'extérieur de l'hôpital. Il y a des blessés bien plus graves qui n'ont pas de lit.

Devant le désarroi de la jeune femme, il ajoute:

–Ne craignez rien. Dès demain, il pourra reprendre les armes.

Puis, tournant les talons, il dit pour lui-même:

–En admettant que nous soyons encore là demain...

Le médecin s'éloigne d'un pas rapide. Bien d'autres blessés requièrent son attention. Marie revient à Jean, toujours inconscient. Elle étire le bras vers le visage du jeune Métis et repousse une mèche de cheveux sombres qui lui colle sous les yeux. Elle plonge ensuite son linge dans un bassin. Lorsqu'elle applique la compresse sur la chair meurtrie, le blessé émet un gémissement et soulève involontairement le torse.

–Ça va aller, monsieur Rousselle, murmure la jeune femme en lui caressant le front et les cheveux. Demain, vous serez sur pied.

Puis elle revient à sa tâche. Malgré les circonstances, Marie savoure pleinement ce moment privilégié. Elle soigne son ami, admire sa beauté sans pour autant devoir en rougir. Son torse est lisse, dénué de poils, sauf au bas de l'abdomen. Là, quelques-uns, noirs et épais, remontent jusque sous le nombril. Ce détail suffit à ébranler Marie. Elle sent un picotement au fond de ses entrailles. Elle secoue la tête et il lui faut beaucoup de concentration pour garder toute son attention sur les côtes du jeune homme.

*

Tôt le matin du 7 juillet, Marie a rejoint Bougainville sur un vaste terrain découvert, tout près du fort. Le jeune officier s'est proposé pour lui apprendre à manier le fusil.

–Il faut le tenir bien droit, de votre main gauche. Vous l'appuyez contre votre épaule droite, vous visez et vous tirez.

Il lui donne l'exemple, puis encourage la jeune femme à faire de même. Il se place derrière elle et l'aide à soulever le canon, à le maintenir horizontal en plaçant son bras juste devant celui de Marie. Il répète le mouvement avec patience. Quand sa main effleure celle de la dame, il la retire rapidement, embarrassé. Ce geste trahit une certaine timidité qui fait sourire la jeune femme.

Bougainville répète patiemment ses instructions, mais Marie n'arrive pas à soutenir l'arme. Son bras gauche est engourdi. Elle tente donc de s'aider en appuyant plus fort le fusil au creux de son épaule. Rien n'y fait, l'arme retombe chaque fois, pointée vers le sol devant elle.

–C'est trop lourd, monsieur de Bougainville, déclare-t-elle enfin, après plusieurs minutes d'essai. Je n'ai pas la force de le maintenir dans les airs. Il me faudrait prendre appui sur un piquet ou une branche d'arbre.

Bougainville demeure un instant perplexe. Il n'a pas pensé à cette éventualité lorsqu'il a suggéré de fournir une arme à la dame. Il se trouve maintenant ridicule d'avoir fait cette offre.

De son côté, Marie est confuse. Elle lit la déception dans le regard de l'officier. Il semble si désemparé que, pendant un instant, elle a pitié de lui.

–De toute façon, lui dit-elle avec beaucoup de conviction, même si j'avais été capable de tenir l'arme, ce n'aurait été, dans mon cas, que pur artifice. Je ne suis certainement pas en mesure de viser comme le font ces hommes, là-bas.

Et elle désigne du doigt une dizaine de miliciens s'entraînant au tir à deux cents pieds d'eux. Contrairement aux soldats, ils sont vêtus de leurs propres vêtements: mitasses, brayet, chemise de drap. Ils ne sont pas non plus alignés à la manière française. Ce sont des miliciens et ils sont accroupis, comme s'ils étaient embusqués derrière un quelconque bosquet. Après avoir fait feu, ils rechargent promptement leur arme, la remettent en joue et tirent de nouveau. Le temps qui sépare deux coups de feu est étonnamment court.

–Quelle adresse! s'exclame-t-elle avec admiration.

Bougainville a suivi son regard. Il ne peut qu'acquiescer. Depuis son arrivée dans la colonie, il n'a cessé de s'émerveiller devant l'habileté des Canadiens à manier le fusil. Il ajoute simplement:

–Dès qu'on parle fusil, ces hommes sont des spécimens extraordinaires...

Il s'interrompt. Son attention est attirée par des cris et des jurons provenant de sa gauche. Une bagarre vient d'éclater près du campement des Canadiens. Quelques Indiens se mettent de la partie. Cet incident ne dure que quelques minutes. Rapidement, les soldats de l'armée régulière, dans leurs uniformes bleu et gris, interviennent et tout redevient calme.

–Pour ce qui est de discipline, on repassera, conclut Bougainville, une note de découragement dans la voix.

–Excusez-moi, capitaine.

Ces mots le ramènent à la réalité. Derrière lui se tient un soldat d'une vingtaine d'années, une lettre à la main.

–On vous demande au quartier général, monsieur, ajoute-t-il.

Bougainville se dirige vers lui, prend le message que lui tend le jeune soldat. Il le lit rapidement et se tourne vers Marie.

–Vous me voyez obligé de vous quitter, chère madame de Beauchêne. Le devoir m'appelle. Nous exercerons votre tir dès que j'aurai quelques minutes. Je vous ferai chercher.

Il fait quelques pas dans sa direction et s'incline poliment. Il ramasse ensuite son fusil avant de tourner les talons et de disparaître derrière l'un des murs du fort.

Marie demeure un instant interdite, le sourire aux lèvres, amusée par la cour discrète que lui fait le jeune officier. Elle porte ensuite de nouveau son regard sur les miliciens qui s'entraînent toujours. Elle les admire vraiment.

–Sur eux reposent bien des espoirs, soupire-t-elle.

Derrière elle, le vent vient de se lever, qui lui semble porter la menace anglaise. En songeant à l'armée ennemie qui s'apprête à attaquer, Marie a une pensée pour l'officier mort la veille aux abords de la rivière.

« Mylord Howe, quelle tristesse ! » dit-elle avec sympathie.

Devant ses yeux, elle voit défiler des images, des souvenirs. Lord Howe lui avait été présenté dès son mariage avec Frederick. Les deux hommes étaient très liés.

–C'est un être courageux et audacieux, avait alors dit Frederick. Il est ingénieux et a l'esprit le plus militaire qui soit. C'est un de nos meilleurs éléments. Si quelqu'un est capable de nous débarrasser des Français, c'est bien lui.

Howe avait baissé les yeux et rougi devant le compliment. Cela avait grandement plu à Marie, qui avait vu là l'humilité du vrai héros.

« Quelle tristesse ! » se répète-t-elle en fixant toujours les Canadiens sans les voir. « Au moins ce décès nous laisse-t-il un répit en attendant les renforts qui nous font encore défaut et qui arriveront peut-être. »

–Que de mélancolie je puis lire dans vos yeux ! Est-ce le fait d'être abandonnée par votre beau capitaine qui vous met dans cet état ?

Marie se retourne d'un coup, la colère lui rougissant les joues. Elle sait déjà qui a prononcé ces mots mesquins. Elle prépare une réplique cinglante, mais se retient en voyant le Métis si pâle, debout à quelques pas d'elle, une arme à la main.

–Je me suis dit que vous auriez plus de facilité avec celui-ci, poursuit Jean, sans prêter attention à la pitié que lui montre la jeune femme.

Et il lui tend le fusil qu'il tient d'une seule main. Marie demeure un instant paralysée, ne sachant comment réagir. Entre les mots et l'attitude de Jean, elle perçoit plein de contradictions. Sa surprise est grande lorsqu'elle constate la relative légèreté du fusil. Elle sourit, épaule l'arme et fait mine de tirer sur une cible imaginaire. Jean reprend la parole:

–Il m'a semblé bien improbable que vous puissiez vous servir d'une arme militaire. Ce que vous avez entre les mains est un fusil de chasse, ce que les Canadiens appellent « un Tulle », du nom de sa ville d'origine. C'est leur arme préférée. La préférée des Sauvages également. Vous devinez pourquoi?

–Il est si léger, répond la jeune femme, fascinée par ce qu'elle tient entre ses mains.

Jean sourit. Il est fier de lui. Depuis près d'une heure, il les épiait du bivouac des Canadiens. Il souhaitait que Bougainville commette une bêtise.

« Voilà qui est fait », s'est-il dit lorsqu'il a constaté l'incapacité de Marie à soutenir le fusil militaire.

Son talent naturel pour le commerce lui a grandement servi pour acquérir le fusil d'un Sauvage. Maintenant, il savoure sa victoire comme si c'était une question d'honneur.

–C'est le meilleur fusil que vous puissiez posséder. Je vous l'offre, faites-en bon usage.

Elle pose l'arme et regarde son ami avec curiosité. Puis, se doutant de la valeur de ce qui lui est offert, elle proteste:

–Je ne puis accepter... un tel cadeau. Merci tout de même.

–J'insiste, coupe Jean Rousselle, paniqué soudain à l'idée de perdre l'avance qu'il vient de gagner sur Bougainville. Vous en aurez besoin, ne serait-ce que pour vous défendre durant la bataille. Et puis, je vous le dois bien, pour...

Il hésite un moment à poursuivre en voyant l'expression équivoque de Marie, puis reprend avec intensité:

–J'aurai l'esprit plus tranquille si je sais que vous avez au moins un coup d'avance sur celui qui voudrait...

Il ne termine pas sa phrase. L'idée que la jeune femme puisse subir l'assaut d'un soldat ou, pire, d'un Sauvage, le répugne. Cependant, la réalité étant ce qu'elle est, il se sent obligé d'ajouter:

–Prenez-le, je vous en prie. Même avec un seul coup, vous aurez plus de chance en cas de... malheureux incident.

L'idée que Marie se fait d'un malheureux incident n'a rien de rassurant. Elle approche l'arme de ses yeux, la considère attentivement.

–C'est d'accord, dit-elle finalement. J'accepte votre cadeau, mais je vous assure que je n'en aurai pas besoin. Je me suis prêtée au petit jeu du capitaine de Bougainville, mais je compte aider à l'hôpital pendant la bataille. Comme le bâtiment se trouve complètement de l'autre côté du fort, bien à l'abri des tirs, je crois que je serai en sécurité.

–C'est ce que je vous souhaite, madame de Beauchêne. Mais si par malheur les Anglais prennent le fort d'assaut, personne ne sera à l'abri. Vous connaissez comme moi l'inégalité des forces en présence. À cinq contre un, nous ne tiendrons pas longtemps.

–Je sais, monsieur Rousselle, dit-elle simplement. Espérons seulement que les renforts arriveront avant les Anglais.

Sur ce, elle lui fait une révérence polie, relève ses jupes de sa main libre et se dirige vers le fort. Elle n'a aucune envie de converser au sujet de l'avenir. L'angoisse lui devient de moins en moins supportable. Dans son élan vers la fortification, ses pensées se bousculent. Le souvenir de Frederick la hante. Elle tressaille. Elle a plus peur de lui que de la menace qui pèse sur Carillon.

Obsédée par ses inquiétudes, elle s'approche de la grande porte. Des coups de feu retentissent soudain, venant de la montagne à l'ouest du fort. Elle se retourne, alarmée. « Que Dieu nous vienne en aide ! »

Puis, prise d'un vertige, elle s'élance dans le fort, presque en courant. Serrant contre elle le cadeau de Jean Rousselle, elle atteint rapidement le petit bâtiment où elle réside depuis son arrivée. Elle s'engouffre dans la pièce sombre, referme la porte avec fracas, s'y adosse et fond en larmes avant de s'écrouler sur le sol.

*

Le 8 juillet, les hommes sont déjà au travail à l'aube. À un demi-mille à l'ouest du fort, des soldats français mettent la dernière main au retranchement. D'énormes arbres ont été ébranchés et coupés en billots qui ont ensuite été placés les uns sur les autres pour former un abattis de huit pieds de hauteur. À l'extérieur, les soldats ont aligné contre le mur ce qui restait de ces arbres. Les cimes affûtées en des pics pointus deviendront des armes défensives très efficaces pour empêcher l'ennemi de s'approcher.

Il est environ dix heures et demie lorsque les premiers coups de feu se font entendre. Alors qu'il se dépêche de regagner l'intérieur de la fortification de fortune, un soldat reçoit une balle dans la tête. Un de ses compagnons vient à son secours, ignorant la gravité de la blessure de son ami. Ce compagnon, c'est Blaise Caron. Il tente de traîner le blessé hors de la ligne de tir. Il lui soulève le torse et agrippe l'uniforme gris maculé de sang. Il marche ensuite, très rapidement malgré son lourd fardeau, sous le feu ininterrompu des assaillants. L'énergie du désespoir l'anime. Il a chaud et transpire, mais il ne s'arrête pas. Il a peur, il pense à toutes ces armes qui le prennent pour cible. Il pense à son ami qu'il traîne derrière lui. Il garde le buste penché vers l'avant, espérant ainsi éviter les balles qui sifflent autour de lui. Il a presque rejoint l'accès au retranchement.

–Un dernier effort, Blaise ! murmure-t-il pour s'encourager lui-même.

Il est à bout de forces. Ses bras lui font mal, le poids qu'ils tirent lui semble de plus en plus lourd. Les grondements, les explosions, les détonations, tous ces signes de danger lui sont insupportables. Et cette fumée qui lui pique le nez et les yeux ! Il ne voit plus rien, le camp est tout proche pourtant. Soudain, une terrible douleur lui perce la poitrine. En baissant les yeux, il peut voir son propre sang se répandre sur le gris pâle de l'uniforme, comme un torrent écarlate sur la neige, en hiver. Il vacille. L'espace de quelques secondes, son esprit divague, quitte le champ de bataille. Blaise se revoit dans la chaleur torride de la Martinique, allongé sur un lit de paille. Son regard croise les yeux noirs d'une jeune femme mystérieuse. Elle est penchée au-dessus de lui. Il peut presque sentir son parfum si troublant qui embaume l'air autour d'elle. Il l'entend prononcer son nom, tout contre son oreille. Sa voix est tellement douce: « Blaise... »

–Isabelle! tente-t-il de hurler, mais le mot ne se rend pas à ses lèvres.

Sur le champ de bataille, Blaise s'effondre dans l'herbe aplatie et boueuse, les yeux clos. Il ne sent plus rien, n'entend plus rien. Son corps est allongé sur le sol, par-dessus celui du soldat qu'il voulait sauver. C'est alors qu'un homme vient à son secours. Il ne porte pas d'uniforme et ses vêtements sont sales et déchirés aux genoux. Il tente de soulever les deux malheureux accrochés l'un à l'autre. Une douleur dans les côtes lui rappelle sa propre blessure. Ne pouvant secourir les deux, il abandonne le premier soldat abattu, déjà sans vie.

Tandis qu'on le traîne jusqu'à un abri, Blaise s'imagine à Fort-de-France, dans une minuscule chapelle, glissant un anneau au doigt de la timide Isabelle. C'est absorbé dans ce rêve que Blaise Caron rend le dernier soupir; son âme rejoint celle des autres hommes dont les cadavres gisent sur le champ de bataille.

Derrière le mur du retranchement, Jean dépose doucement le corps de celui qu'il tentait de secourir. Il a échoué. Autour de lui, les hommes s'activent à répondre aux tireurs embusqués. Pendant que certains rechargent les fusils, d'autres visent leurs adversaires bien cachés dans les broussailles. Ils tirent. Quelqu'un crie:

–Ce sont des Sauvages. Aucun Anglais ne tire avec cette précision. Je n'arrive pas à voir ce qui...

L'homme ne termine pas sa phrase; une de ses mains vient d'être arrachée dans une explosion qui détruit tout un mur. Des soldats accourent. Dans le bruit de mitraille qui se poursuit, quelqu'un enrage:

–Ce ne sont pas uniquement des Sauvages. Il y a certainement des grenadiers britanniques parmi eux.

Quelques jurons suivent cette constatation. Par la suite, aucune autre parole n'est prononcée. Les soldats sont trop occupés à chercher leurs assaillants.

Puis les coups de feu cessent comme ils avaient commencé, sans avertissement. Chez les Français, le travail recommence. Le retranchement doit être terminé au plus tôt. Certains, dont Jean, transportent en retrait les corps de leurs compagnons blessés ou morts. Les autres reprennent leurs outils. Ils espèrent disposer du reste de la matinée pour achever l'abattis.

À l'intérieur du fort, Marie est inquiète. Malgré l'arrivée, la veille, de la troupe commandée par Lévis, elle n'est guère rassurée sur l'issue de la bataille. Les forces en présence sont encore trop inégales. Par ailleurs, en dépit de toute la distance qu'elle s'évertue à mettre entre Jean et elle, elle ne peut avoir l'esprit tranquille. Elle ne l'a pas revu depuis deux jours et, bien malgré elle, elle craint qu'il ne se soit trouvé mêlé à l'engagement qui a eu lieu au bord de la rivière, une heure plus tôt. Elle fait les cent pas sur le rempart, cherchant du regard un indice de la présence du Métis, quelque part sur le champ de bataille. Lorsqu'elle s'aperçoit qu'on amène des hommes blessés ou morts près de l'hôpital, elle accourt. Elle devrait aider le chirurgien, au lieu de quoi elle va d'un corps à l'autre, détaillant les vêtements, scrutant les visages. Elle doit souvent reculer de quelques pas, prise de nausées devant les corps mutilés. Elle est soulagée lorsqu'elle constate que Jean ne se trouve pas parmi eux.

En se retournant pour remonter vers le fort, elle l'aperçoit qui revient du front, les vêtements en lambeaux et couverts de sang. Il transporte à l'hôpital le corps inerte d'un soldat en uniforme. Marie accourt et reste clouée sur place en reconnaissant l'homme dans les bras de Jean. Le visage de Blaise Caron, défiguré par la douleur, est figé dans la mort. Des larmes emplissent les yeux de Marie. Devant l'évidente tristesse de la jeune femme, Jean dépose le soldat sur le sol, à l'extérieur de l'hôpital. Marie tombe à genoux et serre les mains ensanglantées du soldat dans les siennes.

–Vous le connaissiez? demande Jean, la voix chargée de compassion.

Marie hoche la tête sans répondre. Elle se souvient des paroles de réconfort de Blaise Caron, de son dévouement, de la promesse qu'elle lui avait faite. Elle se souvient aussi de la lettre de son père, de la maladie d'Isabelle.

–Il a rejoint celle qui l'attendait, murmure-t-elle, la voix étouffée par le chagrin.

Jean la relève doucement. Le bras autour de ses épaules, il l'entraîne vers le fort.

–C'est commencé, lui dit-il simplement. Il faut vous mettre à l'abri.

Marie le suit docilement. Ses yeux ne voient plus l'horreur des corps gisant un peu partout autour d'elle. Elle se contente de se laisser guider par les bras qui la soutiennent.

–Qu'allons-nous devenir? demande-t-elle.

Mais le ton de sa voix n'appelle pas de réponse.

Lorsque le lac Champlain commence à réfléchir les rayons aveuglants du soleil de midi, la chaleur est depuis longtemps insupportable. Sur la rive ouest du cours d'eau, la tension est palpable; deux armées s'apprêtent à s'affronter. Soudain, les Anglais donnent l'assaut aux lignes françaises. C'est alors que débute la plus grande scène d'horreur que Marie ait vue de sa vie. Devant la violence du combat, elle reste pétrifiée, dans un coin du rempart où elle a trouvé refuge, son fusil de Tulle à la main, chargé et prêt.

Tout le contour du fort est dégagé, ce qui permet à Marie de voir l'ennemi approcher. Pas très loin à l'ouest, dans la partie la plus basse du terrain, les Anglais tentent de franchir les abattis. Des hommes meurent dans de terribles souffrances, leurs corps affreusement mutilés par les branches aussi affûtées que des poignards. Malgré les cadavres qui jonchent le sol, les Anglais montent et remontent à l'assaut. Chaque fois, les balles, la fumée et les corps étendus, étrangement soutenus par l'épineuse muraille, les repoussent et les empêchent d'aller plus avant. Ils n'arrivent pas à pénétrer les défenses françaises. Pourtant, les officiers persistent à envoyer à la charge des hommes affaiblis par les premiers affrontements. Les cris, les grondements des canons, les claquements des fusils, l'odeur du soufre, la vue du sang, la fumée, tout cela emplit l'air et transforme la scène en un atroce cauchemar.

Marie observe avec effroi les soldats qui meurent ou qui tentent vainement de franchir la barricade. Leur sang recouvre le sol et des lambeaux de chair garnissent d'un macabre feuillage la façade épineuse des abattis. Les Canadiens, embusqués dans la forêt avoisinante, harcèlent les Anglais épuisés. Dans les retranchements, les Français défendent leurs positions.

La souffrance n'épargne pas pour autant l'intérieur des lignes françaises. Marie voit passer les corps qu'on transporte sans arrêt à l'hôpital. Le chirurgien tente probablement de secourir les blessés, mais ceux-ci arrivent continuellement, s'accumulant à l'entrée, sur la terre battue. Marie sent qu'elle serait plus utile là-bas, à les soigner, mais elle ne peut quitter l'enfer des yeux. L'émotion la paralyse complètement. Personne n'a remarqué sa présence. Elle demeure invisible dans toute cette fumée et dans tout ce vacarme. Elle ne saurait expliquer ce qui l'a poussée à monter sur le mur pour assister à la bataille. Cependant, depuis qu'elle y a mis les pieds, elle n'a pu reculer ; elle ne pouvait rejoindre l'hôpital sans risquer d'être atteinte par une balle en longeant le sentier. Puis, elle prend conscience que les Anglais ont battu en retraite. Peut-être pourrait-elle en profiter pour se rendre auprès des blessés ? À peine a-t-elle le temps d'envisager cette possibilité que, dans la brume sulfureuse, des coups de canon et des bruits de mitraille se font entendre de nouveau. Les Anglais reviennent à la charge, la rage au cœur.

Les morts s'entassent sur le sol, on ramasse à peine les blessés. Il est évident qu'Abercromby ne s'attendait pas à une telle résistance de la part d'un fort perdu au milieu de nulle part. Pourtant, il attaque comme quelqu'un qui se bat avec l'énergie du désespoir. Il renvoie maintenant à l'assaut, pour une sixième fois, les Rangers qui restent encore debout. Il n'y a rien à faire, les Français, bien que peu nombreux, les gardent à distance respectable.

Lorsque, six heures plus tard, l'ordre de la retraite est lancé dans les lignes anglaises, c'est une armée en déroute qui s'engouffre dans la forêt, abandonnant blessés, vêtements, bottes et armes. Les tuniques rouges inondent le sol de leur sang et forment une braise encore fumante sur le champ de bataille. Voilà ce qu'a coûté la vaine tentative de prendre d'assaut ce fort en bordure de deux lacs, aux confins du Nouveau Monde.

Sur le rempart, Marie porte ses yeux au-delà de la forêt. Le soleil disparaît à l'horizon, laissant dans le ciel la trace ensanglantée du combat qui a fait rage sur cette terre tant convoitée. L'affrontement tire à sa fin ; on n'entend plus que quelques coups de feu, ici et là, dans la forêt. Le terrain défriché est jonché des corps de victimes d'une haine plus que centenaire. À la lueur du jour qui meurt, deux choses consolent Marie : elle n'a pas eu à utiliser son arme et Frederick n'a pas réussi à atteindre le fort.

*

À la fin de juillet, l'*Allégeance* descend le Saint-Laurent, lentement. De chaque côté, les falaises abruptes emmurent le cours d'eau, intensifiant le vent debout. Sous un soleil de plomb, Marie se tient à l'avant. Autour de son bonnet, quelques mèches de sa chevelure rebelle fuient, comme toujours, et flottent au gré du souffle puissant. Celui-ci rafraîchit la jeune femme et semble vouloir apaiser son tourment. Mais ses traits sont tirés et elle est épuisée par le voyage. La nouvelle d'une autre bataille, à l'autre bout de la Nouvelle-France, a suscité en elle un tourment qui la ronge sans répit. Elle n'arrive pas à effacer le doute, la culpabilité. C'est comme si on lui avait annoncé sa propre mort. Depuis son départ de Carillon, elle se mure dans le silence.

Pendant que Marie imagine les pires éventualités, une bourrasque lui arrache l'ombrelle derrière laquelle elle se cachait des rayons trop violents du soleil de juillet; elle ne fait aucun mouvement pour retenir l'objet qui bascule par-dessus bord avant d'atterrir sur une vague écumante et d'être englouti par la vague suivante. Comme une statue, figée dans le temps, elle repense à la conversation qui a bouleversé sa vie plus que ne l'ont fait tous les événements de la dernière année.

Tout commença par la promenade qu'elle avait accepté de faire en compagnie du capitaine de Bougainville. En quittant le fort, elle avait lu la déception sur le visage de Jean Rousselle, qui se tenait sur le rempart, en train de réparer une partie du mur ébranlé par les boulets de l'ennemi. Il la dévisageait avec désapprobation. Le Métis voyait dans cette sortie une défaite plus cuisante encore que celle qu'avait subie l'armée anglaise.

Marie et l'officier bavardèrent un temps, mais ils évitèrent surtout de parler de la bataille sanglante. Et cela, jusqu'à ce qu'un désordre éclate, pour la troisième fois ce jour-là, devant l'enclos des animaux. Des Indiens ivres voulurent s'emparer de la volaille qui se trouvait là. Comme il s'agissait des provisions du général, on essaya de les en empêcher, mais il devint vite évident qu'ils se serviraient même si on le leur interdisait. Devant ce spectacle, Bougainville soupira.

–Je prévois un grand malheur pour ce pays.

Il resta silencieux un moment, comme s'il poursuivait une réflexion intérieure, puis il laissa tomber:

–C'est étonnant qu'avec une armée en aussi piètre condition nous ayons fait fuir des troupes aussi nombreuses que l'étaient celles d'Abercromby.

Le jeune homme se rendit compte que ses propos n'avaient rien de rassurant. Il secoua la tête et aborda le sujet qu'il redoutait. Sans regarder la dame dans les yeux, il annonça:

–Je crois vous avoir enfin trouvé une escorte, madame. J'ai entendu dire qu'un des officiers, M. de Mercier, part pour Montréal dans quelques jours. Il y a sans doute des affaires...

À ce moment-là, sa voix était chargée d'amertume et de dédain. Ce ton étrange attira l'attention de Marie qui fixait toujours le bas de la pente où tout était désormais rentré dans l'ordre. Elle tourna la tête pour l'observer, mais déjà il poursuivait sa critique sociale de la Nouvelle-France.

–Tel est le train de la colonie. Les Sauvages viennent faire un coup et s'en retournent. Les miliciens agissent de même; les officiers des troupes de la marine aussi. Je peux comprendre qu'on rappelle les miliciens canadiens au milieu d'août pour les récoltes, mais pour ce qui est des autres... C'est à la limite de la lâcheté!

Un silence lourd s'ensuivit. Marie, ne sachant que répondre, demeura songeuse. Bougainville ne lui apprenait rien qu'elle ne savait déjà. Charles avait tenu des propos semblables au sujet du fonctionnement de la colonie. Mais après ce que Marie venait de vivre, les paroles de Bougainville provoquaient chez elle une véritable prise de conscience.

–C'est votre pays, madame! lâcha-t-il, une note de lassitude dans la voix.

Oui, c'était bien le sien. Plus que jamais elle en était convaincue. Elle comprenait désormais l'âme de l'habitant, cette volonté d'arracher sa survie à ce sol hostile. Oui, elle était chez elle en Nouvelle-France. Mais Bougainville parlait toujours.

–Pour ma part, je ne crois pas qu'il soit dans les plans du général de quitter Carillon avant un mois.

Devant le silence de Marie, il dut admettre que celle-ci ne manifestait pas beaucoup d'intérêt pour sa personne. Il ajouta donc, pour se moquer un peu de lui-même:

–Je crois qu'à part notre détachement le seul endroit en Nouvelle-France où les hommes sont obligés de demeurer sur le terrain, c'est Louisbourg. Ils n'ont pas le choix: la ville est assiégée!

Et il rit devant le ridicule de sa situation. Il avait voulu sa dernière remarque ironique. Cependant, elle eut un tout autre effet sur Marie. La jeune femme reçut la nouvelle comme un coup de poignard en plein cœur.

–Assiégée, dites-vous? demanda-t-elle, prise de panique. Je croyais que...

Devant le regard interrogateur de Bougainville, elle regretta aussitôt d'avoir laissé paraître son affolement. Elle ne voulait pas aborder cette question avec un officier français, qui serait bien capable de percer son secret. Elle se souvenait que Frederick lui avait affirmé que la bataille serait de courte durée, que Louisbourg ne serait pas pris dans le sang. Comme elle avait été naïve! Trop de souvenirs refluèrent alors. Et avec eux, le doute et la culpabilité. Elle se ressaisit et, de peur de trahir son secret, elle poursuivit promptement :

–C'est que... voyez-vous... ma fille se trouve à Louisbourg. Au couvent. Et je n'ai pas eu de nouvelles depuis...

Elle se tut. Il y avait tant de choses qu'elle ne pouvait pas avouer. Elle scruta le regard ébahi de Bougainville. Ce dernier percevait soudainement chez cette femme un aspect dont il ne soupçonnait même pas l'existence. Il profita de l'occasion pour se mettre en valeur. Il détenait des informations qui, cela était évident, intéresseraient grandement Mme de Beauchêne. Il entreprit donc de lui faire le récit de ce qu'il avait appris avec le dernier arrivage de courrier. Louisbourg avait été bombardé, assiégé, mais la ville tenait bon. On espérait l'arrivée imminente de renforts de France. Cela devait même être fait à l'heure actuelle. Louisbourg était probablement déjà délivré.

Marie était consciente que les dernières informations fournies par le capitaine n'étaient que pures spéculations, mais elle s'y accrochait. Cependant, son inquiétude grandissait et le doute persistait. Elle n'arrivait plus à tenir en place. Il fallait qu'elle sache. Il fallait qu'elle parte. Il fallait qu'elle rejoigne Québec, puis Louisbourg. Seul l'espoir de retrouver Odélie domina alors toutes ses pensées, toutes ses décisions.

La dame de Beauchêne quitta donc Carillon avec M. de Mercier. Jean l'accompagna, également alerté par la nouvelle. Il essaya bien de rassurer Marie au sujet de sa fille en faisant valoir les ressources de son père.

–Il est homme à savoir se tirer du pire pétrin et il n'abandonnera pas votre fille, assura-t-il à la jeune femme. N'oubliez pas qu'il en a la responsabilité !

Malgré tout, Marie ne se calma pas. Elle suivit le détachement militaire qui navigua sur le lac Champlain, puis sur la rivière Richelieu. De là, elle prit le premier navire en partance pour Québec. Jean demeurait à ses côtés, comme l'ami dévoué qu'il était devenu. Elle apprécia le geste, sans toutefois le lui faire savoir. Elle garda le silence tout au long du voyage, ne se plaignant jamais, indifférente à ce qui se passait autour d'elle. Elle n'avait qu'un objectif en tête et elle ne vivait plus que pour l'atteindre : retrouver sa fille. Rongée par le remords, ne dormant plus la nuit tant l'angoisse était oppressante, elle semblait avoir vieilli de plusieurs années en quelques semaines.

C'est dans cet état d'épuisement, brisée par tant d'émotions et par les rigueurs du voyage, qu'elle atteint Cap-Rouge à bord de l'*Allégeance*. Puis, le navire dépasse Sainte-Foy. Lorsque le Cap-aux-Diamants se pointe à l'horizon, le cœur de Marie bat plus fort. Toujours debout à la proue, elle découvre, comme pour la première fois, cette ville qui soudain lui apparaît sienne. Le port lui est familier, avec son chantier naval et sa batterie royale qui s'avancent dans le fleuve. Puis, sur la colline qui domine Québec, la redoute, vieille et isolée. Marie sait que, non loin derrière, se trouve la grande maison de la rue Saint-Louis.

Elle sent qu'elle est enfin chez elle. Elle oublie un instant sa peine et respire à pleins poumons l'air du fleuve. Cet air est chargé de souvenirs et d'espoirs. Très, très loin en aval, à plusieurs jours de navigation, il y a Louisbourg. Marie ira chercher sa fille et reviendra s'établir ici, à Québec. Après tant de périls, il lui tarde de revoir les murs de pierres blanchies, les meubles de Charles, les lourds rideaux aux fenêtres.

–Je suis enfin de retour à la maison, soupire-t-elle, un sourire timide déridant, pour la première fois depuis des semaines, son visage ravagé.

Derrière elle, Jean s'est approché un peu. Il demeure discret, ne voulant pas briser ce moment de bonheur que vit Marie. Son regard va de la femme à la ville, qui grandit à mesure que le navire s'en approche. Toutes deux sont à l'image des passions qui les habitent. Grandes et fières, elles ont fait face aux pires dangers et en sont toujours sorties victorieuses, plus fortes encore. Toutes deux recèlent des mystères, des lieux sombres où il vaut mieux ne pas trop s'aventurer. Mais elles cachent des trésors insoupçonnés qu'elles ne dévoilent qu'à ceux qui savent les reconnaître pour ce qu'elles sont, exceptionnelles. Quel refuge de choix elles seraient pour une âme solitaire comme la sienne ! Jean secoue violemment la tête à cette pensée qui le trouble depuis si longtemps; il enrage de ne pouvoir manifester ce qu'il ressent. Les berges du lac Saint-Sacrement lui manquent tout à coup.

–Réveille-toi, idiot, maugrée le jeune homme, à demi résigné.

Il s'avance vers Marie, se place tout près d'elle, sans la toucher. La jeune femme prend alors conscience de sa présence, mais ne dit rien.

–Vous êtes de retour chez vous, madame, murmure-t-il.

–C'est vrai, dit simplement la jeune femme, toujours en contemplation devant la beauté de Québec.

Le bateau vient de jeter l'ancre et les barques sont mises à l'eau pour transporter les passagers et des hommes d'équipage jusqu'au port. Il faut charger d'autres marchandises à bord de l'*Allégeance*. Marie prend soudain conscience que le fret est destiné en partie aux colonies du Sud.

–Je reviens à Québec sur un navire qui se dirige vers la Martinique. Quelle ironie! ajoute-t-elle en se retournant.

Les quelques passagers s'apprêtent à débarquer. Marie et Jean les rejoignent et descendent l'échelle. Pour prendre place dans la petite embarcation, Marie accepte la main que lui tend son compagnon. Elle s'assoit sans quitter des yeux les édifices de pierre qui dominent le fleuve.

Sur les quais règne une cohue indescriptible. Plusieurs navires viennent également de jeter l'ancre devant la ville. Certains d'entre eux sont immenses, d'autres paraissent minuscules. Marie remarque que celui qui se trouve le plus près de la berge semble avoir subi un assaut. Il porte des traces de combat; sa voile est déchirée par endroits et quelques planches clouées à la poupe laissent deviner un trou créé par un boulet de canon. Une partie de sa coque est noircie comme si on avait tenté d'y mettre le feu.

« Ce navire arrive certainement de Louisbourg », songe la jeune femme, anxieuse à l'idée d'avoir des nouvelles récentes.

Sitôt que le canot a accosté, elle s'élance d'un pas décidé vers une petite barque venant du bateau qui l'intéresse. Jean la suit, mais demeure un peu en retrait, à quelques pieds derrière elle. Un homme au visage couvert de barbe et aux yeux cernés par la fatigue répond aux questions insistantes de Marie.

–Il y a près de trois semaines que nous avons quitté Louisbourg, raconte l'homme, ému par le désespoir qu'il lit dans les yeux de cette femme. Quand nous sommes partis, la ville croulait sous les bombardements. Il y avait des incendies partout. Nous avons nous-mêmes essuyé les coups de canon des Anglais qui bloquaient l'entrée de la rade. C'est un miracle que nous soyons passés ! Deux de nos passagers sont morts durant le trajet, après avoir été blessés au cours de notre sortie. Ç'a été terrible !

Le visage de Marie prend un teint livide et son regard devient terne. Des images de mort, venues tout droit de ses propres expériences de la guerre, envahissent son esprit. Des corps ensanglantés, des hommes mutilés. Puis s'ajoutent des enfants abandonnés, brûlant dans les incendies. Une larme glisse doucement sur sa joue. L'homme s'excuse et s'éloigne, laissant Marie sur place, raide, les yeux vitreux. Jean s'approche alors de la femme, qui s'appuie sur son épaule.

–Si la ville était à ce point ravagée, souffle le jeune homme, nul doute qu'elle a capitulé. Jamais le gouverneur Drucour n'aurait poussé le courage et l'orgueil jusqu'à risquer que les Anglais prennent la ville d'assaut. C'est un homme qui a beaucoup de bon sens. Il n'est pas téméraire. Je suis prêt à parier que la ville est tombée et que les habitants ont été rapatriés, qu'ils sont presque arrivés en France, à l'heure actuelle. Et, si c'est le cas, mon père emmènera certainement votre fille dans notre famille, à Brest. Allons, ne pleurez plus. Nous allons trouver le moyen de les rejoindre.

Il marque une pause et sourit timidement. La joue appuyée contre la chevelure de Marie, il respire l'odeur qui lui rappelle des moments bien plus difficiles.

–Souvenez-vous de ce que nous avons vécu dans le bois, lui murmure-t-il. Il me semble que la situation était pire, ne croyez-vous pas ?

La faim, l'humidité, le froid, la fatigue, la menace de Frederick, tous ces souvenirs surgissent dans l'esprit de Marie. Il est vrai que, dans toutes ces circonstances, le danger a été très présent. Elle ouvre les yeux et s'apprête à reculer de quelques pas lorsque son regard croise celui d'une religieuse qui marche vers elle, tenant par la main une fillette au visage et aux vêtements salis, mais à l'allure familière. Elle reste clouée sur place en reconnaissant sa fille.

–Maman! s'écrie Odélie en l'apercevant parmi les passants.

Au son de cette voix, le cœur de Marie veut éclater de bonheur. La fillette abandonne la main d'Antoinette et se rue vers sa mère. Cette dernière a quitté précipitamment les bras du jeune Rousselle. Elle accourt vers sa fille. Lorsque toutes deux se rejoignent, c'est comme si le reste du monde s'était évanoui. Il n'y a plus de maladie, plus de guerre, plus de mort, plus de menace de violence. Il n'y a que la joie de se retrouver après une longue année de séparation.

Jean Rousselle reste à l'écart; la scène dont il est témoin le déchire. En voyant Marie de Beauchêne si heureuse, il ne peut s'empêcher de soupirer.

« C'est vraiment fini », songe-t-il, partagé entre la joie de constater le bonheur de cette femme et la peine de la savoir perdue à jamais.

*

Par un matin de septembre, dans le port de Québec, Jean Rousselle scrute la foule, debout à côté de la barque qui doit le mener à bord de l'*Allégeance*. Après plus d'un mois et demi d'attente, le navire va enfin reprendre la mer.

« Elle ne viendra pas », se dit-il, déçu.

Cette situation lui rappelle la nuit où, au bord de l'Hudson, il a attendu Marie, où il a prononcé les mêmes mots. Il voudrait sourire à l'apparente similitude, à cette boucle dans le temps, forgée par le destin. Mais l'impression d'avoir été abandonné est trop forte pour qu'il se réjouisse ou manifeste le moindre contentement. Il ne peut que garder son air tourmenté et chercher le visage de la dame parmi les gens qui s'affairent autour de lui. Ses yeux s'attardent sur chaque robe qui froufroute, ses oreilles sur chaque voix féminine s'élevant de la foule. L'espoir qu'il nourrit s'accroche au moindre indice, à la moindre illusion de la présence tant attendue.

Au bout de quelques minutes, on l'avise qu'on n'attendra pas davantage, que l'*Allégeance* doit bientôt lever l'ancre. Résigné, l'âme blessée, Jean Rousselle pose le pied dans la barque et s'assoit sur le petit banc, dans le minuscule espace qu'on lui a réservé. Un marin gigantesque pousse vers le fleuve la petite embarcation trop chargée. Jean a baissé la tête et fermé les yeux. Ce qu'il ressent n'est pas justifié, il le sait bien.

« Pour qui te prends-tu ? Tu n'as rien à lui offrir », admet-il doucement.

Puis ses pensées se font plus violentes. Il s'insurge devant ces sentiments qui le dérangent, qui l'ont transformé en jouet, presque en esclave.

Renonçant à chercher des justifications, il lève les yeux vers la berge. La plage est à une vingtaine de pieds maintenant. La foule y est toujours nombreuse, mais une femme s'en détache. Elle se tient tout près de l'eau. Un domestique l'attend, un peu en retrait derrière elle. Le cœur de Jean cesse de battre l'espace de quelques secondes. Puis la voix de la dame lui parvient, claire et douce.

–Je suis en retard, s'excuse-t-elle. Je voulais vous dire au revoir, monsieur Rousselle.

Jean ne parle pas tout de suite. Il essaie de s'imprégner de cette image, de retenir cette sensation de chaleur qui l'envahit. Même s'il quitte cette femme à laquelle il se sait maintenant dévoué, il est heureux, elle est là. Elle est sur la rive, à quelques pas de lui. Il ne peut la rejoindre, mais il sait qu'elle est là pour lui et cela lui suffit.

–Je me rends en France, lui crie-t-il, comme si la jeune femme ne le savait pas. Si les Anglais ont déporté les habitants de Louisbourg, c'est là-bas que je retrouverai mon père.

–Bonne chance, Jean, dit simplement Marie, la voix étouffée et les yeux trop brillants.

–Bonne chance, Marie.

Même dans ses rêves les plus fous, jamais il n'a espéré l'entendre un jour l'appeler par son prénom avec tant de douceur et tant d'émotion dans la voix. Il s'est encore moins imaginé assez de courage pour faire de même. Il soulève son chapeau et salue la dame. La barque est maintenant trop loin pour qu'il puisse l'entendre si elle parle, mais il espère tout de même lire, sur ses lèvres, quelques derniers mots. Lorsqu'il y lit « Adieu », il ouvre la bouche dans l'intention de dire qu'il reviendra, qu'ils se reverront, mais il se ravise. Il ne peut prononcer ces paroles, cela laisserait planer une trop grande confusion dans ce qui les unit. Le doute serait toujours là, dans son esprit: « L'attendrait-elle ? » Refusant de vivre dans l'incertitude, il préfère mettre un terme à leur amitié.

–Adieu, Marie, articule-t-il de façon qu'elle puisse elle aussi lire sur ses lèvres.

« Ma douce Marie », ajoute-t-il, pour lui-même.

La barque atteint le navire et les hommes qui s'y trouvent montent à bord. Sur la plage, Marie se retourne et se dirige vers la voiture qui l'attend, un peu plus loin. Un remords vient la troubler. A-t-elle bien fait d'attendre que Jean soit à une certaine distance avant de manifester sa présence ? Elle a eu tellement de mal à se décider. Devait-elle aller lui dire au revoir ou devait-elle couper les liens et considérer les derniers mots échangés comme des adieux ? Que serait-il arrivé si elle s'était avancée plus tôt ?

Marie n'ose pas l'imaginer. Elle se convainc qu'en préférant conserver sa dignité elle a pris la bonne décision. Elle a tout de même manifesté son amitié à cet homme avec qui elle a partagé plus de choses qu'avec n'importe qui depuis sa naissance. Il était certainement devenu un ami très cher. Pourtant, elle quitte le port sans regarder en arrière, espérant par cette attitude tourner la page sur cet épisode de sa vie.

Moins d'une heure plus tard, Marie observe les nuages sombres qui s'amoncellent au-delà des montagnes. Un vent plus frais venant du nord-est souffle soudainement sur les hauteurs du Cap-aux-Diamants. La jeune femme frissonne. Son regard glisse vers le sud. Un ciel noir se découpe également au-dessus de la pointe de Lévis, qu'elle interprète comme un présage funeste. Même l'île d'Orléans a pris un air maussade. Entre l'île et la rive, un bâtiment s'éloigne de Québec. Plus il prend de la distance, plus Marie sent un malaise l'envahir.

De là où elle se tient, elle peut presque apercevoir Jean, sur le pont supérieur, fixant intensément la ville, cherchant près du château Saint-Louis une silhouette qui ne lui serait pas inconnue. La chercherait-il vraiment ?

Dans le port, plus bas, au pied de la falaise, plusieurs navires sont sur le point d'appareiller. L'automne hâtif fait redouter l'arrivée soudaine de la neige et du gel. On l'a espéré, pour faire fuir les Anglais. On le craint tout de même, car il apporte avec lui la famine.

Les yeux de Marie quittent l'horizon pour se poser sur sa fille, debout devant elle. Elle a grandi en un an. Dans son regard, il ne reste plus rien de son insouciance et de son espièglerie de jadis. Marie le regrette. Elle avait espéré la retrouver comme elle l'avait laissée, heureuse et curieuse. Elle a aussi remarqué, non sans ressentir une certaine culpabilité, qu'Odélie garde toujours avec elle le précieux roman du Chevalier de Beauchêne. Elle ne s'en sépare jamais, même la nuit. La jeune femme en conclut que c'est parce qu'elle s'accroche à l'image d'un père qu'elle préfère à la réalité. Elle soupire. Peut-être qu'un jour elle lui expliquera les raisons pour lesquelles elle a abandonné son exemplaire du livre. Une petite cicatrice sur le haut de sa joue lui en rappelle toujours cruellement les circonstances. Elle secoue la tête.

« Elle est trop jeune pour que je lui parle de tout cela », se dit-elle pour se convaincre elle-même.

Comme si elle avait lu dans ses pensées, Antoinette pose une main sur le bras de sa belle-sœur. Marie sursaute légèrement : elle avait oublié cette présence à ses côtés. Depuis leur retour à Québec, la froideur a disparu du regard d'Antoinette. La distance a fait place à la tristesse, à la sympathie même. Les événements qui ont bouleversé la vie de l'une et de l'autre au cours de la dernière année les ont rapprochées plus que le lien familial qui les unissait.

L'*Allégeance* a maintenant disparu de l'autre côté de l'île. Les trois dames de Beauchêne fixent intensément les ténèbres qui s'amoncellent à l'horizon. Du nord-est viendront bien des soucis, elles le savent. Et, avec eux, certainement un officier anglais que Marie craint plus que l'armée elle-même. Mais, avant de s'inquiéter des Anglais, elles devront affronter l'hiver. Dans un geste familier, les trois femmes resserrent plus chaudement leurs capes autour de leurs épaules. Puis, sans mot dire, elles font demi-tour. Elles marchent à pas lents vers la ville, vers la grande demeure de la rue Saint-Louis qu'elles appellent désormais toutes trois « chez nous ».

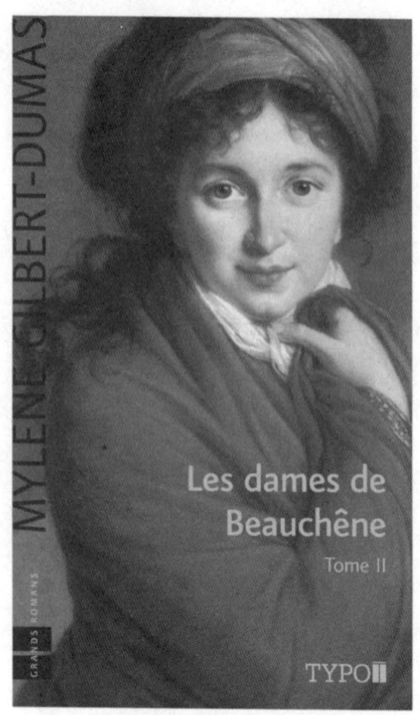

Les dames de Beauchêne
Tome II

Espionnage, résistance, pièges et trahisons, dans la tourmente de 1759, les regrets se font amers, comme les longs mois de l'hiver canadien. Une histoire de passion, d'honneur, de feu et de sang qui nous amène derrière les murs de Québec, dans les jours qui ont précédé et qui ont suivi la célèbre bataille des plaines d'Abraham. Loin des stratégies militaires, elle nous fait vivre de l'intérieur les déchirements, les déceptions et les craintes des dernières années de la Nouvelle-France.

Les dames de Beauchêne
Tome III

Pendant que les troupes rebelles américaines s'apprêtent à envahir le Canada, Odélie se cache sous des habits d'homme pour fuir la *Province of Quebec* et se trouve entraînée dans les tourments de la Révolution et des amours interdites. Inquiète de l'avenir de ses enfants qui ne partagent pas la même allégeance qu'elle, notre héroïne vit intensément les déchirements de son âme comme ceux de son peuple.

Marquis imprimeur inc.

Québec, Canada
2011

Cet ouvrage composé en Sabon corps 10 a été achevé d'imprimer au Québec
le premier mars deux mille onze sur papier Enviro 100 % recyclé
pour le compte des Éditions Typo.